Nassir Djafari

MAHTAB

Roman

sujet verlag

CIP - Titelaufnahme in die Deutsche Nationalbibliothek

Mahtab
Nassir Djafari

ISBN: 978-3-96202-107-8

Lektorat: Amir Shaheen, www.shaheentext.de
Umschlaggestaltung: www.the-editorial.de
Layout: Hanna Simon
Druckvorstufe: Sujet Verlag, Bremen
Printed in Europe
1. Auflage Frühjahr 2022
2. Auflage Herbst 2022

www.sujet-verlag.de

1

Mahtab spürte das nahende Gewitter. Den ganzen Tag schon war es drückend heiß. Sie schaute zum Himmel, je schneller die Abkühlung kam, desto besser. Auf dem Krankenhausparkplatz herrschte eine träge Ruhe, kein Mensch war zu sehen, hier und da standen vereinzelte Autos von Besuchern, nur die für Ärzte reservierte Reihe war voll besetzt. Amin schien das Wetter nichts auszumachen. Bei heruntergekurbelten Fenstern saß er in seinem grauen Mercedes und las schmunzelnd ein iranisches Satiremagazin. Seine Anzugjacke hatte er ordentlich an dem dafür vorgesehenen Haken aufgehängt. Sein weißes Hemd saß tadellos und der Krawattenknoten war kein bisschen verrutscht. Sie öffnete die Beifahrertür, ließ sich auf den weichen Ledersitz fallen. Er drückte ihr einen Kuss auf die Wange und erzählte ihr bestens gelaunt den Witz, den er gerade gelesen hatte. Sie hörte kaum hin und war froh, dass sie nichts sagen musste. Es genügte, über den Scherz zu lachen.

Amin fuhr vom Parkplatz und fädelte sich in den Verkehr ein. Der Fahrtwind tat gut. Sie klappte die Sonnenblende herunter, aber die Sonne stand zu tief und blendete sie. Sie nahm sich vor, bei Woolworth eine neue Sonnenbrille zu kaufen, die alte war unauffindbar.

In der Zeppelinallee staute sich der Verkehr. Amin trat auf die Bremse, das Auto kam abrupt zum Stehen, er fluchte.

„Ist ein Unfall passiert?", fragte Mahtab.

„Keine Ahnung." Er steckte den Kopf aus dem Autofenster.

Laute Stimmen, Sprechchöre brandeten an ihre Ohren.

„Was rufen die Leute da?"

Amin öffnete die Autotür und lehnte sich hinaus.

„Das sind junge Leute, vielleicht Studenten, viele."

„Was rufen die denn?"

„Ho-Ho-Ho-Chi-Minh."

„Und was soll das bedeuten?"

„Die protestieren offenbar gegen den Vietnamkrieg."

Jetzt bemerkte sie auch die Mannschaftswagen der Polizei, die aufgereiht am Straßenrand standen. Amin setzte sich wieder, lehnte sich zurück und zündete sich eine Zigarette an. Er war auch gegen das Blutvergießen in Vietnam. Die Amerikaner und die Engländer waren schuld an allem, davon war er überzeugt. Sie hatten im Iran Mossadegh weggeputscht, und nun richteten sie dieses arme Land in Südostasien zugrunde.

Vor ihnen kam Bewegung in die Autokolonne. Amin legte den Gang ein und fuhr langsam los. Sie rollten auf die Kreuzung Zeppelinallee/Bockenheimer Landstraße zu. Die Demonstranten waren jetzt deutlich zu sehen und zu hören, rot-blaue Fahnen mit einem gelben Stern wurden geschwenkt, Transparente hochgehalten. Einige hatten sich untergehakt, andere liefen paarweise oder allein. Ihre Stimmen klangen wütend, ihre Bewegungen energisch und ihre Augen leuchteten. Die jungen Leute empörten sich über den Bombentod Tausender Vietnamesen, aber sie selbst wirkten glücklich. Warum auch nicht, dachte Mahtab, diese Studenten spürten ihre jugendliche Kraft, ihnen gehörte die Zukunft, sie würden die Welt erobern. Ihr Blick fiel auf ein großes Transparent.

„Gestern Korea, heute Vietnam, morgen Deutschland, steht da. Das ist doch wirklich übertrieben, oder?“, wandte sich Mahtab an ihren Mann.

„Wo?“, fragte Amin zerstreut.

„Dort.“ Ihr Arm, den sie eben noch ausgestreckt hatte, um ihm das Spruchband zu zeigen, erlahmte. Das Mädchen, das es zusammen mit einem langhaarigen jungen Mann hochhielt, war Azadeh. Was machte ihre Tochter da? Anstatt für das Abitur zu lernen, trieb sie sich hier mit irgendwelchen Studenten herum. Mahtab staunte, sie wusste gar nicht, dass sich das Mädchen für Politik interessierte. Aber bei diesem Vater war das kein Wunder. Beim gemeinsamen Abendessen pflegte Amin die neusten Nachrichten des Londoner Exilsenders wiederzugeben, die er in seinem Kurzwellenradio gehört hatte. Doch dabei beließ er es nicht und holte zu vertieften Analysen aus, klagte den Schah, seinen Geheimdienst und alle anderen Verbrecher an, um sich dann der internationalen Politik zuzuwenden. Die Kinder kannten es gar nicht anders, aber die Einzige, die wirklich verstand, wovon der Vater redete, war ihre Älteste.

„Schau mal, da läuft doch…“

„Weißt du eigentlich, was Ursula bedeutet?“, fiel ihr Amin ins Wort.

„Wie bitte? So schau doch mal…“

„Der Name stammt aus dem Lateinischen und bedeutete kleine Bärin.“

Was redete er da?

„Ich finde nicht, dass sie wie eine kleine Bärin aussieht, eher wie eine Gazelle. Das habe ich ihr natürlich nicht gesagt“, fuhr Amin unbekümmert fort.

„Wem?“

„Ursula natürlich.“

„Was?“

Amin drehte den Kopf zu ihr. „Ursula Eckstein.“ Er sprach den Namen aus, als hätte er Schokolade im Mund.

Mahtab spürte einen Druck auf der Stirn. Da war diese Person wieder. Warum erwähnte er ständig diese Frau in letzter Zeit? Immer nur kurze Andeutungen – wie ein Schatten huschte diese Person durch ihre Gespräche. Kaum versuchte Mahtab sie zu packen, war sie auch schon wieder verschwunden.

„Ich habe unsere Tochter gesehen", sagte Mahtab kraftlos. „Sie war mitten unter den Studenten und hielt ein Transparent."

„Wo?"

Aber mittlerweile waren sie schon weitergefahren, längst vorbei an den Demonstranten.

„Lass uns nach Hause fahren. Ich habe Kopfschmerzen."

Das kam für Amin überhaupt nicht infrage. Sie hatten sich vorgenommen, zum Verkehrsübungsplatz zu fahren, und das würden sie nun auch tun, stellte er klar.

Der Fahrlehrer hatte Mahtab letzte Woche zur Verzweiflung gebracht. Immer wieder ließ er sie am Hang anfahren. So sehr sie sich zu konzentrieren versuchte, es gelang ihr nicht, gleichzeitig die Handbremse zu lösen, die Kupplung kommen zu lassen und anzufahren. Jedes Mal rollte der Wagen zurück, und der Fahrlehrer trat so heftig auf das Bremspedal, dass sie einen Schreck bekam. Am Ende meinte er, sie solle es in aller Ruhe mit ihrem Mann auf dem ADAC-Übungsplatz probieren; es sei nicht schwer, wenn sie nur ihre Nervosität in den Griff bekäme.

Der ADAC-Platz war wie die Miniaturausgabe einer Stadt, nur ohne Häuser. Ansonsten gab es alles, Bäume, Ampeln, Verkehrsschilder, Brücken, ja sogar kleine Anhöhen. Es erinnerte sie an eine Minigolfanlage. Das hier würde ihr keine Schwierigkeiten bereiten, sie war schließlich das Fahren auf richtigen Straßen gewöhnt, dachte sie und atmete auf. Es erstaunte sie trotzdem, dass so viele Autos auf dem Platz unterwegs waren. Aber auch mit dem Verkehr hatte sie Erfahrung. Sie tauschten die Plätze und Mahtab übernahm das Steuer. Amin wies sie vom ersten Moment an zurecht, durchaus in ruhigem Ton, aber stetig. Er fing mit den Grundlagen an, indem er ihr erklärte, dass sie den Zündschlüssel drehen müsste, um den Motor zu starten. Sie seufzte laut, was er jedoch falsch verstand.

„Entspann dich, kein Grund, nervös zu sein", ermunterte er sie großzügig.

Daraufhin beschloss Mahtab, diese Übungsstunde geduldig über sich ergehen zu lassen und ihm keinen Anlass zu geben, sich aufzuregen. Sie fuhr los, und Amin schlüpfte ganz in die Rolle des Lehrers, indem er sie überschwänglich lobte. Sie fuhr Runde für Runde auf den kleinen Straßen des Übungsplatzes, und ihr Mann fand immer weniger Anlass für kritische Kommentare. Schließlich erinnerte sie Amin daran, dass sie das Anfahren am Hang üben müsse. Sie fuhr zu dem Mini-Hügel, hielt auf der halben Anhöhe an und zog die Handbremse. Zum Glück war kein Auto hinter ihnen. Gleichmütig hörte sie sich Amins Anweisungen an, dann legte sie den Gang ein, ließ die Kupplung kommen, löste die Handbremse und gab kräftig Gas. Der Wagen schoss nach vorne, den Hang hinauf. An der Kuppe angekommen, sah Mahtab von einem Moment auf den nächsten nur noch in ein von Licht durchflutetes Nichts.

„Die Sonne“, schrie sie.

„Langsam!“, brüllte Amin.

Mahtab nahm für den Bruchteil einer Sekunde das entgegenkommende Auto wahr, fragte sich noch, wo es so plötzlich herkam, da hörte sie schon einen Knall und wurde im selben Moment nach vorne geworfen. Sie spürte einen scharfen Schmerz auf der Brust, löste sich vom Lenkrad und blickte zu Amin. Der war offenbar gegen die Windschutzscheibe geprallt, denn er hielt sich den Kopf. Es war kein Blut zu sehen. Mahtab wollte etwas sagen, fragen, ob bei ihm alles in Ordnung sei, doch sie bekam kein Wort heraus. Ihre Kehle war wie zugeschnürt und ihr Herz klopfte bis zum Hals. Amin drehte sich zu ihr.

„Bist du verletzt?“, fragte er und fing gleich an, sie abzutasten.

„Du blutest nicht“, stellte er nüchtern fest.

Sie war dankbar, dass er nicht gleich schimpfte.

Draußen lief jemand brüllend vor ihrem Auto auf und ab, und im nächsten Augenblick sah sie Amin, wie er beruhigend auf einen übergewichtigen Blonden einredete. Sie hatte gar nicht mitbekommen, wie ihr Mann ausgestiegen war. Sie legte ihren Kopf auf das Lenkrad und versuchte die Tränen aufzuhalten. Es gelang ihr nicht. Als sie aufblickte, sah sie in das entsetzte Gesicht einer Frau, die sich an das Lenkrad klammerte. Das bin ich, dachte sie einen Augenblick lang. Dann begriff sie, dass es sich um die Fahrerin des anderen Wagens handelte. Sie war erleichtert. Nur eine Frau, dachte sie und fühlte sich gleich weniger schuldig.

Der Dicke hatte inzwischen einen roten Kopf bekommen und regte sich immer noch auf. Fasziniert bemerkte sie, dass Amin seine Anzugjacke angezogen hatte. Jetzt griff er in seine Innentasche, holte sein silbernes Etui hervor und bot dem Choleriker eine Zigarette an. Der sah Amin verblüfft an, nahm sich tatsächlich eine und ließ sich Feuer geben. Jetzt kehrte Ruhe ein. Beide beugten sich nun über die Kotflügel ihrer Autos und begutachteten den Schaden. Aus der Ferne hörte sie ein Donnern und wie in einem Stummfilm schloss sie aus der Mimik der Männer, dass sie inzwischen offenbar friedlich miteinander verhandelten.

Reden war Amins Stärke, selbst in der fremden Sprache. Keine Sekunde lang schien er sich darum zu kümmern, ob sein Deutsch korrekt war oder ob er überhaupt verstanden wurde. Fiel ihm das richtige deutsche Wort nicht ein, wechselte er einfach ins Englische. Wer ihm trotzdem nicht folgen konnte, war selbst schuld, so einfach war das. Sie hingegen legte sich in schwierigen Lagen jeden Satz vorher zurecht und verfolgte aufmerksam die Wirkung auf ihr Gegenüber. Da sie auf Deutsch nur das sagte, wofür sie die richtigen Worte fand, blieb vieles, was sie auf dem Herzen hatte, unausgesprochen. Sie beneidete Amin um seine Unbekümmertheit. Wie in so vielem ging er selbstverständlich davon aus, dass sich die Welt ihm anzupassen hatte und nicht umgekehrt.

Mahtab tastete vorsichtig ihre Brust ab und fand die Stelle, die noch etwas wehtat. Schlimmer war aber ihr Nacken, sie konnte ihn kaum noch bewegen, und in ihren Kopf breitete sich Schmerz aus. Sie fragte sich, über was die beiden so lange redeten. Jemand müsste den ADAC-Angestellten an der Eingangspforte verständigen, um die Polizei zu rufen.

Amin warf nun seine Zigarette auf den Boden, lächelte und reichte dem Dicken die Hand. Der machte eine mürrische Miene, schlug aber schließlich ein. Nun griff ihr Mann in seine Jackentasche, holte ein kleines längliches Heft hervor, dann zückte er seinen silberfarbenen Kugelschreiber, füllte schwungvoll ein Blatt aus, riss es ab und überreichte es dem anderen. Der nahm den Scheck zögerlich entgegen.

Im nächsten Moment öffnete Amin die Fahrertür.

„Ich fahre", sagte er nur und wartete geduldig, bis sie ausstieg. Jetzt sah Mahtab, dass der linke

Kotflügel ihres Mercedes eingedellt und der dazugehörige Scheinwerfer kaputt war. Das andere Auto, sie hatte keine Ahnung, von welcher Marke es war, hatte mehr oder weniger die gleichen Schäden. Ihr Blick fiel auf den dicken Blonden, der sie mit offenem Mund anstarrte, als sei sie ein seltenes Tier. Sie schluckte die Entschuldigung, die sie schon auf den Lippen hatte, herunter und beeilte sich wieder einzusteigen.

2

Als sie vom Übungsplatz herunterfuhren, begann es endlich zu regnen, erst zaghaft, dann mit einem Mal sintflutartig. Der Regen schlug wild gegen die Windschutzscheibe, die Scheibenwischer flogen hin- und her, hilflos gegen die Wassermassen. Die Fahrt zog sich hin. Der Berufsverkehr verstopfte die Straßen. Der Regen kam hinzu. Angespannt klammerten sich die Autofahrer an ihr Lenkrad, bemüht, jede Lücke, die sich vor ihnen auftat, umgehend zu füllen. Doch kaum rollten sie, sprang die Ampel wieder auf Rot.

Amins Schweigen legte sich wie ein eisiger Mantel um sie. Seine Wut ließ er am Bremspedal aus. Mahtab hielt sich verzweifelt am Haltegriff über ihrem Kopf fest, um nicht schon wieder nach vorne geworfen zu werden. Jedes Mal durchfuhr sie ein stechender Schmerz im Nacken, doch durch ihre zusammengebissenen Zähne drang kein Laut. Wenn es sein musste, konnte auch sie schweigen.

Vor ihrem Haus angekommen, hielt er bei laufendem Motor in der Einfahrt, den Blick starr nach vorne gerichtet. Mahtab verstand das Signal, murmelte ein ‚Auf Wiedersehen' und stieg aus. Kaum hatte sie die Autotür zugeschlagen, fuhr er wieder los. Sie hatte keine Ahnung, wohin er wollte oder wann er wiederkäme. Sie wollte es auch gar nicht wissen, war froh, ihn vorerst los zu sein. Manchmal wünschte sie sich, in solchen Situationen von ihm angeschrien zu werden, sie würde es besser ertragen als dieses frostige Schweigen.

Ihr Kopf drohte zu platzen. Sie würde eine Aspirin-Tablette nehmen und sich hinlegen. Die Kinder mussten jetzt mal eine Stunde lang ohne sie klarkommen. Wenn sie vorsichtig auftrat, waren die Schmerzen in Kopf und Nacken zu ertragen.

Amin hatte noch nie einen Unfall gebaut. Aber kaum saß sie zum ersten Mal außerhalb der Fahrstunde hinter dem Steuer, ging es schief. Als habe er ihr Scheitern von Anbeginn geahnt, war er ihr seit der ersten Fahrstunde hinterhergefahren. An jeder Ampel, jedem Stoppschild sah sie sein markantes Gesicht im Rückspiegel. Übte sie das Einparken, stellte er sein Auto in die zweite Reihe, stieg aus und verfolgte jede ihrer Bewegungen. Auch wenn sie ihn mal nicht sah, spürte sie, dass er in der Nähe war, seine Augen auf ihr ruhten.

Sie war ihm dankbar gewesen, dass er ihr das Autofahren erlaubt hatte. Amin warnte sie aber auch, dass es nicht einfach werden würde. Mit den deutschen Autofahrern sei nicht zu spaßen, sie würden auf ihrem Recht beharren und keinerlei Kompromisse eingehen. Habe einer Vorfahrt, würde er wie ein Panzer auf einen zurollen. Ausnahmen würden nicht geduldet. Und Hupen schon gar nicht. Er frage sich, wie man eigentlich sonst mit einem anderen Fahrer kommunizieren solle, wenn nicht über die Hupe.

„Aber weißt du was", hatte er laut überlegt, „die wollen sich gar nicht verständigen, die wollen ihr Recht. Wer das Gesetz auf seiner Seite hat, setzt es erbarmungslos durch, wozu also noch mit anderen sprechen? Die *Eschterassen-verkeers-ordenung…*" – er legte eine Kunstpause ein, um das zungenbrecherische deutsche Wort wirken zu lassen, und fuhr, wie gewohnt, auf Persisch fort – „…regelt alles, Mahtab. Die musst du auswendig lernen! Und ihre Autos darfst du niemals auch nur berühren. Bei der kleinsten Kleinigkeit springen sie wutentbrannt aus dem Fahrzeug und suchen mit der Lupe nach Kratzern, die selbst unter einem Mikroskop nicht zu erkennen wären."

Sie wusste nicht, worauf er mit diesem Vortrag eigentlich hinauswollte. Mit dem Auto wäre alles leichter für sie. Sie musste sich jeden Tag abhetzen, um vom Markuskrankenhaus nach Hause zu gelangen und da zu sein, wenn der Jüngste aus dem Hort kam. Der Zeitteufel saß ihr im Nacken und trieb sie gnadenlos an, zwang sie, sich wie eine Einbrecherin von der Arbeit zu stehlen, verbot ihr, sich von den

Kolleginnen ordentlich zu verabschieden und jagte sie quer durch die Stadt. Erst in der Straßenbahn ließ er von ihr ab. Erschöpft sank sie jedes Mal auf den erstbesten freien Sitz und genoss acht Stationen lang die Freiheit nichts zu tun, für niemanden da sein zu müssen.

„Eine moderne Frau muss natürlich Auto fahren können. Wir leben schließlich in Europa", stellte er fest und verkündete entschlossen, dass er sie bei einer Fahrschule anmelden würde. So hatte es begonnen.

Heute erschien ihr der Ausflug in die Welt der Autofahrer vermessen. Autofahren war eben doch Männersache. Sie würde sich morgen gleich bei der Fahrschule abmelden, entschied sie.

Kaum betrat sie die Wohnung, kam ihr schon im Flur Abbas aufgeregt entgegen. Hamid habe sich seit einer Ewigkeit im Bad eingeschlossen und gebe merkwürdige Geräusche von sich.

„Der Idiot macht nicht auf. Ich habe alles probiert, gegen die Tür geklopft, gehämmert, gedroht, sie einzutreten, aber der reagiert nicht", empörte sich ihr Zweitältester auf Deutsch.

„Zu Hause reden wir Farsi, merk dir das."

„Wir sind aber in Deutschland."

„Keine Widerworte! Hier wird Farsi gesprochen", zischte sie ihn an.

Er hat sich wieder rasiert, stellte sie fest. Amin hatte ihm, nachdem er sich selbst einen neuen Elektrorasierer gekauft hatte, sein altes Gerät überlassen. Stolz darauf, nunmehr zur Welt der Männer zu gehören, malträtierte der Vierzehnjährige seither täglich seine Kinderhaut, obwohl außer dem schwarzen Flaum auf der Oberlippe und ein paar Härchen am Kinn noch kein nennenswerter Bartwuchs vorhanden war. Abbas brauchte klare Ansagen. Bei ihm durfte sie nie, unter keinen Umständen Zweifel erkennen lassen. Eigentlich galt das für alle drei Kinder, aber bei ihm ganz besonders. Solange sie sich daran hielt, kam sie mit ihm klar, bisher jedenfalls. Er hatte von seinem Vater das herausfordernde, kämpferische, zuweilen aggressive Verhalten geerbt. Er konnte aber auch, so wie Amin, charmant sein und, wenn es drauf ankam, jeden um den Finger wickeln.

Mahtab schob ihn zur Seite und klopfte behutsam an. „Hamid, was ist denn los, mein Kleiner? Ist dir nicht gut? Mach bitte auf."

„Los, aber dalli", brüllte Abbas über ihre Schulter hinweg.

Zu Mahtabs Kopfschmerzen kam jetzt auch noch die Übelkeit hinzu. Sie hielt ihren Kopf und schloss für einen Moment die Augen. „Verschwinde", zischte sie den Rabauken an. Der schien zu verstehen, dass mit seiner Mutter gerade nicht zu spaßen war. Erschrocken wich er zurück.

Das Schloss klackte und die Badezimmertür öffnete sich. Vor ihr stand Hamid und wirkte noch schmächtiger als ohnehin. Er müsse dauern spucken, jammerte er. Ihr Jüngster hatte, obwohl er schon zehn war, seine Kleinkindsprache beibehalten.

„Das heißt, ich muss mich übergeben“, korrigierte Mahtab mechanisch.

„Mir ist so schlecht.“ Jetzt brach es aus ihm heraus und er fing an, hemmungslos zu weinen.

Mahtab nahm ihn in den Arm und streichelte seinen Kopf, bis er sich beruhigte.

„Ist ja gut. Ist ja gut.“

Im Wohnzimmer machte sie es sich mit ihm auf dem Sofa bequem und schaltete das Fernsehgerät an. Sie legte den Arm um Hamdis schmale Schultern und küsste seinen Kopf. Der Duft seiner Haare erinnerte sie an ihre Mutter. Er muss mehr an die frische Luft gehen, dachte sie mit schlechtem Gewissen. Für sein Alter war Hamid viel zu schmächtig. Dafür hatte Gott ihm eine gute Auffassungsgabe mit auf den Weg gegeben. Von ihren drei Kindern war er der Einzige, der schon vor der Einschulung lesen konnte. Auch sonst fiel er aus dem Rahmen, etwa mit seiner fast schon erschreckenden Ordnungsliebe, weiß der Himmel, wo er das herhatte. Für Amin war es keine Frage, denn schließlich war der Kleine in Deutschland geboren. Sie mochte es nicht, wenn er seinen jüngsten Sohn den *Almani* nannte, obwohl auch immer ein bisschen Stolz mitschwang, wenn er ihn als Deutschen bezeichnete.

Der Kleine kuschelte sich an sie und gemeinsam verfolgten sie auf dem Bildschirm, wie schwer bewaffnete Soldaten Menschen zusammentrieben und Verhaftungen vornahmen. Amin hatte von dem Militärputsch in Griechenland erzählt. Natürlich steckten auch hier die Amerikaner dahinter, hatte er klargestellt. Sie übereichte ihrem Jüngsten den Tee mit Kandis. Er trank in kleinen Schlucken und langsam kehrte wieder Farbe in sein Gesicht zurück. Als Nächstes erschien der deutsche Außenminister auf dem Bildschirm, im Kreis anderer Staatsmänner. Sie hatte ihn schon oft im Fernsehen und auch auf Wahlplakaten gesehen. Dieser Willy Brandt war ein gutaussehender Mann, dachte sie noch, bevor ihr die Augen zufielen.

Das Zuschlagen der Wohnungstür riss sie aus ihren Träumen, verwirrt schaute sie sich um. Das Zimmer lag im Halbdunkel, im Fernsehen lief *Mit Schirm, Charme und Melone*, und der Kleine neben ihr schien fest zu schlafen. Aus dem Flur drangen Klappergeräusche an ihr Ohr. Amin ist nach Hause gekommen, durchfuhr es sie. Und nichts war vorbereitet, sie hatte weder gekocht noch den Tisch gedeckt. Ein Blick auf die Armbanduhr zeigte ihr, dass es schon nach 21 Uhr war. Noch halb benommen stand sie auf, strich ihren Rock glatt und fuhr mit den Händen durch ihre Haare. Sie würden heute Brot, Wurst und Käse zu Abend essen, entschied sie. So wie die Deutschen. Die nannten das *Abendbrot*. Amin hatte bestimmt nichts dagegen, wenn es mal nichts Warmes gab.

Im Flur stieß sie auf Azadeh, die wie eine auf frischer Tat ertappte Diebin mitten in der Bewegung innehielt und eine unschuldige Miene aufsetzte.

„Wo kommst du um diese Uhrzeit her?“

„Ich war bei Monika. Wir haben zusammen gelernt.“

„Rede keinen Unsinn. Ich habe dich auf der Demonstration gesehen.“

„Wie? Sie waren auch da?“

Mahtab ließ ihren Blick an ihr herauf und herab wandern. Azadehs Gesicht war gerötet, als wäre sie gerannt. Aber das war es nicht allein, sie hatte Lidschatten und Wimperntusche aufgetragen, was ihre großen dunkelbraunen Augen zur Geltung brachte. Ihre Lippen waren zartrosa angemalt, und die seidig glänzenden schwarzen Haare fielen in leichten Wellen auf ihre Schulter. Die pistazienfarbene Bluse hatte sie ihr selbst geschenkt. Aber wo kam dieser Rock her? Er endete weit oberhalb des Knies und zeigte mehr, als er verdeckte. Sie ist so schön, dachte Mahtab, aber herausgeputzt wie ein Flittchen.

„Wie siehst du überhaupt aus?“

„Wieso?“

„Wo hast du den Rock her?“

„Gekauft.“

„Der kommt weg. Zieh ihn gleich aus und gib ihn mir.“

„Das ist ein Minirock“, sagte Azadeh auf Deutsch und strich darüber. „Das ist jetzt Mode.“

Der altkluge Ton ärgerte Mahtab. Als müsse man ihr die Zivilisation nahebringen.

„Ich lasse nicht zu, dass meine Tochter so herumläuft.“

„So laufen alle Mädchen in meiner Klasse rum.“

„Du nicht mehr.“

„Ich bin schon einundzwanzig. Ich kann mich anziehen, wie ich will und…“

„Damit ist nun Schluss“, fuhr ihr Mahtab über den Mund. „Also, wo kommst du jetzt her?“

„Von Monika, das sagte ich doch schon.“

Mahtab spürte ihre Erschöpfung, das alles wurde ihr allmählich zu viel.

„Zieh dich um und wasch dir diese Clownsschminke ab. In zehn Minuten gibt es Abendessen, dann reden wir weiter.“

„Ich habe keinen Hunger.“ Die Tochter schlug ihre Zimmertür zu.

Mahtab blieb allein im Flur zurück. Wegen Azadeh fragte sie sich manchmal, ob es die richtige Entscheidung gewesen war, nach Deutschland zu kommen. Je älter ihre Tochter wurde, desto schwerer war es, sie zu beschützen. Sie war schon lange kein Kind mehr, andere hatten in dem Alter schon selbst Kinder. Um die beiden Jungen musste sie sich keine großen Sorgen machen, sie würden zu Männern heranwachsen, lernen sich zu wehren. Aber ihre Tochter war in diesem Land tausend Gefahren ausgesetzt. Und nach deutschem Recht war sie volljährig –sie musste aufpassen, dass sie ihr nicht entglitt.

An ihren Schläfen begann es zu pochen, die

Kopfschmerzen kehrten zurück. Leise schlich sie ins Wohnzimmer und hob den schlafenden Hamid vorsichtig hoch, trug ihn ins Jungenzimmer und legte ihn in sein Bett. Abbas war auch schon eingeschlafen, noch in seinen Kleidern. Sie strich ihren beiden Söhnen sanft über die Haare und deckte sie zu. Beim Hinausgehen schaltete sie das Licht aus.

Im Bad klatschte sich Mahtab kaltes Wasser ins Gesicht. Sie betrachtete ihr nasses Antlitz im Spiegel. Gut, dass Mutter nichts von dem Minirock ihrer Enkelin ahnte.

Für Mutter war damals schon das Verschleierungsverbot Reza Schahs eine unerträgliche Zumutung gewesen. Noch Jahre später regte sie sich darüber auf und verfluchte alle Gotteslästerer. Einen größeren Unsinn habe sie noch nie gehört, wiederholte sie ein ums andere Mal. Auch Mahtab musste sich, ungeachtet der staatlichen Anordnung, weiterhin verhüllen, sobald sie einen Fuß vor die Tür setzte. Damit befand sich Mahtab in einer Zwickmühle. Sie hatte die Wahl, es entweder ihrer Mutter recht zu machen und in der Schule gemaßregelt zu werden oder den Anordnungen der Lehrer zu folgen und dafür zu Hause Prügel zu beziehen. Sie entschied sich dafür, jeder Seite das jeweils Verlangte zu geben. Morgens legte sie den Tschador an, bevor sie zur Schule ging, zog ihn aber, kaum hatte sie ihre Gasse hinter sich gelassen, wieder herunter und steckte ihn ordentlich gefaltet in ihre Tasche.

Mittags, auf den letzten Metern ihres Heimwegs, holte sie ihn wieder hervor.

Mutter hatte anfangs das Verbot schlicht ignoriert. Ohne Schleier das Haus zu verlassen, war jenseits ihres Vorstellungsvermögens. Sie erledigte Einkäufe und besuchte Freundinnen, stets so, wie sie es seit jeher gewohnt war, mit dem schwarzen Tuch auf dem Kopf und um den Körper. Die Konfrontation mit der Staatsmacht blieb nicht aus und warf die arme Frau völlig aus der Bahn. Über Wochen hinweg war sie kaum noch ansprechbar, niemand im Haus wagte es ihr nahezukommen. Alle Familienmitglieder, selbst die Katze, schlichen mit gesenktem Kopf an ihr vorbei, um nicht ihren Unwillen auf sich zu ziehen, sogar Vater hielt sich zurück. Um den Einkauf musste sich fortan Mahtab kümmern, denn Mutter verließ das Haus nicht mehr. Sie werde nicht nackt auf die Straße gehen, schrie sie. Niemand solle es wagen, ihre Ehre zu beschmutzen. Wie ein feuerspeiender Drache zog sie mit ihrem schweren Körper über den Hof und schimpfte vor sich hin.

Was geschehen war, hatte Mahtab erst später aus dritter Hand erfahren. Sina Chanum, die am Ende der Gasse wohnte, war auf der Monirije Straße unterwegs gewesen, als sie einen Tumult bemerkte. Immer auf der Suche nach neuen Skandalen, mit denen sie ihre Freundinnen füttern konnte, ließ sie sich das nicht entgehen und kam näher.

„Fass mich nicht an! Untersteh dich!“, herrschte Mutter gerade einen schmächtigen Polizisten an. Der forderte sie mit lauter Stimme auf, umgehend den Schleier abzulegen.

„Schäm dich, Junge. Haben deine Eltern dir keinen Anstand beigebracht?“

Der Polizist versuchte, den Schleier zu greifen, was ihm aber nicht gelang, da Mutter mit der rechten Hand jeden Angriff abwehrte, während sie mit der linken den Tschador festhielt.

„Jetzt reicht's!“, schrie der Ordnungshüter schließlich und schubste sie nach hinten. Mutter riss erschrocken die Arme nach oben, und er zog ihr den Schleier mit einem kräftigen Ruck vom Kopf.

Während Mutters Wehklage noch zwei Straßen weiter zu hören war, ging der Polizist zwei Schritte zurück, holte ein Messer hervor und zerschnitt den Tschador an Ort und Stelle. Den zerfetzten Stoff warf er verächtlich auf den Boden und entfernte sich mit durchgedrückter Brust.

Wie nicht anders zu erwarten, verbreitete Sina Chanum die Geschichte im ganzen Viertel. Mutter verlor nie ein Wort darüber, und auch Vater war erstaunlich schmallippig geworden, obwohl er als treuer Beamter eigentlich alles, was der Schah verordnete, befolgte.

Mahtab tupfte ihr Gesicht mit dem Handtuch ab und cremte es sorgfältig ein. Sie hatte gedacht, in Deutschland sei alles leichter. Welch ein Irrtum, jede Welt barg ihre eigenen Gefahren. Sie musste auf ihre Tochter aufpassen.

Amin kam an diesem Abend erst spät nach Hause. Mahtab saß an dem gedeckten Tisch und wartete auf ihren Mann. Als sie seinen Schlüssel im Schloss hörte, zog sich ihr Magen zusammen. Sie ging ihm entgegen.

„Du kommst spät“, bemerkte sie beiläufig und forschte in seinem Gesicht nach Spuren von schlechter Laune. Da war nichts zu erkennen, im Gegenteil, er strahlte sie an, streichelte ihre Wange und fragte: „Geht’s dir besser, mein Schatz?“ Sie war erleichtert, dass er ihr nicht mehr böse war. Amin legte seinen Hut ab und hängte den Regenmantel an die Garderobe, währenddessen summte er leise die Melodie von *Singing in the Rain.* Woher kam seine gute Laune?

„Das Essen steht für dich bereit.“

„Ich habe schon gegessen.“

„Ach ja? Wo denn?“ Sie wartete auf eine Erklärung, aber da kam nichts.

In dieser Nacht fand Mahtab keinen Schlaf. Amin schlüpfte unter die Bettdecke und mummelte sich ein. Schon bald hob sein Schnarchen an und schuf die vertraute Geräuschkulisse der Nacht. Seine Fähigkeit, in jeder Lebenslage wie auf Knopfdruck einschlafen zu können, war beneidenswert. Mahtab dreht sich leise zu ihm und schnupperte. Sie konnte keinen Fremdgeruch an ihm wahrnehmen, was natürlich nichts hieß. Im Geiste ging sie alle Orte und Menschen durch, die ihr Mann hätte aufsuchen können, nachdem er sie vor ihrer Haustür abgesetzt hatte. Alles war möglich. Ihr Körper verlangte nach Ruhe, aber die Gedanken fuhren Karussell. Bilder flackerten vor ihrem inneren Auge auf – Amin in den Armen einer blonden Frau, die Unfallszene, Azadeh im Minirock. Schob sie eins zur Seite, rückte wie in einer Diashow das nächste an seine Stelle, es gab kein Entrinnen. Mit offenen Augen lag sie da und verlor sich in der Dunkelheit. Als das erste Sonnenlicht durch die Vorhänge schimmerte, stand sie schließlich auf und verrichtete ihr Morgengebet wie gewohnt. Dann nahm sie den neuen Tag in Angriff.

3

Mahtab stand an der Straßenbahnhaltestelle, doch in Gedanken war sie immer noch im Krankenhaus. Der Choleriker auf 342 war wieder kaum zu bändigen gewesen. Sie war froh, diesen Menschen wenigstens für die nächsten fünfzehn Stunden nicht sehen zu müssen. Es würde sicherlich noch dauern, bis sie ihn loswürde. Nach der Gallenoperation waren Komplikationen aufgetreten, und seinen Verdruss darüber ließ er an ihr aus. Schon beim Betreten des Krankenzimmers herrschte er sie an, wo sie denn bliebe und was ihr einfalle, so spät zu kommen, bei jedem Handgriff wies er sie ungeduldig zurecht, warf ihr Worte an den Kopf, die sie nicht kannte und die sie auch nicht verstehen musste, sein Ton war eindeutig. Diese hinfällige Gestalt war zu erstaunlichen Kraftanstrengungen in der Lage, lief in ihrer Wut zur Höchstform auf, um bald darauf wieder in sich zusammenzufallen. Anfangs hatte sie sich bei jeder Nörgelei solcher Patienten wie auf Knopfdruck entschuldigt. Doch darüber war sie inzwischen längst hinweg. Es prallt an mir ab, sagte sie sich, ebenso wie manch anderes.

Ab und an musste sie Bettlägerige mit dem Waschlappen notdürftig waschen, Frauen ebenso wie Männer. Schon bald nachdem sie eingestellt worden war, hatte sie zu Oberschwester Erika gesagt, es wäre für alle Beteiligten besser, wenn Männer die intimen Verrichtungen an männlichen Patienten vornehmen würden. Sie war nicht sicher, ob ihre Chefin sie überhaupt verstanden hatte. Erika hatte sie erst stumm angeschaut, dann die Schulter gezuckt und schließlich einen Wortschwall losgelassen. Erreicht hatte Mahtab nichts. Sie wollte keinen Ärger, also fügte sie sich. Mittlerweile hatte sie sich an die männliche Anatomie gewöhnt und konnte durchaus Unterschiede ausmachen, Gott möge ihr verzeihen. Amin ahnte nichts von alledem, und dabei wollte sie es auch belassen.

Die Straßenbahn fuhr langsam an die Haltestelle heran. Mahtab stieg ein und war erleichtert, gleich einen freien Platz am Fenster zu finden. Seit zehn Stunden war sie nun auf den Beinen. Um sechs Uhr morgens war sie leise aus dem Schlafzimmer geschlichen, um Amins Schlaf nicht zu stören. Die halbe Stunde, bis sie die Kinder wecken musste, diese Nullzeit, in der sich die Nacht schon verabschiedet, der Tag aber noch nicht begonnen hatte, gehörte ihr ganz allein. Sie genoss den heißen Tee und die Scheibe Toastbrot mit Honig, vor allem aber die Ruhe. Pünktlich um halb sieben riss sie mit einem fröhlichen „Salam, Kinder, aufstehen!" nacheinander die Türen der beiden Kinderzimmer auf. Azadeh erhob sich würdevoll wie eine Dame, auf die wichtige Aufgaben warten. Der Kleine sprang wie ein Soldat sofort aus dem Bett, nur Abbas musste geschüttelt werden, bis er die Augen öffnete. Da dies erfahrungsgemäß noch nicht den Durchbruch brachte, zog sie ihm auch gleich noch die Bettdecke weg. Erst da pflegte ihr Zweitältester leise schimpfend aufzustehen. Ein scharfer Blick von Mahtab genügte, und der Junge war still. Nachdem die Schulbrote geschmiert waren und die Kinder am Frühstückstisch saßen, machte sie sich selbst für die Arbeit zurecht, wobei sie zwischendurch immer wieder den Kopf aus dem Badezimmer streckte und die Kinder zur Eile antrieb. Bevor sie alle gemeinsam um Viertel nach sieben das Haus verließen, weckte sie Amin.

Die Straßenbahn fuhr quietschend um die Kurve und riss Mahtab aus ihren Gedanken. Der Herr auf dem Sitz gegenüber lächelte sie an. Sofort senkte sie ihren Blick. Er kam ihr bekannt vor, aber das war wohl eine Täuschung.

„Guten Tag, Frau Hamidzadeh."

Erstaunt sah sie auf. Das war doch der Oberarzt. Woher kannte er ihren Namen?

„Oh, guten Tag, Herr Doktor."

„Das war ein langer Tag, nicht wahr?" Er sah sie freundlich an.

„Ja, Herr Doktor.“ Mahtab nickte höflich.

„Die Arbeit wird nicht weniger“, lachte der Arzt.

Notgedrungen lächelte sie, wandte sich zum Fenster. Als sie wieder nach vorne schaute, traf sie der Blick des Mannes. Sie begann sich unwohl zu fühlen. Was machte er überhaupt in der Straßenbahn? So jemand wie er fuhr doch bestimmt einen Mercedes. Mahtab zog ihren Rock über die Knie und fing an, in ihrer Handtasche herumzuwühlen. Ich bin unhöflich, dachte sie gleich darauf und ließ die Schultern hängen.

„Das ist eine schöne Tasche, die Sie haben. Ist sie aus dem Iran?“

„Ach, nein.“ Von Woolworth wollte sie schon sagen, verkniff es sich aber. Das war eine gewöhnliche Handtasche, was sollte an ihr schön sein? Sie schüttelte verlegen den Kopf. „Aus Deutschland.“

Musste der Doktor nicht bald mal aussteigen? Oder sollte sie selbst aussteigen und auf die nächste Bahn warten? Wenn er sie doch bloß nicht so ansehen würde.

„Iran ist ein wunderschönes Land. Ich war mal als Student dort. Das ist noch gar nicht so lange her.“ Er rückte seine Brille zurecht. „Am besten hat mir Isfahan gefallen. Dieser herrliche große Platz, auf dem früher die Prinzen Polo gespielt haben. Wie heißt er noch mal?“

„Ja, Herr Doktor.“ Mit einem eingefrorenen Lächeln nickte sie ihm zu. Sie hatte keine Ahnung, wovon er sprach. Iran und Isfahan hatte er erwähnt.

„Ich bin in Esfahan geboren“, sagte sie, um auch etwas zu der Konversation beizutragen.

„Ach, tatsächlich? Das ist ja ein netter Zufall.“

Was war Zufall? Sie kannte nur Unfall. Das Wort hatte der Fahrlehrer ständig im Mund gehabt.

„Unfall“, entfuhr es ihr und sie schämte sich sofort, als der Arzt sie erstaunt ansah.

„Egal“, sie winkte ab.

Er lachte.

„Entschuldigung.“ Sie musste hier raus, umklammerte ihre Handtasche und erhob sich. „Auf Wiedersehen, Herr Doktor“, sagte sie und hoffte, er würde sitzen bleiben.

4

Die Nachmittagssonne durchflutete das Krankenzimmer. Die Luft war verbraucht, es roch nach Essen. Die Patientinnen dösten ermattet vor sich hin, einige hatten ihre Bettdecken zurückgeschlagen, anderen fehlte selbst dazu die Energie. Mahtab öffnete als Erstes das Fenster, dann räumte sie nacheinander die Tabletts mit dem Geschirr ab. Die alte Frau, die am Fenster lag, hatte wieder kaum etwas zu sich genommen. Der Teller mit Gulasch und Kartoffelbrei war unberührt, nur vom Apfelmus hatte sie etwas probiert. Nach der Darmoperation konnte sie nicht viel essen, das war klar. Aber dass sie so gut wie keinen Appetit zu haben schien, war beunruhigend. Die Patientin wurde von Tag zu Tag schwächer. Ihre Stirn glänzte vor Schweiß. Mahtab holte ein feuchtes Tuch und tupfte behutsam ihr Gesicht ab, dann richtete sie die alte Dame etwas auf und hielt ihr die noch halbgefüllte Tasse an die Lippen. Begierig nahm die Alte ein paar Schlucke Pfefferminztee und verzog dabei leicht das Gesicht.

„Danke, mein Kind“, murmelte sie.

Mahtab streichelte ihren Kopf und verließ das Zimmer. Ihr Dienst war zu Ende, und sie musste sich beeilen, um noch den Einkauf zu erledigen, zu kochen und nach den Kindern zu sehen, von dem Berg an Bügelwäsche ganz zu schweigen, und das alles musste fertig sein, bevor Amin nach Hause kam.

Im Schwesternzimmer beugten sich Oberschwester Erika und Schwester Helga über eine Liste und schienen über etwas nachzudenken, denn keine von ihnen sprach ein Wort. Mahtab ging an den Kolleginnen vorbei und nahm ihre Handtasche aus dem Spind. Die leichte Strickjacke ließ sie hängen, es war jetzt wärmer als sie am Morgen erwartet hatte. Sie überlegte, ob sie Bescheid sagen sollte, dass die alte Dame in Zimmer 317 so gut wie nichts mehr aß. Andererseits schien die Oberschwester gerade nicht ansprechbar und außerdem musste sie auch los. Ach was, dachte Mahtab, es dauerte ja nicht lange. Sie legte sich schon die Worte, die sie gleich sagen wollte, zurecht, da rauschte der Oberarzt herein und baute sich vor Erika auf. Die schob die Liste sofort zu Seite. Alles, was sie eben noch so sehr beschäftigt hatte, verlor mit einem Mal an Bedeutung. Wie mit einer Stimme grüßten ihn die beiden Krankenschwestern, sichtlich bereit, jede Anweisung entgegenzunehmen.

In letzter Zeit ließ sich der Doktor öfter blicken.

Fast jeden Tag lief er mit wehendem Arztkittel geschäftig auf dem Flur an ihr vorbei. Anscheinend gab es einige dringende Fälle auf ihrem Stockwerk, um die er sich selbst kümmern musste. Obwohl er so viel zu tun hatte, nickte er ihr immer freundlich zu. Sie fühlte sich geehrt, wunderte sich aber auch ein wenig. Kein anderer Arzt grüßte sie. Er ist eben ein höflicher Mensch, dachte sie. Und so alt, wie sie zuerst gedacht hatte, war er doch nicht. An den Schläfen hatte der Doktor zwar schon graue Haare, aber im Gesicht kaum Falten. Er war groß und schlank und hatte eine Art zu lächeln, die sie ein bisschen an James Stewart erinnerte. Das war wohl auch der Grund, warum ihre Kolleginnen unübersehbar seine Nähe suchten.

Mahtab konnte jetzt nicht länger warten. Zu Hause würde alles durcheinandergeraten, wenn sie nicht rechtzeitig dort wäre. Sie sagte leise „Auf Wiedersehen“, da unterbrach sich der Oberarzt mitten im Satz und sah sie an, als habe er soeben eine wichtige Entdeckung gemacht. Mahtab blieb gebannt stehen und murmelte „Guten Tag, Herr Doktor.“

Der aber erwiderte weder ihren Gruß noch sprach er weiter. Solange sein Röntgenblick auf ihr lag, konnte sie sich nicht einfach entfernen. Das gehörte sich nicht. Verlegen schaute sie zu Erika und Helga und stellte fest, dass die beiden sie kalt musterten. Endlich wandte sich der Arzt wieder ihren Kolleginnen zu, und Mahtab atmete auf. Sie wiederholte noch einmal „Auf Wiedersehen“ und eilte aus dem Schwesternzimmer.

Als sie vollgepackt mit Einkaufstüten die Wohnungstür aufschloss, hörte sie schrille Laute und dann Stimmen, die Deutsch sprachen. Erschrocken hielt sie inne, bis sie begriff, dass es nur das Fernseh gerät war. Ihr Jüngster saß kerzengerade auf dem Sofarand und verfolgte das Geschehen auf dem Bildschirm, ernst und hoch konzentriert. „Fury", rief ein kleiner Junge in die weite Steppe hinein und strahlte über das ganze Gesicht, als ein schwarzer Hengst angaloppiert kam. Das Bürschchen strich dem Pferd über die Mähne. „Na, wie wär's mit einem kleinen Ausritt? Hast du Lust?" Mahtab kannte das schon, mit dieser Szene begann jede Folge dieser Serie. Nun würden der Hengst und sein kleiner Freund aufs Neue Menschen das Leben retten, Verräter entlarven oder Verbrecher auf frischer Tat ertappen. Sie begrüßte ihren Jüngsten und strich ihm zärtlich über den Kopf.

Aus Abbas' Zimmer drang Lärm wie aus einer Bar. Sie öffnete die Tür. Ihr Sohn stakste einem Storch gleich durch das Zimmer, zuckte mit dem Oberkörper im Takt der Musik, klatschte in die Hände und sang aus voller Kehle und mit geschlossenen Augen:

„La la la la – La la la la la. Come on, one more time. Clap your hands now."

Auf dem Plattenspieler drehte sich die schwarze Scheibe. Die Schallplattenhülle lag auf dem Boden. Vier junge Männer waren da abgebildet, alles nette Kerle eigentlich, wenn sie nicht so lange Haare hätten. „The Rattles – La La La“ stand auf der Hülle.

Mahtab hob vorsichtig den Arm des Plattenspielers, die Musik endete abrupt und Abbas riss erschrocken die Augen auf.

„Salam Maman.“

„Salam, Abbas. Hast du schon deine Hausaufgaben gemacht?“

Abbas ließ die Schultern hängen und setzte zu einer längeren Erklärung an. Mahtab unterbrach ihn. „Nicht so viele Worte. Mach die Aufgaben jetzt, damit du fertig bist, wenn dein Vater nach Hause kommt.“

„Ach, Mensch! Das hat doch noch Zeit bis Montag. Heute ist erst Freitag“, beschwerte sich ihr Sohn.

„Keine Widerworte!“, zischte sie ihn an. „In einer Stunde gibt es Essen.“

In der Küche machte sie sich erst einmal Tee und ließ sich seufzend auf einem der Holzstühle nieder. Nur eine halbe Stunde Pause, sagte sie sich, dann geht es weiter.

5

Am nächsten Morgen war sie froh, endlich wieder bei der Arbeit zu sein. Hier atmete sie auf, fühlte sich frei. Ihre Kolleginnen hingegen klagten oft über die langen Stunden im Krankenhaus, die ständige Rennerei und die anstrengenden Patienten. Dann begannen sie entweder vom letzten Urlaub zu schwärmen oder sich auf den nächsten zu freuen.

Auch jetzt stand Helga mit einer jüngeren Kollegin im Schwesternzimmer zusammen. Sie hielten ihre nackten Unterarme aneinander und verglichen die Bräune ihrer Haut. Sie sei überall am Körper so braun, erklärte Helga, bis auf die geheimen Stellen, ausgerechnet die würde ihr Mann allerdings am meisten lieben, sie wüsste auch nicht warum. Dabei rollte sie amüsiert mit den Augen. Die beiden kicherten wie Zwölfjährige auf dem Schulhof. Es gäbe jetzt auch Frauen, die es wagten, Oben-ohne zu baden, berichtete Helga aufgeregt. Bei denen bliebe nur noch das Dreieck da unten weiß.

„Du hast es gut, Mahtab. Deine geheimen Stellen sind bestimmt auch so braun wie der Rest", sagte Helga und zwinkerte ihr zu.

Mahtab lächelte verschwörerisch. Meine Güte, dachte sie, wo sollte das enden? Wenn schon die Frauen an nichts anderes denken konnten, wie sollten sich dann die Männer zusammennehmen? Auf den Titelseiten der Illustrierten wurden nackte Frauen abgebildet, die sich in der Sonne räkelten. Sogar das Fernsehen zeigte nun schon Nacktszenen. Amin bekam dann immer runde Augen. In der Kantine sprachen die Kolleginnen offen darüber, wie oft sie es mit ihren Männern taten. Am allermeisten aber beschäftigte sie ihr eigener Körper, wie dick, wie dünn, wie braun er war. Mahtab beteiligte sich an solchen Gesprächen nicht. Sie verriet ihnen auch nicht, dass sie noch kein einziges Mal am Strand gelegen, noch nie einen Badeanzug getragen hatte. Sie hätte auch nichts dagegen, eine etwas hellere Haut zu haben. Von ihr aus könnten sie ihre Hautfarben tauschen.

Als sie ihren weißen Kittel anlegte, dachte sie an die abgemagerte Patientin von Zimmer 317. Sie erinnerte Mahtab an ein aus dem Nest gefallenes Küken. Vielleicht weil sie so hilflos und verlassen wirkte, nur noch ein kleines Bündel Mensch, dessen Leben am seidenen Faden hing. Sie hätte gestern der Oberschwester Bescheid sagen sollen, anstatt nach Hause zu hetzen. Dann wären sie eben fünf

Minuten später dort angekommen. Ach was, dachte sie, sie würde die Patientin einfach füttern, bis sie wieder zu Kräften kam.

Sie ließ ihren Spindschlüssel in die Kitteltasche gleiten und wandte sich zum Spiegel über dem Waschbecken, um einen letzten Blick auf ihre Haare zu werfen und rückte die Haube zurecht. Die Dauerwelle hielt noch. Ihre Haut war glatt, keine Falten. Es lohnte sich, Gesicht und Hände regelmäßig einzucremen. Mehr war nicht nötig. Wenn Amin und sie eingeladen wurden oder Besuch empfingen, legte sie natürlich auch Lippenstift auf und tupfte etwas Kölnisch Wasser hinter die Ohren, das war es auch schon. Amin meinte, ihre vierzig Jahre würde man ihr nicht ansehen, sie wirke zehn Jahre jünger. Er übertrieb immer so maßlos. Sie freute sich trotzdem über das Kompliment.

Hinter ihr ertönte das energische Klacken von Absätzen auf dem Linoleumboden. Mahtab strich sich ein paar Strähnen aus der Stirn und überlegte, wer das sein könnte, da die Schwestern doch Schuhe mit Gummisohlen trugen, die allenfalls quietschten. Als plötzlich das Gesicht des Oberarztes hinter ihr im Spiegel auftauchte, zuckte sie erschrocken zusammen.

„Guten Morgen, Frau Hamidzadeh."

Sie drehte sich um und erwiderte seinen Gruß mit einem Nicken.

„Wie geht es Ihnen, Frau Hamidzadeh?"

„Gut. Danke, Herr Doktor."

Er sah sie unverwandt an. Wie gestern, wie neulich in der Straßenbahn. Die Tür des Schwesternzimmers stand offen, auf dem Flur lief niemand vorbei, es war merkwürdig still. Wo waren ihre Kolleginnen alle? Der Spindschlüssel in ihrer Kitteltasche bohrte sich in ihre Handfläche, sie ließ ihn los.

Als sie wieder zu ihm hinsah, betrachtete er seine blank geputzten Schuhe.

„Sind Sie zufrieden bei uns?" Er hob den Kopf und lächelte. Der Röntgenblick war aus seinem Gesicht verschwunden.

Sie wollte Ja sagen, aber ihr Hals fühlte sich so trocken an. Also nickte sie, versuchte freundlich zu schauen und hoffte doch, bald entkommen zu können.

„Ich hoffe, Sie fühlen sich wohl bei uns. Sagen Sie Bescheid, wenn ich etwas für Sie tun kann."

„Vielen Dank." Das ist kein Arzt, das ist ein Mann, ein ganz normaler Mann, dachte sie zerstreut. In ihrem Bauch breitete sich Unruhe aus, sie presste die Lippen zusammen.

„Na, dann will ich Sie nicht weiter aufhalten. Ich wünsche Ihnen einen schönen Tag."

Sie nickte abwesend und rang sich ein Lächeln ab. Endlich entfernte sich der Arzt und ihr Weg war frei. Im Flur stieß sie mit Oberschwester Erika zusammen.

„Mensch, wo hast du denn deine Augen, Mahtab?"

„Oh."

„Was wollte Doktor Liebich denn von dir?“

So hieß er also.

„Ach, er nur Guten Morgen gesagt.“ Sie winkte ab.

„Na, das sah aber nach mehr aus.“

Mahtab schüttelte entschieden den Kopf und ging mit schnellen Schritten zu Zimmer 317.

Dort wo das Bett der alten Dame am Fenster gestanden hatte, war eine Lücke. Mahtab sah sich um, doch die Patientin lag auch in keinem anderen Bett. Sie stürzte auf den Flur. Im Schwesternzimmer war Helga mit Krankenakten beschäftigt.

„Alte Frau in Zimmer 317, wo ist sie?“

„Du meinst Frau Rose?“

„Ist gestorben?“

„Kennst du sie?“

„Mein Gott.“

„Warum regst du dich so auf? Also kennst du sie persönlich“, stellte Helga fest. „Es ging ihr in der Nacht sehr schlecht. Sie wurde auf die Überwachungsstation gebracht. Mehr weiß ich nicht.“

„Sie lebt?“

„Am besten fragst du Schwester Erika.“

„Name ist Rose, ja?“

„Ich denke, du kennst sie?“, Helga runzelte die Stirn.

„Wo ist Oberschwester Erika?“

„Das weiß ich nicht.“

Resigniert murmelte Mahtab ein „Danke“ und wandte sich wieder der Arbeit zu.

Als sie eine Stunde später ins Zimmer 317 kam, um bei den Patientinnen Fieber zu messen, bemerkte sie sofort das Bett am Fenster. Frau Rose schien zu schlafen. Sie hatte die Bettdecke bis zu den Ohren hochgezogen. Mahtab atmete erleichtert auf und ging rasch zu ihr. In der Mitte des Raums aber blieb sie entsetzt stehen. Wer immer da lag hatte braune Haare, war jung, war nicht Frau Rose. Sie hat es nicht geschafft, dachte sie traurig und spürte die neugierigen Blicke der anderen Patientinnen im Zimmer. Wer weiß, was den Zustand der alten Frau so verschlechtert hatte. Vielleicht war ihre Zeit einfach abgelaufen.

6

Mit einem Seufzen beendete Mahtab ihr Morgengebet, zog sich ihren Tschador vom Kopf und faltete ihn sorgfältig zusammen. Dann schlug sie die Ecken des quadratischen Damasttuchs ein, auf dem sie stets den Gebetsstein und den winzigen Kompass anordnete, und legte das Bündel zusammen mit dem Schleier vorsichtig in die unterste Schublade des Wohnzimmerschranks. Der sandfarbene Stein war aus der heiligen Erde Karbalas gepresst. Den Kompass hatte sie an einem Stand vor der großen Moschee in Ghom entdeckt. Er war nicht größer als ihre Fingerkuppe und angeblich ebenfalls aus Karbala. Aber das war ihr egal, Hauptsache er funktionierte. Obgleich sie längst wusste, dass sie sich beim Gebet in Richtung der Balkontür aufstellen musste, verzichtete sie niemals auf ihr Messinstrument. Amin machte sich gern darüber lustig. Du glaubst wohl, die Koordinaten Mekkas ändern sich stündlich, hatte er gelacht. Sie war darauf nicht eingegangen. Es gab Dinge, die ihr Mann nicht verstand, obwohl er so gebildet war.

Er selbst war nur ein Gelegenheitsbeter. Von Zeit zu Zeit, wenn er sich großen Herausforderungen gegenübersah, begann er damit. Das hielt höchstens ein, zwei Monate an, dann überwog wieder sein Optimismus, und er schien Gott nicht mehr zu brauchen. Er sollte es ganz bleiben lassen, hatte sie ihm bei mehr als einer Gelegenheit gesagt. Tatsächlich hatte er sich schon seit Langem nicht mehr gen Mekka verneigt. Allerdings steckte er auch nicht in größeren Schwierigkeiten. Im Gegenteil, er blühte in letzter Zeit regelrecht auf. Die Kinder hatten sich offenbar ihren Vater zum Vorbild genommen, keins von ihnen betete. Sie bedauerte das. Sprach sie ihn darauf an, winkte er ab und erinnerte sie an all die bigotten Frömmler in Maschhad und Ghom, die mit einer Koransure auf den Lippen andere Menschen belogen und betrogen, von weiteren Sünden ganz zu schweigen. Nein, Amin nahm sich lieber die Engländer zum Vorbild und strebte danach, ein Gentleman zu sein. Das hatte sie aus seinem Mund gehört, noch bevor sie richtig begriffen hatte, wer er überhaupt war.

Es war wenige Wochen nach Nouruz gewesen, als sie ihm zum ersten Mal begegnet war. Der Frühling lag in der Luft und Mahtab hatte sich gefreut, dass der grässliche Winter endgültig vorbei war. Wie üblich verabschiedete sie sich an der Ecke Amirije Straße/Wateqi Gasse von ihren Freundinnen und legte das letzte Stück allein zurück. Ihre kleine Schwester öffnete schon beim ersten Klopfen und flüsterte ihr zu, dass Besuch da sei. Das war nichts Besonderes. In diesen Tagen nach Neujahr schauten ständig Verwandte und Freunde ihrer Eltern bei ihnen vorbei. Mahtab legte den Tschador ab und durchschritt den Innenhof. Am Wasserbekken hockte sie sich hin und zählte die Goldfische. Weitere Opfer der gefräßigen Katze waren nicht zu beklagen. Sie ging die zwei Stufen hoch und betrat das Wohnzimmer. Ein Herr saß im Schneidersitz mit ihren Eltern auf dem großen Teppich und schlürfte seinen Tee.

„Salam“, sagte sie und musterte den fremden Gast. Er hatte ein fein geschnittenes Gesicht, auf seiner Nase saß eine Nickelbrille von der gleichen Art, wie sie auch ihr Schulrektor trug. Seine vollen schwarzen Haare waren nach hinten gekämmt. Der graue Anzug saß perfekt, die Hose hatte eine messerscharfe Bügelfalte und sein Hemd war blütenweiß. Anstelle einer Krawatte hatte er eine Fliege umgebunden. Kein einziger Mann in der gesamten Verwandtschaft lief so herum wie er.

„Salam, Mahtab. Wie groß du geworden bist. Eine richtige Dame.“ Der Herr setzte sein halbleeres Teeglas ab und sah sie freundlich an.

Verlegen schaute sie an ihrer Schuluniform herab, dann zu ihren Eltern.

„Du kennst doch Amin Agha?“, sagte Vater.

Mahtab lächelte und deutete ein Nicken an.

Sie konnte sich nicht erinnern, dem Herrn schon einmal begegnet zu sein, aber das zu sagen, wäre unhöflich gewesen. Als sie ihren Kopf wieder zu ihm drehte, ruhte sein Blick immer noch auf ihr. Sie schluckte, ihr wurde ganz warm. Mutter fuhr dazwischen.

„Zieh dir erst einmal den Tschador über und hol dann die Obstschale, mein Kind."

Im Hof hätte ihr älterer Bruder sie beinahe umgerannt, er hatte es eilig. Sie hielt ihn fest und raunte ihm zu: „Sag mal, wer ist das denn?" und wies mit dem Kopf zum Wohnzimmer.

„Das ist Amin Agha. Der Sohn von Hamid Agha aus Maschhad. Also ein Cousin unserer Mutter."

Von ihren Verwandten aus Maschhad hatte sie schon gehört.

„Und was macht er hier in Teheran?"

„Na was schon?" Ihr Bruder grinste über beide Ohren.

Ihr ganzes Leben lang sollte sich Mahtab an diesen Nachmittag erinnern, an dem anscheinend alle Bescheid wussten, außer ihr.

Als sie wieder das Wohnzimmer betrat, war der Gast zum Glück zu sehr mit Reden beschäftigt, um sie weiter zu beachten. Sie stellte das Obst ab und setzte sich.

„Der neue Direktor der Ölgesellschaft ist ein Gentleman", betonte der Gast.

„Ein was?", fragte Vater nach.

„Ein Gentleman ist ein Mann, der in allem, was

er tut, Charakter beweist. Er ist in der Sache standhaft, im Ton stets verbindlich und ein einmal gegebenes Wort hält er ein.“

Amin Agha veränderte die Stellung seiner Beine, und da entdeckte sie das kleine Loch in seiner linken Socke. Als hätte er ihren Blick gespürt, verbarg er unmerklich den linken Fuß und zwinkerte ihr verschwörerisch zu.

Mahtab trat auf den Balkon, atmete tief durch und streckte sich. Endlich Sonntag. Trotz der frühen Stunde war es schon angenehm warm. Die Sonne war in diesem Land so selten zu Gast, dass die Menschen jede Sekunde mit ihr gierig auskosteten. Sie entledigten sich ihrer Kleider und streckten ihre Gesichter den wärmenden Strahlen entgegen. Denn schon bald eroberten Wolken den Himmel zurück. Der Regen ließ dann nicht lange auf sich warten, er war praktisch Dauerzustand. Doch in diesem Jahr war es anders. Seit Wochen hielten die schönen Tage schon an. Vielleicht sollte sie ihr Bild vom deutschen Sommer korrigieren, dachte sie.

Beim Frühstück verkündete Amin, heute würden sie alle an den Bärensee fahren. Ein Ausflug war genau das Richtige an einem solchen Tag, dachte Mahtab. Den Kindern würde es guttun, an der frischen Luft zu sein, und Hamid könnte schwimmen üben. Letzten Sommer hatte er seinen Freischwimmer gemacht, jetzt war es wichtig, weiter daran zu arbeiten. Abbas musste man nicht erst ermutigen, der würde sich im Wasser austoben, den See kreuz und quer durchschwimmen und anschließend über das Essen herfallen. In Gedanken sah sie den Kühlschrank durch, für ein Picknick hatte sie alle Zutaten, auch Brot war ausreichend vorhanden. Sie lächelte ihren Mann an. Mit Amin wurde es nie langweilig, immer hatte er eine Idee, sorgte für Abwechslung.

„Wunderbar", sagte sie, „ich bereite alles vor."

Azadeh strich sich ihre langen Haare hinter die Ohren. Sie könne nicht mitkommen, sie müsse für das Abitur lernen. Mahtab bezweifelte, dass sich ihre Tochter bei dieser Hitze wirklich in die Bücher vergraben würde. Vielmehr war zu befürchten, dass sie sich in Minirock und aufgetakelt mit ihren Freundinnen und womöglich gar mit diesen Studenten treffen würde. Doch bevor sie etwas sagen konnte, nickte Amin anerkennend. Sobald sich die Kinder auf ihre Ausbildung beriefen, genossen sie seine uneingeschränkte Unterstützung. Azadeh lächelte zufrieden in sich hinein. Derweil stocherte Abbas in seinem Rührei und ließ dabei den Vater nicht aus den Augen. Es kam selten vor, dass Abbas sein Essen unterbrach. Der Junge hatte etwas auf dem Herzen, das war nicht zu übersehen.

Er sei mit Freunden im Schwimmbad verabredet, platzte er schließlich heraus. Er habe fest zugesagt.

„Mit Freunden?", fragte Amin. „Nun, Freunde

sind wichtig im Leben. Ohne sie sind wir nichts."

Mahtab beobachtete lächelnd ihren Zweitgeborenen. Sie liebte diesen ungestümen Kerl, der, was immer er sich gerade in den Kopf gesetzt hatte, unbeirrt verfolgte. Jetzt schien er aber aus den Worten seines Erzeugers nicht recht schlau zu werden.

„Also darf ich?"

„Du darfst."

„Juhuuuu." Abbas streckte die Arme in die Höhe, als hätte er beim Fußball ein Tor geschossen.

„Darf ich mit ihm gehen?", flehte nun Hamid.

„Nein, du kannst am Bärensee ja mit Sabine spielen."

„Wer ist denn Sabine?", mischte sich Mahtab ein.

Das sei die Tochter von Frau Eckstein, erklärte Amin. Sie sei in Hamids Alter. Die beiden würden bestimmt gut miteinander auskommen.

„Ich verstehe nicht."

„Ich hatte doch gesagt, dass wir Frau Eckstein und ihre Tochter mitnehmen."

„Was?" Sie versuchte ihr Zittern zu verbergen. Die beiden Jungen verfolgten mit offenem Mund die unerklärliche Spannung, die plötzlich im Raum lag. Azadeh betrachtete ihre Fingernägel.

Mahtab erhob sich. Schnell raus hier, dachte sie.

Im Bad schloss sie sich ein und stützte sich auf den Waschbeckenrand. Die Eckstein war weiß Gott nicht die Erste. Amin schwärmte so unbekümmert von den Vorzügen anderer Frauen, wie weitgereiste Iraner Paris, London oder New York priesen.

Er ließ sie an seinen Entdeckungen teilhaben. Als sei sie ein gefühlloses Stück Holz. Das alles hatte in Deutschland angefangen, dieses Land hatte ihm den Kopf verdreht. Sie war nicht naiv, sie ahnte, dass es bei seinen Schwärmereien nicht blieb. Dass er diese Ursula Eckstein nun in ihre Familie einführte, an ihrem Leben teilhaben ließ, konnte nur eines bedeuten. Niemals, niemals, zischte sie ihr blasses Spiegelbild an. Lieber würde sie sterben.

Wenig später hielt Amin mit dem Auto in einer ruhigen Seitenstraße in Bockenheim. Auf dem Bürgersteig stand eine schlanke blonde Frau mit einem bunten, viel zu kurzen Sommerkleid, neben ihr ein Mädchen, von dem man nicht viel sah, weil sie einen riesigen aufgeblasenen Delfin im Arm hielt. Amin gab der Frau die Hand und strich dem Kind über die Haare. Dann hielt er ihnen die Autotür auf. Mahtab blickte starr durch die Windschutzscheibe. Sie hörte, wie es sich die beiden auf dem Rücksitz bequem machten.

„Guten Tag, Frau Hamidzadeh. Ich habe schon so viel von Ihnen gehört. Ihr Mann redet ständig über Sie. Er schwärmt geradezu von Ihnen. Ich freue mich sehr, dass wir uns endlich kennenlernen."

Mahtab blickte weiter geradeaus, als seien sie im Autokino. Parfumduft verbreitete sich im Wagen, und sie versuchte sich zu erinnern, ob er ihr bekannt vorkam, von Amins Jacken oder Hemden etwa. Sie war unsicher. Ab jetzt würde sie darauf achten. Jetzt hatte sie eine Spur.

„Ähm, das ist übrigens meine Tochter Sabine."

„..."

„Ja, ähm, das wird ein heißer Tag heute, nicht wahr? Aber das kennen Sie ja aus dem Iran. Aber für uns ist es etwas Besonderes. In Frankfurt war es schon lange nicht mehr so..."

„Guten Tag", sagte Mahtab zum Armaturenbrett.

Der Kofferraumdeckel fiel zu und Amin stieg ein. Er fuhr los und begann sogleich mit der Frau zu reden, dabei schaute er mehr in den Rückspiegel als nach vorne. Mahtab aber ahnte, dass ihr Mann von Anfang an gar nicht vorgehabt hatte, alle drei Kinder mit an den See zu nehmen. Sie hätten überhaupt nicht alle in das Auto gepasst.

Wie zu erwarten, waren sie nicht die einzigen, die an den Badesee wollten. Lange vor der Abbiegung, die sie nehmen mussten, standen die Autos auf beiden Straßenseiten dicht aneinander geparkt. Nachdem auch Amin eingesehen hatte, dass es zwecklos war, auf einen Parkplatz in der Nähe des Eingangs zu hoffen, stellte er den Mercedes schließlich in einem Waldweg ab. Bepackt mit Taschen, Körben, Sonnenschirm und Campingstühlen machten sie sich auf den Weg, Amin mit der Frau und ihrer Tochter vorneweg, Mahtab und Hamid mit einigem Abstand hinterher. Die Drei wirken wie eine Familie, dachte sie bitter.

Am Eingang hatte sich eine Schlange gebildet. An ein Durchkommen war nicht zu denken. Die Leute nahmen das klaglos hin, diszipliniert warteten sie einfach und rückten millimeterweise vor. Keiner schubste den anderen, niemand drängte sich vor oder wurde laut. Mahtab ließ Hamids Hand nicht los, er war ihr einziger Halt. Amin und diese Frau standen direkt vor ihr. Den beiden waren wohl die Gesprächsthemen ausgegangen, schweigend warteten auch sie darauf, endlich durch die Sperre zu kommen.

Die Liegewiesen waren nahezu lückenlos mit bunten Handtüchern, Liegestühlen und von Sonnenöl glänzenden Körpern gepflastert. Im Gänsemarsch bahnten sie sich einen Weg zwischen den Leibern, wobei Mahtab darauf achtete, niemanden versehentlich zu treten. Dabei ließ sich der Anblick zahlloser nackter Bäuche, Brüste und Beine nicht vermeiden. Diese Menschen schien es nicht zu stören. Sie blickten selbstverliebt an sich herab, cremten sich gegenseitig ein und taten so, als seien sie allein auf diesem Planeten. Von Zeit zu Zeit schaute sie kurz auf, um zu sehen, wohin Amin sie führte. Der See war fast ebenso voller Menschen wie die Wiesen ringsum. Bis zum Bauch standen sie nebeneinander im Wasser. Für die Kinder war kaum Platz zum Plantschen. Nur in der Mitte des Sees, dort wo man offenbar nicht mehr stehen konnte, bewegten sich ein paar Schwimmer frei. Dorthin wünschte sich auch Mahtab, weg von diesem Leibermeer, von dieser entsetzlichen Frau und von Amin. Aber leider konnte sie nicht schwimmen.

Ihr Mann blieb unversehens stehen. Wie ein Expeditionsleiter wies er auf die Stelle, an der sie ihr Lager aufschlagen sollten. Immerhin hatte er eine Lücke entdeckt, die ihnen genug Raum bot, ohne dass sie andere Badegäste behelligten.

Mahtab machte sich gleich daran, die beiden Campingstühle aufzuklappen, den Sonnenschirm aufzuspannen und die Decke auszubreiten. Amin blickte mit zufriedener Miene auf seine Frau, und die beiden Kinder taten so, als hätten sie nichts miteinander zu tun. Unterdessen konnte es diese Frau kaum abwarten, sich auszuziehen.

„Bitte nehmen Sie Platz." Amin wies mit großzügiger Geste auf eine der beiden Sitzgelegenheiten.

„Danke schön, wir cremen uns erst mal ein", entgegnete sie und hielt mit einem strahlenden Lächeln das Sonnenöl in die Höhe.

Mahtab widmete ihre ganze Aufmerksamkeit nun der Vorbereitung ihres Picknicks. Damit kannte sie sich aus und konnte die Anwesenheit dieser Person ausblenden. Auf der Wolldecke breitete sie ein weißes Tischtuch aus und stellte Plastikteller, Besteck und Becher hin. Nacheinander beförderte sie aus dem Korb Behälter mit Frikadellen, gebratenen Hähnchenschenkeln, Salat, Brot, Melonenscheiben, Kirschen und schließlich Flaschen mit eisgekühlter Limonade und eine Thermoskanne mit Tee.

Amin hatte Frau Eckstein vor einem halben Jahr eingestellt. Schuld daran war sie selbst, musste Mahtab sich eingestehen. Sie hatte ihn bedrängt, jemanden zu beschäftigen, der etwas von Buchhaltung verstand und Ordnung in seinen Laden bringen würde. Dabei hatte sie sich einen älteren, seriösen Herrn vorgestellt. Dass er eine Frau einstellen würde, hatte sie nicht erwartet. Und obendrein noch eine attraktive Alleinstehende. Angeblich war ihr Mann vor einigen Jahren gestorben. Mahtab fragte sich, wo der Arbeitsplatz dieser Frau war. Doch nicht etwa in dem kleinen Büro, so dicht bei Amin? Und das jeden Tag? Allzu viel Arbeit konnte die Buchhaltung nicht sein. Über mangelnde Kundschaft konnte sich Amin zwar nicht beklagen, die Leute deckten offenbar gern bei ihm ihren alltäglichen Haushaltsbedarf. Trotzdem warf das Geschäft nicht genug ab. Ohne ihr zusätzliches Gehalt würde es vorne und hinten nicht reichen.

Für Amin waren Namen und Symbole wichtiger als alles andere. Nachdem er das heruntergekommene Haushaltswarengeschäft von einem alten Mann übernommen hatte, ließ er als Erstes über der Eingangstür ein riesiges Schild anbringen, Visitenkarten, Briefpapier und Handzettel drucken. Das Unternehmen, wie er es bezeichnete, hieß fortan *Kaufhaus Europa.* Nach und nach erweitere er das Warensortiment, zunächst um Bekleidungsartikel und einfache Uhren. Schließlich kamen noch Kaffee, Tee und Schokolade hinzu. Als Verkäufer hatte er einen jungen Iraner eingestellt, während er selbst in seinem kleinen Büro Gäste empfing, mit ihnen Tee trank und über Literatur und Politik diskutierte. Sein Geschäft führte er mehr oder weniger im Blindflug. Immerhin schaffte er es, dass sein Unternehmen nicht abstürzte.

„Wollen Sie sich nicht ausziehen, Mahtab? Ich darf Sie doch mit Vornamen ansprechen, oder? Ihr Mann erwähnt ihn so oft, dass er mir schon ganz vertraut ist. Ich heiße Ursula."

Hoffentlich hält die blöde Kuh endlich die Klappe, dachte Mahtab. Sie schenkte zwei Becher Limonade ein und lächelte das kleine Mädchen an.

„Trinken, meine liebe Kleine?"

Dann reichte sie ihrem Sohn den anderen Becher. Dabei fiel ihr Blick auf Ursula. Die blinzelte unsicher und lächelte sie mit zusammengepressten Lippen an. Sie ist mager und sie ist älter als ich, stellte Mahtab fest.

„Nimmst du das bitte, mein Schatz?" Sie schaute auf. Ihr Mann stand da in Badehose, das Handtuch lässig um den Hals gelegt und hielt ihr ein Kleiderbündel hin. Sie hatte gar nicht bemerkt, dass er zur Umkleidekabine gegangen war. Sich einfach ein Handtuch umbinden und vor den Leuten ausziehen kam für ihn nicht infrage.

Genüsslich ließ er sich auf dem zweiten Campingstuhl nieder. Mit übereinander geschlagenen Beinen wandte er sich an seinen Gast. Die vielen Freizeitangebote, die Schwimm- und Sportstätten in Deutschland seien großartig. Alles sei tipptopp in Ordnung und funktioniere. Und alle, ob arm oder reich, ob Männer oder Frauen könnten sie nutzen.

„Das ist progress, wie sagt man auf Deutsch?"

„Fortschritt", assistierte Ursula.

„Ja. Wonderful." Dabei schenkte er seiner Mitarbeiterin einen anerkennenden Blick.

Was ihr Mann an dieser Frau wundervoll fand, war nicht schwer zu erraten, sagte sich Mahtab. Diese Person bot ihm einen freien Blick auf ihren nackten Körper und schämte sich nicht einmal dafür. Sie mochte zu dünn sein, aber was Amin offenbar gefiel, war ihre Freizügigkeit. So waren die Männer. Er konnte nichts dafür. Es war diese Schlange, die ihn in ihren Bann zog.

Das kleine Mädchen setzte dem unwürdigen Schauspiel ein vorläufiges Ende, indem es quengelnd an seiner Mutter zerrte. Ihr sei heiß, sie wolle ins Wasser. Die Frau warf Amin ein entschuldigendes Lächeln zu und erhob sich.

„Kommst du mit ins Wasser?" Sie nickte Hamid aufmunternd zu.

Störrisch schüttelte der Junge den Kopf.

„Auf, Hamid. Sei ein Mann. Du kannst die beiden Frauen doch nicht allein gehen lassen. Mach schon." Amins Ton ließ keine Widerrede zu.

Murrend und mit gesenktem Kopf fügte sich der Junge in sein Schicksal und trottete neben dieser Frau und ihrer Tochter zum Wasser.

Plötzlich waren sie nur noch zu zweit, Amin auf

dem Campingstuhl, Mahtab auf der Decke, und Amin schien sich an seine Frau zu erinnern.

„Fabelhaft, wie du das alles wieder einmal arrangiert hast“, er wies mit dem Kinn auf die Speisen und Getränke. „Der Duft steigt einem in die Nase und lässt einem das Wasser im Mund zusammenlaufen. Eine großartige Köchin und Gastgeberin bist du.“

Bei ihrem Mann war alles entweder großartig oder es existierte nicht. Sie glaubte ihm, dass er ihre hausfraulichen Fähigkeiten schätzte. Seine Bewunderung aber galt Frauen wie dieser Ursula, die sich zurechtmachte, auf Augenhöhe mit Männern sprach und keine Scheu hatte, sich im Bikini zu zeigen. Das bedeutete für ihn Fortschritt, und der war unaufhaltsam, wie er stets betonte. Wer stehenblieb, wurde überrollt, so wie damals ihre Mutter, die geglaubt hatte, das kaiserliche Verschleierungsverbot ignorieren zu können.

Schon bald nach seinem ersten Besuch schaute Amin Agha erneut bei ihren Eltern vorbei. Von einer fremden Stimme angelockt, sah Mahtab nach, wer da gekommen war. Der feine Herr stand im Hof und begrüßte Vater mit Küsschen rechts und Küsschen links. Er trug wieder einen schicken Anzug. Anstelle einer Fliege hatte er diesmal aber eine Krawatte umgebunden.

Er habe den Eindruck, das Verschleierungsverbot würde nicht mehr so strikt eingehalten wie zu

Beginn, sagte er zu Vater, als die beiden Männer beim Tee zusammensaßen. Allmählich wagten es Frauen, sich wieder mit Schleier in der Öffentlichkeit zu zeigen. „Aber der Fortschritt lässt sich nicht aufhalten. Übrigens", Amin zog energisch an seiner Zigarette und sprach in den ausgeblasenen Rauch hinein, „die Damen am kaiserlichen Hof und auch einige andere aus der Oberstadt tragen Hüte, um dem Volk ein Vorbild zu sein."

„Und was soll das bringen?"

„Na ja, mit den Hüten können sie ihre Haare verbergen, ohne sich komplett zu verschleiern."

Mahtab, die von ihrem Beobachtungsposten aus das Gespräch verfolgte, versuchte sich ihre Mutter mit Hut vorzustellen. Um nicht laut loszulachen, drückte sie ihre Hand fest auf den Mund. Mutter vermied es weiterhin, das Haus zu verlassen. Nur einmal die Woche ließ Vater eine Droschke vorfahren, die sie zum öffentlichen Hamam und zurückbeförderte.

„Keine Frau aus der Verwandtschaft kommt mit der Verordnung zurecht", sagte Vater. „In den Moscheen wird offen gegen das Verschleierungsverbot gepredigt. Ich weiß nicht, wo das noch hinführen soll."

„Das kann ich Ihnen sagen. Das führt uns in den modernen Iran. In Europa läuft keine einzige Frau mit Schleier herum und selbst in der Türkei haben sich die Frauen mittlerweile daran gewöhnt. Dort wagt es niemand mehr, sich zu beschweren, da können Sie sicher sein. Atatürk hat das Verbot mit eiserner Disziplin durchgesetzt."

Vater sah ihn schweigend an, nachsichtig und mit einer Spur Bewunderung.

Mahtab verscheuchte die Fliegen und deckte die mitgebrachten Speisen mit Tüchern zu. Die Sonne stand senkrecht über ihnen und sie spürte, wie der Schweiß zwischen ihren Brüsten rann. Sie fühlte sich unbehaglich als einzige Angezogene unter all diesen Badenden. Ach, was gäbe sie für ein bisschen Schatten und kühlen Wind.

7

Schon von Weitem war zu erkennen, dass etwas nicht stimmte. Der Bahnsteig quoll fast über. Am frühen Nachmittag war üblicherweise wenig los, das Gedränge des Berufsverkehrs begann erst später. Mahtab näherte sich dem Pulk der Wartenden und sah sich ratlos um. Wenn die Straßenbahn nicht bald käme, geriete ihr ganzer Plan durcheinander. Schon am Morgen hatte sie sich vorgenommen, nach der Arbeit als Erstes bei Amin im Laden vorbeizugehen. Wenn sie auf den Einkauf verzichten und nur etwas Einfaches zum Abendessen zubereiten würde, könnte sie die verlorene Zeit ausgleichen. Sie musste dringend mit ihm reden, in Ruhe. Die beiden Jungen sollten nichts davon mitbekommen, und erst recht nicht ihre Tochter. Denn um sie ging es.

Als sie am Morgen den Küchenstuhl hervorgezogen hatte, um sich hinzusetzen, war Azadehs Handtasche heruntergefallen und der Inhalt hatte sich über den Boden verteilt. Obwohl ihre Tochter schon erwachsen war und es besser wissen sollte, ließ sie ihre Tasche immer offen. Warnte man sie, dass Diebe ohne Weiteres hineingreifen und sich bedienen könnten, winkte sie ab. Es war jenseits ihrer Vorstellungskraft, in diesem Land bestohlen zu werden. Gott möge sie vor Schaden bewahren, dachte Mahtab und machte sich auf allen Vieren daran, Schlüssel, Portemonnaie, Kamm, Spiegel, Papiertaschentücher, Lippenstift und die Tablettenschachtel wieder einzuräumen. Nachdem sie den Reißverschluss zugezogen hatte, fragte sie sich, was das für Tabletten waren. Ihre Tochter war nicht krank. Sie öffnete die Handtasche und zog die Schachtel hervor. Eugynon 28 stand darauf. Der Name des Medikaments sagte ihr nichts. Sie überflog den Beipackzettel. Entsetzt ließ sie ihre Hände in den Schoß fallen. Da stand etwas von Schwangerschaft, Zyklus und Hormonen. Mein Gott, murmelte sie und zog den Reißverschluss der Tasche wieder zu. Die Schachtel legte sie vor sich auf den Tisch und betrachtete sie wie ein gefährliches Tier. Von diesen Pillen hatte sie schon gehört. Es gab sie noch nicht allzu lange. Die waren doch nur etwas für verheiratete Frauen, solche, die schon Kinder hatten und nicht mehr schwanger werden wollten oder durften. Oder für irgendwelche Schauspielerinnen, die es wild trieben, ganz zu schweigen von Schlampen, die das letzte Fünkchen Anstand verloren hatten. Aber das hatte doch alles nichts mit ihrer Tochter zu tun. Mahtab versuchte sich zu sammeln. Wenn Azadeh diese Pillen besaß, bedeutete es, dass sie…

Sie schlug sich auf den Mund. Sie hatte sich über Minirock und Make-up aufgeregt. Wie lächerlich im Vergleich zu dem hier. Von Anfang an hatte sie befürchtet, dass ihr das Mädchen in diesem Land entgleiten würde. Jugendliche gingen Arm in Arm durch die Straßen und küssten sich in aller Öffentlichkeit. Paare schliefen völlig ungeniert bereits vor der Hochzeit miteinander. Das war schon schlimm genug. Neuerdings aber wurden auch noch die Röcke immer kürzer. Junge Frauen versuchten sich darin zu übertreffen, möglichst viel nackte Haut zu zeigen. Sie boten sich damit regelrecht den Männern an. Und genau an dieser Stelle kam die Pille ins Spiel. Um ihre beiden Söhne machte sie sich keine Sorgen, jedenfalls was diese Sache anging. Sie würden ihren Weg gehen, und natürlich sollten sie lernen, Verantwortung zu übernehmen. Ihre Tochter aber musste so lange beschützt werden, bis sie in den sicheren Hafen der Ehe einlief. Wenn es nicht schon zu spät war. Diese Herausforderung war zu groß für sie allein, dachte Mahtab. Amin musste einschreiten, ein Machtwort sprechen. Er war der Vater.

Neue Menschen drängten auf den Bahnsteig und sahen sich irritiert um. Fragen wurden gestellt, Schultern gezuckt, Köpfe geschüttelt, keiner wusste, warum die Straßenbahn nicht kam. Einige gaben auf und machten sich zu Fuß auf den Weg. Sie könnte natürlich auch den Bus nehmen, dann müsste sie am Hauptbahnhof in die Linie 12 steigen und von der Konstabler Wache aus ein Stück laufen, überlegte sie. Sie stellte sich auf die Zehenspitzen und hielt Ausschau, von der Bahn weiterhin keine Spur. Während ihr Kopf noch das Für und Wider eines Umwegs über den Hauptbahnhof abwog, setzten sich ihre Beine schon in Bewegung.

Eine dunkelblaue Limousine hielt direkt vor ihr. Erschrocken wich sie zurück. Die Scheibe wurde langsam heruntergelassen und Doktor Liebich streckte seinen Kopf aus dem Autofenster.

„Guten Tag, Frau Hamidzadeh. Wie ich sehe, ist die Straßenbahn ausgefallen. Kann ich Sie ein Stück mitnehmen?“ Er lächelte sie freundlich an.

Der Oberarzt schon wieder. Hatte er sie abgepasst?

„Es geht doch schneller mit dem Auto. Und ich muss ohnehin in Ihre Richtung. Für mich ist es kein Umweg.“

Woher wusste er, wo sie wohnte? Sie schaute sich rasch um. Es war keine Kollegin an der Haltstelle.

„Vielen Dank, Herr Doktor. Ich fahre Bus.“

„Mit dem Auto sind Sie schneller als der Bus, wetten?“

Doktor Liebich beugte sich herüber und öffnete die Beifahrertür.

Er hatte recht. Der Bus würde erst in fünfzehn

Minuten kommen und am Hauptbahnhof müsste sie erneut auf die Linie 12 warten. Trotzdem, sie konnte nicht so einfach in das Auto eines fremden Mannes steigen. Was würde Amin denken, wenn er das sähe?

„Vielen Dank." Sie schüttelte bedauernd den Kopf.

„Steigen Sie ein."

Als würde jemand an unsichtbaren Fäden ziehen, glitt sie in das Auto, warf die Tür zu und fragte sich, was sie da eigentlich tat.

„Vielleicht gab es einen Unfall. Einen anderen Grund kann ich mir nicht vorstellen."

„Wie bitte?"

„Ich meine wegen der Straßenbahn."

„Ja."

Mahtab zog ihren Rock über die Knie und umklammerte ihre Handtasche. Der Arzt redete weiter über die Straßenbahnen, Busse, Verkehrsunfälle. Seine Hände lagen entspannt auf dem Lenkrad. Die Fingernägel waren kurz geschnitten. So sahen also Chirurgenhände aus. Er hätte auch Klavierspieler sein können, so feingliedrig waren sie. Jedenfalls schien er nicht verheiratet zu sein, er trug keinen Ehering. Wieso war ein Mann wie er allein, fragte sie sich.

„Wie war die Arbeit heute?" Der Arzt sah sie plötzlich an.

Was sollte sie sagen? Die Arbeit war wie immer, wie sollte sie schon gewesen sein.

„Gut, viele Arbeit, aber gut."

Doktor Liebich lachte. „Ja, das glaube ich."

Schweigend fuhren sie über den Main. Es wäre ihr lieber, er würde einfach plaudern.

Am Ende der Brücke sprang die Ampel auf Rot und das Auto kam zum Stehen.

„Früher konnte man im Main schwimmen. Da drüben im Nizza war die Badeanstalt. Als Kind war ich im Sommer fast jeden Nachmittag dort. Eine Rollschuhbahn, Faustballplätze und sogar ein Bootsverleih gehörten dazu. Nach dem Krieg war es damit aus und vorbei wie so vieles. Und heute kann man sich gar nicht mehr vorstellen, einen Fuß in dieses Dreckwasser zu setzen." Der Arzt schüttelte den Kopf.

Mahtab sah in die Richtung, in die Liebich gezeigt hatte. Da fiel ihr Blick auf eine sehr alte Frau, die auf einen Gehstock gestützt die Straße zu überqueren begann. Es war absehbar, dass sie es nicht schaffen würde, rechtzeitig auf die andere Seite zu kommen. Warum nahm sie keiner der Passanten am Arm und half ihr?

Die Ampel sprang auf Grün, und die Greisin hatte erst die Mitte der Straße erreicht.

„Herr Doktor, Vorsicht. Alte Frau."

„Wie bitte?"

„Alte Frau." Sie zeigte mit ausgestrecktem Arm auf die Fußgängerin.

„Ja, natürlich."

Liebich wartete geduldig. Gemeinsam verfolgten

sie, wie die Alte einen Fuß vor den anderen setzte. Hinter ihnen hupte jemand, doch anstatt sich umzudrehen und den Idioten zurechtzuweisen, blieb der Arzt völlig gelassen. Amin hätte dem Dummkopf, der keine Augen für gebrechliche Fußgänger hat, längst eine Lektion erteilt.

„Herr Doktor?“

„Ja?“ Liebich drehte sich lächelnd zu ihr. Er schien es ihr nicht übel zu nehmen, dass sie sich nicht für Badeanstalten vor dem Krieg interessierte.

„Alte Frau auf Station 3 gestorben?“

„Wen meinen Sie?“

„Frau Rose. Sie sehr schwach, nichts gegessen. Und dann war weg, nicht mehr auf Station.“

Der Arzt schien zu überlegen. Jedenfalls sagte er nichts. Die Fußgängerin hatte endlich die gegenüberliegende Straßenseite erreicht, und er fuhr los. Vielleicht wollte er nicht über Patienten sprechen.

„Nein, sie ist nicht gestorben. Aber sie war tatsächlich sehr schwach. Wir mussten sie eine Weile auf der Überwachungsstation behalten. Es geht ihr inzwischen besser. Morgen wird sie auf Station 3 zurückverlegt.“

Mahtab seufzte erleichtert.

„Kennen Sie sie persönlich?“

„Nein.“ Sie schüttelte den Kopf.

Am Hauptbahnhof sprang die Ampel auf Rot und Liebich bremste. Neben ihnen kam auch die Straßenbahnlinie 12 zum Stehen. Mahtab erinnerte sich an ihr Vorhaben.

„Herr Doktor. Vielen Dank. Sehr nett von Ihnen. Ich hier aussteigen. Ich muss zu meine Mann, zu Geschäft, mit meine Mann sprechen."

„Was für ein Geschäft hat denn Ihr Mann, wenn ich fragen darf?"

„Ein Kaufhaus."

„Donnerwetter."

„Vielen Dank, Herr Doktor. Auf Wiedersehen." Sie nickte ihm lächelnd zu und schlüpfte aus dem Auto, bevor die Ampel wieder auf Grün wechselte.

Es gelang ihr, im letzten Moment noch die Straßenbahn zu erwischen. An der Haltestelle Konstabler Wache stieg sie aus und lief zur Bergerstraße. Unterwegs legte sie sich die Worte zurecht, mit denen sie Amin über die Verfehlungen ihrer Tochter in Kenntnis setzen würde. Natürlich mussten sie mit ihr in Ruhe reden und ihr den Abgrund, in den sie stürzen könnte, aufzeigen. Doch Azadeh war ein widerspenstiges Mädchen, zu viel Freiheit tat ihr nicht gut. Wenn es nicht anders ginge, müssten sie eben andere Saiten aufziehen. Aber welche? Je näher Mahtab dem Laden kam, desto mehr zerfaserten ihre Gedanken. Schließlich blieb sie stehen. Erst jetzt wurde ihr klar, dass diese Frau im Geschäft sein könnte. Sie spürte ein heftiges Ziehen im Magen wie nun schon häufiger in letzter Zeit. Das erste Mal war es bei dem Ausflug an den Badesee aufgetreten.

Der Nachmittag hatte sich hingezogen, und ihr Mann hatte nur Augen und Ohren für diese Person gehabt. In einer Mischung aus Englisch und Deutsch erklärte er seinem halbnackten Gast die Welt und hörte fasziniert zu, wenn sie ihm im Gegenzug darlegte, wie Deutschland funktionierte. Während sie sich unterhielten, hob die Frau wie beiläufig immer wieder die Arme, fuhr sich mit den Händen durch ihre blonden Haare und zeigte ihre glatt rasierten Achselhöhlen. Amin verlor einen Moment lang den Faden und Mahtab schnappte nach Luft, ein schmerzhaftes Ziehen durchfuhr ihren Magen. In dem Moment setzte das Gequengel des kleinen Mädchens ein und steigerte sich in atemberaubendem Tempo. Es ließ nichts unversucht, um die Aufmerksamkeit seiner Mutter zu erlangen. Amin befahl seinem Sohn, mit der kleinen Sabine zu spielen. Doch Hamid hatte sich in sein Comicheft vertieft und sah nicht einmal auf. Offenbar fand er die Vorstellung, mit dem Mädchen Kontakt aufzunehmen, noch schrecklicher, als sich den Zorn seines Vaters zuzuziehen. Schließlich war Sabine gar nicht mehr unter Kontrolle zu bekommen, ihr Genörgel ging in offenes Weinen und schließlich Gebrülle über. Der Lärm der Tochter war noch schwerer zu ertragen als das Benehmen ihrer Mutter. Mahtab lockte das Kind mit Essen und Trinken, damit es endlich Ruhe gab. Aber darum ging es gar nicht, merkte sie bald und stellte ihre Bemühungen ein. Schließlich kam der Punkt, an dem nichts mehr ging. Die Liegewiese geriet in Bewegung, Sonnenbadende richteten sich stirnrunzelnd auf, Familienväter kamen näher, um zu sehen, was los war und Frauen begannen, das Geschehen zu kommentieren. Amin setzte dem ein Ende. Lächelnd erklärte er, wie sehr er den Nachmittag genossen habe. Es sei nun aber an der Zeit, wieder nach Frankfurt zurückzufahren. Dem unglücklichen Kind strich er über den Kopf. Schniefend beruhigte es sich und half eifrig mit, die Sachen zusammenzupacken. Mahtab atmete auf.

Im Laden waren nur wenige Kunden. Die beiden Waschmaschinen fielen ihr sofort auf. Amin hatte also das Sortiment erweitert. Sie fragte sich, warum Leute ausgerechnet bei ihnen ein solches Gerät kaufen sollten. Außerdem wurde es dadurch noch enger in dem Geschäft. Der junge Verkäufer kam Mahtab entgegen und begrüßte sie.

„Guten Tag, Frau Hamidzadeh. Welche Freude, Sie hier zu sehen. Wie geht es Ihnen? Wie geht es den Kindern?"

„Guten Tag, Herr Ziaolhaq. Danke, alles bestens. Wie geht es Ihnen? Wie geht es Ihren Eltern? Wie geht es Ihren Geschwistern?"

Nachdem sie die unverzichtbaren Höflichkeiten ausgetauscht hatten, erkundigte sie sich nach dem Verkauf.

„Ach, na ja. Über Kunden können wir uns nicht beklagen. Aber sie kaufen nur Kleinkram, Wolle zum Stricken, Handfeger oder mal ein Küchensieb, solche Sachen eben."

„Seit wann stehen die Waschmaschinen hier?"

„Oh, die bieten wir schon seit mehreren Wochen an."

Sie beschloss, häufiger vorbeizuschauen. Das hier schien aus dem Ruder zu laufen. Diese Frau sollte Ordnung in den Laden bringen. Davon war nichts zu erkennen.

„Habt ihr denn schon eine verkauft?"

„Nein, leider nicht."

„Interessieren sich denn die Kunden überhaupt dafür?"

„Oh ja. Durchaus."

Was sollte der arme Kerl auch schon antworten? Er würde es niemals wagen, eine Entscheidung seines Chefs infrage zu stellen.

„Ist mein Mann da?", fragte sie über die Schulter hinweg, während sie schon auf die angelehnte Tür seines Büros zuging. Sie hörte das Klingeln des Telefons und gleich darauf Amins donnernde Stimme.

„*Kaufhaus Europa*, guten Tag."

Sie glitt durch die Tür und nickte ihrem Mann zu, der den Hörer fest umklammert, sogleich aufgeregt auf Farsi ins Telefon sprach. Aha, ein Landsmann, dachte sie. Nachrichten wurden ausgetauscht, es ging um den Deutschlandbesuch des Schahs. Für Amin gab es seit Tagen kein anderes Thema. Auch sie war immer noch schockiert. In West-Berlin hatte es bei Demonstrationen gegen den Schah einen Toten gegeben. Um die Ehre des Diktators zu retten, hatte der iranische Geheimdienst flugs Leute herbeigeschafft, die ihm erst zujubelten und dann ihre Knüppel hervorholten und auf die Demonstranten losgingen. Die Polizei schritt ein, und in dem Tumult erschoss ein Beamter einen Studenten. Als Mahtab im Fernsehen das Bild der jungen Frau sah, die neben der Leiche ihres Ehemanns kniete, musste sie weinen.

Mahtab ließ ihn telefonieren und schaute sich um. Irgendwo musste schließlich seine Mitarbeiterin ihre Arbeit verrichten. Aber alles war wie immer. Amins Schreibtisch nahm fast die ganze Wandseite ein, daneben stand ein alter Aktenschrank und davor drei bequeme Sessel samt Couchtisch. Mehr nicht. Auf dem Boden entdeckte sie ein hellblaues Seidentuch. Sie hob es auf. Der Parfumduft der Frau war unverkennbar. Sie ließ es fallen, als hätte sie sich verbrannt.

Kaum hatte ihr Mann aufgelegt, platzte sie heraus: „War die Frau gerade hier?"

„Guten Tag, mein Schatz. Was für eine schöne Überraschung."

Amin stand auf, um sie zu umarmen. Mahtab aber wich einen Schritt zurück.

„Welche Frau?"

„Du weißt genau, wen ich meine."

„Ursula Eckstein? Nun, Ursula arbeitet von zu Hause aus. Nur manchmal kommt sie her, nimmt

Unterlagen mit oder bringt sie zurück. Um die Buchhaltung zu erledigen, muss sie schließlich nicht hier sein."

„Warum riecht es dann so nach ihr?"

„Wie meinst du das?"

„Na, das hier." Sie wedelte mit der Hand in der Luft herum.

Ihre Stimme überschlug sich. Sie griff nach dem Halstuch und hielt es hoch. „Und was ist das?"

„Was willst du eigentlich?" Amin ging um seinen Schreibtisch herum und schloss die Bürotür.

„Die Wahrheit."

„Nun, die Wahrheit ist, dass sie die Buchhaltung zu Hause erledigt."

Mahtab schnaufte verächtlich. All der Groll, den sie seit jenem Sonntag zurückgehalten hatte, brach nun aus ihr heraus.

„Meinst du ich habe nicht mitbekommen, wie deine Blicke an ihr klebten, wie du sie angehimmelt hast und…"

„Ach was. Das bildest du dir bloß ein."

„…und wie du ihr ständig Komplimente gemacht hast? Frau Eckstein hier, Frau Eckstein da." Sie äffte ihn nach.

Amin sah sie wortlos an. Seufzend winkte sie ab und versuchte sich zu sammeln. Im Moment gab es Wichtigeres.

„Weswegen ich eigentlich gekommen bin…" Das schwarze Telefon klingelte. Sie hob ihre Stimme, als könne sie den Apparat übertönen. „…ist wegen

Azadeh. Wir müssen uns ernsthaft Gedanken machen…"

Amin nickte ihr zu, während er seinen Arm nach dem Hörer ausstreckte.

„Kaufhaus Europa, guten Tag", meldete er sich er auf Deutsch und wechselte sogleich ins Persische: „Salam. Wie geht's? Was? Na, das war ja zu erwarten. Ein riesiges Polizeiaufgebot? Ich muss gleich mal das Radio anmachen." Ihr Mann hörte zu und gab gelegentlich ein missbilligendes Brummen von sich. Es ging wohl wieder um den Schah-Besuch.

An der Bürotür klopfte es und ein hagerer Mann mit einem mächtigen schwarzen Schnurrbart streckte seinen Kopf hinein.

Während Amin seinem Gesprächspartner brummend zuhörte, winkte er den Gast hinein und gab ihm ein Zeichen sich zu setzen.

„Wie viele Demonstranten sagst du?"

Der Besucher begrüßte Mahtab und erklärte ihr, flüsternd, dass er sich sehr freue, sie kennenzulernen. Er stellte sich vor. Der Name sagte ihr nichts. Leise entgegnete sie ihm, er möge doch bitte Platz nehmen.

„Nein!" Amin griff sich an den Kopf.

Dann legte er die Hand auf den Hörer und flüsterte Mahtab zu: „Mein Schatz, sei bitte so lieb und sag Herrn Ziaolhaq, er soll Tee bringen."

Sie ging zurück in den Verkaufsraum und bat den Mitarbeiter, ihrem Mann und seinem Besucher Tee zu servieren. Dann verließ sie den Laden. Draußen konnte sie ihre Tränen nicht mehr aufhalten. Sie durchwühlte ihre Handtasche nach einem Taschentuch, schob Portemonnaie und Schlüssel zur Seite und hielt plötzlich die Schachtel in der Hand, die Antibabypillen. Sie würde allein mit Azadeh sprechen, entschied sie.

8

Die alte Dame war zwar wieder auf der Station, aber die meiste Zeit schlief sie. Ihr Essen rührte sie nicht an. Mahtab ließ sie schlafen. Während ihrer Schicht sah sie mehrmals bei ihr vorbei, vergewisserte sich, dass Frau Rose noch atmete und zog ihre Bettdecke vorsichtig zurecht, was eigentlich nicht nötig war, wie sie sich eingestand. Die Patientin rührte sich ohnehin nicht, sie lag da wie eine Tote, auf dem Rücken mit geöffnetem Mund, aus dem ein leises Rasseln drang. Das Gebiss hatte Mahtab ihr vorsichtshalber herausgenommen.

Frau Roses Zustand war offenbar stabil. Das hatte Doktor Liebich jedenfalls bei der Visite an ihrem Krankenbett verkündet, nachdem er sich den Bericht des Stationsarztes angehört hatte. Es sei normal, nach einem so schweren Eingriff viel zu schlafen, erklärte er, zumal eine Darmoperation bei einer so betagten Patientin keine leichte Sache sei. Mahtab hätte gerne erfahren, warum Frau Rose schon zuvor so schwach gewesen und in die Überwachungsstation verlegt worden war. Sie wäre sogar beinahe gestorben, das hatte der Oberarzt im Auto angedeutet. Jetzt klang es ganz anders. Natürlich wagte sie es nicht, Doktor Liebich im Beisein der ihn begleitenden Weißkittel und eifrig nickenden Kolleginnen genauer zu fragen. Bei passender Gelegenheit würde sie sich persönlich bei ihm erkundigen. Nein, sie hielt sich besser fern von diesem Mann, korrigierte sie sich umgehend. So konnte es auf keinen Fall weitergehen, sie war eine verheiratete Frau. Schon drei Mal war sie mit ihm im Auto mitgefahren, ein viertes Mal durfte es nicht geben. Sie wusste ohnehin nicht, was er von ihr wollte. Die anderen Krankenschwestern waren jünger und hübscher, wenn man von Oberschwester Erika absah.

Als ihre Schicht zu Ende war, verließ Mahtab das Markuskrankenhaus durch den Seitenausgang, schlug einen Bogen und näherte sich der Straßenbahnhaltestelle auf der gegenüberliegenden Seite. So hatte sie alles im Blick. Als sich die Bahn quietschend näherte, ging sie mit schnellen Schritten über die Straße. Beruhigt stieg sie ein und setzte sich auf ihren gewohnten Fensterplatz. Der Wagen des Arztes war nicht zu sehen.

Azadeh müsste schon zu Hause sein, überlegte sie. Mahtab hatte den Stundenplan ihrer Tochter genau studiert. Nur so konnte sie sicher sein, dass das Mädchen sofort nach der Schule heimkam.

Ausgehen durfte sie nachmittags und abends ohnehin nicht mehr. Mahtab hatte es ihr strikt verboten. Danach müsste man weitersehen. Das Gespräch war nicht so verlaufen, wie sie es sich vorgestellt hatte. Hinzu kamen die ständigen Unterbrechungen durch Abbas. Kaum hatte sie ihre Tochter zu sich in die Küche gerufen und die Tür vorsorglich geschlossen, war er hereingeplatzt. Der Kerl schien Geheimnisse zu riechen. Mit unschuldiger Miene stand er plötzlich in der Küche und wollte Pistazien. Mahtab fertigte ihn ab und schob ihn wieder durch die Tür, nicht ohne ihn vorher zu ermahnen, sie von nun an in Ruhe zu lassen. Kaum war der Junge draußen, knallte sie die Antibabypillen auf den Tisch und fixierte ihre Tochter.

„Was ist das?“

Das Mädchen blickte entsetzt von der Tablettenschachtel zur Mutter.

„Haben Sie meine Sachen durchsucht?“, rief sie empört.

„Nein, so etwas tue ich nicht. Es lag hier“, Mahtab wies auf den Boden.

Ihre Tochter sah nach unten und schien nichts zu begreifen.

„Genau da wo deine Füße sind.“

„Was?“

„Deine Tasche ist heruntergefallen. Sie war offen. Alles fiel heraus, auch das da.“

„Das kann nicht sein. Ich mache meine Tasche immer zu.“

Noch einmal tippte Mahtab auf die Schachtel.

„Wo hast du das her?"

„Das hätte ich nicht gedacht, dass Sie in meinen Sachen herumwühlen." Azadeh sprang auf. „Muss ich ab jetzt alles verschließen, oder was?"

„Hinsetzen", zischte Mahtab.

„Ich bringe erst einmal meine Sachen in Sicherheit." Das Mädchen führte sich auf, als sei sie Räubern in die Hände gefallen.

„Sehr witzig. Wenn die Angelegenheit nicht so bitterernst wäre, würde ich darüber lachen. Gut, wie du willst. Dann reden wir eben zu dritt weiter, mit deinem Vater."

Das Mädchen setzte sich.

„Woher?" Mahtab tippte erneut auf die Schachtel.

„Von Monika."

So in etwa hatte sie sich das gedacht. Die Frage war natürlich, woher diese Monika das Medikament hatte. Aber die Antwort darauf konnte warten. Der Freundschaft ihrer Tochter mit diesem Hippie-Mädchen hätte sie schon längst ein Ende setzen müssen. Wichtiger war jetzt die Frage, warum ihr Kind dieses Zeug überhaupt zu brauchen glaubte.

„Seit wann nimmst du die Pille?"

„Ich habe noch gar nicht angefangen. Das ist meine erste Packung."

Sie sagte das, als würde sie über das Zigarettenrauchen sprechen.

„Und deine letzte", ergänzte Mahtab.

Mit einem Krachen flog die Küchentür auf und Abbas stand wieder im Raum. Er habe von den salzigen Nüssen einen solchen Durst, dass er dringend etwas trinken müsse. Ohne eine Antwort abzuwarten, marschierte er zum Kühlschrank und hob die Sinalco-Flasche an den Mund, besann sich nach einem verstohlenen Seitenblick aber eines Besseren und ging in aller Gemütsruhe zum Küchenschrank, nahm sich ein Glas und goss sich ein.

„Was ist das?", fragte er amüsiert, zeigte auf die Tablettenschachtel auf dem Tisch, lehnte sich an den Küchenschrank und nippte wie ein Partygast an der gelben Flüssigkeit.

„Trink einfach aus und lass uns dann bitte allein." Mahtab versuchte sich in Geduld zu üben.

Doch Abbas zeigte nicht die geringste Eile. Seufzend stand Mahtab schließlich auf, schob ihn hinaus und schloss erneut die Tür.

„Du weißt, dass es eine schwere Sünde ist, vor der Ehe mit einem Mann zu schlafen? Das weißt du doch, oder?"

„Ach, Maman. Jetzt fangen Sie schon wieder mit ihren antiquierten Vorstellungen an."

„Reiß dich zusammen. Du redest mit deiner Mutter. Verstanden?"

„Ich mein ja nur."

„Verstanden?" Mahtab erhob ihre Stimme.

„Ja."

„Du bist auf dem besten Weg, deine Zukunft zu ruinieren. Du verlierst deine Ehre. Kein Mann wird dich heiraten, wenn du vorher durch unzählige Betten gehüpft bist. Vor der Schwangerschaft kannst du dich vielleicht schützen, nicht aber vor der Ehrlosigkeit. Willst du das?"

„Wir sind in Deutschland, Mamam."

„Ach ja?"

Die Küchentür ging wieder auf. Abbas klagte, die Limo sei so süß gewesen und er brauche sofort einen Schluck Wasser. Mahtab funkelte ihn böse an.

„Raus!", zischte sie.

Erschrocken wich er zurück.

„Nein, warte", korrigierte sie sich, ging an ihm vorbei in den Flur und rief Amin an.

Zurück in der Küche erklärte sie ihrem Sohn, er solle jetzt gleich zum Geschäft gehen. Dort müsse er seinem Vater im Lager etwas helfen. Aus ihrem Portemonnaie nahm sie eine Mark und gab sie ihm. „Für die Straßenbahn", erklärte sie.

Abbas hielt sich gerne in der Nähe seines Vaters auf, das wusste sie. Der Junge nickte. Doch anstatt endlich zu gehen, baute er sich vor seiner großen Schwester auf und sah sie treuherzig an. Die strich dem Störenfried sanft über die Haare und zauberte damit ein glückliches Lächeln auf sein Gesicht. Die beiden mögen sich, stellte Mahtab zufrieden fest. Eigentlich verstanden sich alle drei Kinder meistens gut, das immerhin hatten sie gut hinbekommen.

„Wo ist eigentlich Hamid?", erkundigte sie sich.

„Ach, der Langweiler liest mal wieder ein Buch. Sonst kann er nichts, der arme Kerl. Er kann einem schon leidtun. Liegt auf dem Bett und glotzt auf irgendwelche Buchstaben. Wenn es nach mir ginge, ich wüsste schon, wie man ihm helfen kann. Zum Beispiel…"

„Abbas!"

Er begegnete ihrem strengen Blick und murmelte: „Ich geh ja schon."

Zum dritten Mal schloss sie die Küchentür und nahm wieder vor ihrer Tochter Platz. Schweigend wartete sie, bis die Wohnungstür ins Schloss gefallen war. Dann nahm sie den Faden wieder auf. Bisher hätten die Männer fürchten müssen, dass unverheiratete Frauen, mit denen sie sich einließen, schwanger werden könnten. Nicht, dass sie das davon abgehalten hätte, junge Mädchen zu verführen oder sich gar später aus der Verantwortung zu stehlen. Aber wenigstens hatten sie mit Konsequenzen zu rechnen. Wenigstens das. Jetzt aber mit diesem neuen Medikament, das nur der Teufel erfunden haben konnte, müssten die Kerle gar nichts mehr fürchten. Damit wurden Frauen endgültig zum Freiwild. Waren sie den Jägern erst einmal in die Falle gegangen, gab es kein Entrinnen. Sie wurden benutzt, ihrer Unschuld beraubt und dann wie ein ausgepresster Granatapfel weggeworfen.

Die Vorstellung, dass ihrer eigenen Tochter ein solches Schicksal drohte, war unerträglich. Sie musterte das Mädchen.

„Hast du dazu nichts zu sagen?"

„Doch, eine Menge. Aber das wollen Sie nicht

hören."

Mahtab schnaubte entnervt.

„Warum hast du dir die Pille besorgt?"

„Warum wohl?" Azadeh zuckte trotzig die Schultern.

„Hast du einen Freund? Wer ist es?" Sie verschärfte ihren Ton.

Azadeh strich sich eine Haarsträhne aus dem Gesicht. Eigentlich ist sie kein Mädchen mehr, sondern eine junge Frau, dachte Mahtab. In ihrem Alter war ich schon verheiratet und hatte ein Kind. Aber das war eine andere Welt damals. Sie soll es besser haben, sie soll studieren. Für das Heiraten und Kinderkriegen ist noch genug Zeit. Erst die Ausbildung, dann heiraten, dann Kinder. Das war der richtige Ablauf.

„Also, wer ist es?"

„Niemand."

„Raus mit der Sprache!"

Azadeh verdrehte die Augen.

„Nun?"

„Er heißt Wolfgang."

„Und weiter?"

„Wolfgang Maier."

„Woher kennst du ihn?"

Er sei zwei Klassen über ihr gewesen. Jetzt studiere er im ersten Semester Medizin.

Medizin! Wenigstens scheint er aus gutem Hause zu sein, dachte Mahtab. Und er ist etwa in ihrem Alter.

„Habt ihr schon mal? Du weißt schon."

„Nein."

„Bitte verstehe mich nicht falsch. Wenn er ein guter Junge ist, habe ich nichts dagegen, wenn ihr miteinander ins Kino geht oder zusammen Tee trinkt."

„Danke, Mamani." Ein schiefes Lächeln huschte über das Gesicht der jungen Frau.

„Aber vorerst werdet ihr euch nicht sehen. Du wirst überhaupt niemanden sehen und die Wohnung nur verlassen, um in die Schule zu gehen. Anschließend wirst du auf direktem Weg wieder nach Hause zurückkehren. Bis zum Abitur! Von mir aus kannst du mit ihm telefonieren. Wenn du dich an unsere Vereinbarung hältst, wird dein Vater nichts von alledem erfahren. Sollte er sich wundern, dass du dauernd zu Hause bist, sagst du einfach, du willst für die Prüfung lernen. Verstanden?"

Die junge Frau betrachtete ihre Fingernägel. Die Schachtel mit den Antibabypillen lag immer noch wie ein Beweisstück auf dem Tisch. Mahtab schnappte sie sich.

„Das hier brauchst du nicht mehr."

Azadeh sprang auf und schmiss dabei ihren Stuhl um. Die Küchentür fiel krachend zu. Mahtab blieb allein zurück, die Tablettenpackung in der Hand. Sie zerdrückte sie langsam und warf sie in den Müll.

9

Mahtab weigerte sich strikt, diese Einladung anzunehmen. „Niemals“, zischte sie leise, damit die Kinder nichts mitbekamen. Um nichts in der Welt würde sie einen Fuß in die Wohnung dieser Person setzen. Ihr Mann redete ruhig auf sie ein. Es sei ein Gebot der Höflichkeit, der Einladung Folge zu leisten. Seine Mitarbeiterin wolle sich doch nur für den gemeinsamen Ausflug an den Badesee erkenntlich zeigen.

„Sag ihr, das sei nicht nötig, sie müsse sich nicht bemühen.“

Das Bild dieser Person, wie sie fast nackt, nur mit zwei winzigen Fetzen Stoff am Körper vor ihrem Mann posierte, hatte sie noch deutlich vor Augen. So etwas würde es kein zweites Mal geben, das hatte sie sich geschworen.

„Sie ist eine interessante Gesprächspartnerin. Du kannst viel von ihr lernen“, fuhr Amin fort, als habe er sie gar nicht gehört.

„Lieber nicht“, schleuderte sie ihm entgegen.

Was konnte sie von dieser Frau schon lernen? Wie man sich an verheiratete Männer heranmachte? Oder wie man sich auftakelte, als sei man die zwanzig Jahre jüngere Kopie von sich selbst?

„Wovor hast du Angst?“

„Ich habe keine Angst, vor nichts und niemandem.“

„Dann ist es ja gut.“

„Nichts ist gut.“

Amin seufzte. Dann folge er der Einladung eben alleine. Seine Frau sei leider erkrankt, würde er sagen, eine hartnäckige Grippe, eine plötzliche Magenverstimmung, irgendetwas würde ihm schon einfallen, da brauche sie sich keine Sorgen zu machen. Dabei sah er sie an, als habe er ihr soeben einen großen Gefallen getan.

Mahtab verfluchte sich, sie war ihm in die Falle getappt. Eleganter konnte er sie nicht loswerden. Er würde schöne Stunden allein mit dieser Person in ihrer Wohnung verbringen und müsste sich dafür noch nicht einmal rechtfertigen.

„Ich komme mit“, presste sie zwischen den Zähnen hervor.

Die Eckstein trug ein viel zu kurzes Kleid in schrillen Farben, das weit oberhalb ihrer Knie endete. Sie setzte sich ihnen gegenüber, schlug die Beine übereinander und bot einen freien Blick auf ihre Oberschenkel. Amin blieb standhaft und hielt den Kopf unnatürlich gerade auf das Gesicht der

Gastgeberin gerichtet. Mahtab kannte ihren Mann. Ein Gentleman starre den Frauen nicht auf Beine, Busen oder Po, das sei eine Frage der Selbstachtung, hatte er ihr schon oft erklärt. Natürlich war dies ein aussichtsloser Kampf, immer wieder machten sich für Sekundenbruchteile seine Augen selbstständig und streiften die nackte Haut dieser Frau. Auch Männer können Opfer sein, dachte sie. Ihre Tochter konnte sie vielleicht schützen, aber ihren Mann? Die Gastgeberin tat so, als bekäme sie von alledem nichts mit. Wozu hatte sie dieses kurze Kleid angezogen, wenn sie nicht Amins Blicke darauf ziehen wollte?

„Was möchten Sie trinken? Einen Martini, Cinzano?"

Amin bat um ein Bier.

„Aber Sie nehmen doch bestimmt einen Martini? Oder einen Eierlikör oder vielleicht Edelkirsch?" Sie lächelte Mahtab an.

„Meine Frau trinkt keinen Alkohol", erklärte Amin, noch bevor sie selbst den Mund aufmachen konnte.

Mahtab bat um einen Orangensaft. Als nächstes wurden Zigaretten angezündet, und die Eckstein stellte überflüssigerweise fest, dass Mahtab weder trank noch rauchte. Amin schlug die Beine übereinander, ergriff das Wort und gab es nicht mehr her. Die Gastgeberin hörte ihm höflich nickend zu. Ab und zu warf sie Mahtab ein kurzes Lächeln zu, als wollte sie sagen, ich weiß, du bist auch noch da.

Ihre blonden Haare waren, anders als beim letzten Mal, kurz geschnitten. Ihre Fingernägel waren rot lackiert, ebenso wie die Fußnägel. Die kleine Wohnung passte zu ihr. Sie war schick eingerichtet, Amin würde wahrscheinlich sagen, modern. Alles schien an seinem Platz zu sein. Nichts verriet, dass sie eine kleine Tochter hatte. Die übernachtete angeblich heute bei einer Freundin.

Schließlich bat sie ihre Gäste zu Tisch und entschuldigte sich, sie müsse nur ganz kurz in die Küche. Mahtab sah sich um. Die weiße Tischdecke, das Geschirr und die Gläser sahen teuer aus. Ansonsten standen eine Reihe von Töpfchen mit roter, brauner und gelber Soße sowie mit Perlzwiebeln und Gürkchen herum, außerdem eine Schüssel mit Salat und ein mit Weißbrot gefüllter Korb. In der Mitte befand sich ein kleiner Spiritusbrenner. Sonst nichts. Amin betrachtete ebenfalls das Arrangement und nickte anerkennend. Mahtab verstand nicht, was er daran so beeindruckend fand. Sie hatte schon manche Überraschung mit deutschem Essen erlebt, aber so etwas war ihr noch nicht untergekommen. Es war offensichtlich, dass diese Frau nicht gekocht hatte. Ein verstohlener Blick in die Küche hatte genügt, um das zu erkennen. Auf dem Herd stand nichts. Sie schnupperte, es roch auch nicht nach Gekochtem oder Gebratenem. Der Spirituskocher war wohl dazu da, etwas heiß zu machen oder auch nur warm zu halten, und sie wusste auch schon, was. Wahrscheinlich Kartoffeln, denn das hatte sie gelernt, bei keinem deutschen Essen durften Kartoffeln fehlen. Also würden sie nun heiße Kartoffeln mit Soße und Brot essen. Billiger geht es wohl nicht, dachte sie. Welch eine Unverschämtheit, so ihre Gäste abzufertigen. Diese Frau war eine Versagerin, sie war noch nicht einmal in der Lage, ihre Gäste anständig zu bewirten. Und wegen so einer hatten sie sich gestritten, dachte Mahtab.

Ursula zündete den Brenner an und stellte einen orangefarbenen Emaille-Topf mit heißem Öl darauf. Dann holte sie eine Schüssel mit kleingeschnittenem rohem Fleisch. Zufrieden betrachtete sie alles, dann griff sie sich an den Kopf. Sie habe das Wichtigste vergessen, entschuldigte sie sich und verschwand wieder in der Küche. Mahtab begriff, dass sie sich ihre Mahlzeit selbst zubereiten mussten. Das war also modernes deutsches Essen, wahrscheinlich mehr modern als deutsch. Die Gastgeberin kehrte mit drei Spießen mit Holzgriff zurück. Wie Mahtab nun erfuhr, handelte es sich um ein Schweizer Rezept, was das Fehlen von Kartoffeln natürlich erklärte. Ursula nahm sich einige Stücke von dem rohen Fleisch, spießte sie auf und legte den Spieß in das siedend heiße Öl. Amin und Mahtab taten es ihr gleich.

Nach dem Essen begann die Eckstein das Geschirr abzuräumen und in die Küche zu bringen.

Mahtab überlegte, ob sie ihr helfen sollte, und entschied sich dagegen. Sie kannten sich ja kaum, waren weder Freundinnen noch Verwandte. Es war die erste Einladung bei ihr und dabei sollte es auch bleiben. Amin aber erhob sich plötzlich, nahm den Topf mit dem inzwischen erkalteten Öl und trug ihn in die Küche. Was sollte das? Zu Hause tat er keinen Handgriff, ließ sich rundum bedienen und hier biederte er sich an. Das würde sie ihm genau so sagen, beschloss sie und legte sich schon die Worte zurecht.

Doch ihr Mann kam gar nicht mehr aus der Küche zurück, er blieb neben der Frau stehen und redete auf sie ein. Mahtab horchte, doch sie konnte nichts verstehen. Er flüstert, sagte sie sich und konnte es kaum glauben. Schließlich drehte sich Amin leicht zur Seite und schloss leise die Küchentür.

Mahtab blieb allein am Tisch zurück. Ausgesperrt. Sie begriff nicht, was da geschah. Ihr erster Impuls war, die Küchentür aufzureißen. Sie schob ihren Stuhl zurück und war schon auf dem Sprung. Doch was würde sie hinter der Tür erwarten? Wie sollte sie das ertragen, was sie dann zu Gesicht bekäme? Aber einfach dasitzen wie ein Lamm, das konnte sie auch nicht. Ihr zweiter Impuls war zu fliehen. Sie stand auf und nahm ihre Handtasche. Doch dann setzte sie sich wieder hin.

Ihre Gedanken überschlugen sich. Wie es aussah, war sie wohl von nun an auf sich allein gestellt. Was sollte aus ihr und den Kindern werden? Sie hatte keine Ahnung, was eine Zweizimmerwohnung kosten würde. Die beiden Jungen würden in dem einen, sie und Azadeh in dem anderen schlafen. Unsinn, sagte sie sich, von welchem Geld sollte sie vier Personen ernähren, kleiden, die Miete bezahlen? Zurück in den Iran kam nicht infrage, die Kinder würden nicht mitmachen. Außerdem könnte sie das Mitleid der Verwandten nicht ertragen. Ach, wäre doch bloß ihre Schwester bei ihr. In Teheran hatten sie sich jeden Tag gesehen oder wenigstens miteinander telefoniert. Es gab keine Geheimnisse zwischen ihnen. Sie könnte ihr einen Brief schreiben, überlegte sie. Aber das war nicht dasselbe. Außerdem müsste sie fast einen Monat auf die Antwort warten. In Frankfurt gab es eine Handvoll iranischer Frauen, die sie kannte, oberflächliche Bekanntschaften, mit denen sie über Kinder und Haushalt reden konnte. Aber mit denen war noch nicht einmal ein Gespräch über ihre Arbeit im Krankenhaus möglich. Keine von ihnen war berufstätig, die konnten sich gar nicht vorstellen, wie es war, sich acht Stunden am Tag mit Patienten abzumühen und anschließend den Haushalt zu machen. Eheprobleme waren ohnehin tabu, so etwas hatte man nicht.

Die Küchentür sprang auf und die Frau kam mit dem Nachtisch heraus. Ihr Gesicht war gerötet, ansonsten verriet nichts, was sich hinter der

Tür abgespielt hatte. Hinter ihr folgte Amin, die Ruhe in Person, und setzte sich auf seinen Platz. Mahtab war wie erstarrt, ihr Herz raste.

„Entschuldigen Sie bitte, dass wir Sie allein gelassen haben.“ Diese Person wagte es, ihr in die Augen zu schauen.

Mahtab wandte sich sofort ab. Ihr Mann holte derweil sein silbernes Zigarettenetui hervor, klopfte die Zigarette auf dem Deckel ab, so wie er es immer tat, und zündete sie sich mit seinem goldenen Feuerzeug an, als wäre nichts gewesen.

„Entschuldige bitte, wir hatten Geschäftliches zu besprechen“, teilte er ihr mit, während er genüsslich den Rauch ausblies.

„Geschäftliches“, wiederholte Mahtab dumpf und versuchte den Kopf wieder über Wasser zu bekommen.

Die Eckstein plapperte irgendetwas über das Birnenkompott, das sie auf den Tisch gestellt hatte. Amin erklärte, dass Birnen sein Lieblingsobst seien, und Mahtab fasste einen Entschluss.

„Mir ist schlecht. Ich muss nach Hause.“ Sie erhob sich und wandte sich zur Wohnungstür. Sie achtete nicht darauf, was hinter ihr gesprochen wurde.

„Danke für die Einladung“, murmelte sie mechanisch und war im nächsten Augenblick auch schon im Treppenhaus. Sie war bereits unten an der Haustür angekommen, als oben eine Wohnungstür ins Schloss fiel und sie die schnellen

Schritte ihres Mannes hörte. Er holte sie ein, noch bevor sie die Straßenbahnhaltestelle erreicht hatte.

„Mahtab, was ist los?“

Sie hob ihre Hand und legte ihren Zeigefinger auf die geschlossenen Lippen.

10

An diesem Sonntag herrschte auf der Chirurgischen Station Ausnahmezustand. Der Vormittag war noch ruhig gewesen, doch schon gegen Mittag ging es Schlag auf Schlag, ein Notfall nach dem anderen wurde aufgenommen. Mahtab fragte sich, was am Wochenende in die Leute gefahren war. Autos waren zusammengestoßen, Hausfrauen unglücklich gestürzt, Kinder vom Fahrrad gefallen und alte Menschen zusammengebrochen. Sie hastete über den Gang, riss die Türen der Krankenzimmer auf, versorgte Wunden, wechselte Verbände und maß Fieber. Einige Verletzte dämmerten vor sich hin, andere begegneten ihr mit bangem Blick. Mahtab sprach ihnen gut zu, dann musste sie schon wieder weiter. Es war völlig undenkbar, Pause zu machen. Ihren Kolleginnen ging es nicht anders.

Mahtab hatte sich freiwillig bereit erklärt, am Wochenende zu arbeiten. So konnte sie ihrem Mann aus dem Weg gehen. Nach dem Besuch bei dieser Ursula hatte Amin wissen wollen, was mit ihr los sei, warum sie aus der Wohnung gestürzt war. Natürlich konnte er es sich denken, tat aber so, als müsse Mahtab sich erklären. Er machte ihr keine Vorwürfe, entschuldigte sich aber auch nicht, allenfalls indirekt, indem er sie in den Arm zu nehmen versuchte. Sie wies ihn nicht ab, es genügte, augenblicklich zu erstarren, damit er sich seufzend abwandte. Später probierte er es noch ein-, zweimal, dann kam nichts mehr. Sie war enttäuscht, wie schnell er aufgab. Bald sprach er den Besuch auch gar nicht mehr an. Mahtab beließ es dabei und vermied jedes unbedachte Wort. Alles andere würde eine Lawine in Gang setzen, ihn in die Arme dieser Frau treiben und ihre Familie in Stücke reißen. Ihr Kummer durfte jetzt keine Rolle spielen, sagte sie sich, sie war für die Kinder verantwortlich, musste an deren Zukunft denken. Hielt sie sich zurück, würde Amin sicherlich bald das Interesse an diesem Weib verlieren. Was waren schon ein paar Monate im Vergleich zu einem ganzen Leben?

Nur ein einziges Mal hatte sie es ausgesprochen. An dem Abend nach dem Besuch waren sie früh zu Bett gegangen. Amin lag neben ihr und war noch wach, das erkannte sie an seinen Atemzügen.

„In zehn Jahren, wenn die Kinder aus dem Gröbsten raus sind, sprechen wir darüber und über vieles mehr“, flüsterte sie in die Dunkelheit hinein. Dann drehte sie sich auf die Seite mit dem Rücken zu ihm. Ihr Mann zeigte keine Reaktion. Vielleicht war ihre Stimme zu leise gewesen, überlegte sie. Oder hatte sie am Ende nur zu sich selbst gesprochen?

„Hallo? Schwester!“ Mahtab fuhr zusammen. Sie hatte niemanden hinter sich kommen hören. Ruckartig drehte sie sich um. Das Blutdruckmessgerät rutschte ihr fast aus der Hand, erschrocken drückte sie es gegen ihren Bauch. Eine junge Patientin stand im Gang vor ihr. Mit ihren langen blonden Haaren und dem weißen Nachthemd sah sie aus wie ein erschöpfter Engel. Blinddarmoperation, Zimmer 317, keine Komplikationen, erinnerte sich Mahtab. Der Name der jungen Frau fiel ihr nicht ein.

„Ja, meine Liebe?“

„Die alte Frau bei mir im Zimmer ist hingefallen.“

„Was?“

Sie stürmte an dem Engel vorbei und vernahm das durchdringende Wimmern, noch bevor sie den Raum betreten hatte. Hinten, fast am Fenster entdeckte sie Frau Rose auf dem rötlichen Linoleumboden. Sie lag da, zitterte und stöhnte. Mahtab ging neben ihr in die Hocke und fragte, wo sie Schmerzen habe. Die Augen fest zusammengekniffen, fuhr die Patientin mit ihrem klagenden Singsang fort.

„Ich bei Ihnen.“

Sie legte der alten Dame die Hand auf die Schulter, strich ihr über den Kopf und wartete. Das hatte schon bei ihren Kindern immer geholfen. Vor allem bei Abbas, der als kleiner Junge bei jeder sich bietenden Gelegenheit auf Bäume, Telegrafenmasten oder Hausdächer geklettert und meistens unsanft wieder unten angekommen war. Mit blutenden Knien und Ellenbogen versetzte er mit seinem Gebrüll die ganze Nachbarschaft in Aufruhr. Amin hatte seinem Sohn in solchen Fällen stets befohlen, unverzüglich ruhig zu sein.

„Sei ein Mann!"

Das war natürlich Unsinn, der Kleine hatte sich nicht nur wehgetan, er hatte sich vor allem erschrocken. Angst macht alle Menschen wieder zu Kindern, das konnte Mahtab jeden Tag im Krankenhaus erleben.

Der Atem der Patientin wurde allmählich flacher und sie öffnete die Augen.

„Ach, du bist es, mein Kind."

Mahtab gefiel es, wenn Frau Rose sie so ansprach. Nur ihre Mutter hatte sie so genannt.

„Wo tut weh?"

„Mein linkes Knie."

Vorsichtig tastete sie die Beine und Arme der Patientin ab. Erkundigte sich nach dem Kopf. Doch die alte Dame bestand darauf, dass nur das Knie schmerzte.

Die Tür flog auf und der lange dünne Arzt mit Glatze stürzte mit Schwester Helga im Gefolge ins Krankenzimmer. Mahtab kannte ihn nur von Sehen, er arbeitete eigentlich auf einem anderen Stockwerk. Offenbar war er am Wochenende ihrer Station zugeteilt worden. Sie hatte sich oft gewundert, warum ein so junger Mann kaum noch Haare hatte. Aber trotz der Glatze wirkte er wie ein in die Länge gezogener Schuljunge, was vielleicht an seinen linkischen Bewegungen lag.

Während der Dünne die Patientin abtastete und befragte, hielt Mahtab die kleine faltige Hand.

„Oberschenkelhalsbruch. Sie muss sofort geröntgt werden“, stellte der Arzt schließlich fest. „Und geben Sie ihr Novalgin.“

„Aber Frau Rose sagt, Schmerzen am Knie, nicht Oberschenkel.“

Der Arzt beachtete den Einwand gar nicht, warf einen schnellen Blick auf seine Uhr und eilte hinaus.

„Die Schmerzen können auch auf das Knie ausstrahlen.“

Die Kollegin liebte es, sie zu belehren.

Mahtab nickte verwirrt. Sie würde jetzt nicht anfangen zu diskutieren. Vielleicht hatte Helga ja recht. Der Arzt jedenfalls hatte eine klare Diagnose gestellt und nur das zählte.

Frau Rose war auf gutem Weg gewesen. Sie hatte sich erholt, sie aß wieder, zwar wenig, aber immerhin. In den nächsten Tagen wäre sie entlassen worden. Jetzt schien sie zum Dauergast zu werden.

Behutsam hoben die beiden die alte Dame hoch und bugsierten sie so gut es ging wieder ins Bett. Bei jeder kleinen Erschütterung bat sie jammernd, vorsichtig zu sein. Als die Patientin endlich lag, atmete sie stoßweise, schien immer noch Angst zu haben.

Vielleicht war es auch der Befund des Arztes, der ihr buchstäblich in die Glieder gefahren war. Gleich würde sie ein starkes Schmerzmittel bekommen.

„So einen verrückten Tag habe ich lange nicht erlebt“, beschwerte sich die Kollegin. „Unfälle da draußen und Unfälle hier drinnen.“

Helga funkelte Frau Rose böse an, als sei sie schuld an allem. „Wieso fällt die überhaupt aus dem Bett?“

„Vielleicht wollte aufstehen, um Toilette zu gehen“, vermutete Mahtab und strich Frau Rose über die Stirn.

„Verhätschele die Patienten nicht so!“

„Fer... was?“

„Egal. Ich bringe sie zum Röntgen“, entschied Helga.

Mahtab fragte sich, warum ihre Kollegin so erpicht darauf war, sich um die Patientin zu kümmern. Und was bedeutete dieses Wort? Helga hatte es in einem scharfen Ton gesagt. Sie nahm sich vor, später im Wörterbuch alle Worte, die mit ‚fer‘ begannen, durchzusehen, murmelte ein „Bis später“ und wandte sich zum Gehen. Der Engel ging beflissen zur Seite und nickte ihr zum Abschied zu. Das Mädchen hatte offenbar die ganze Zeit dagestanden und das Geschehen verfolgt. Die Kleine könnte mir sicher erklären, was das Wort bedeutet, dachte Mahtab, verscheuchte den Gedanken aber umgehend.

„Gehen Sie in Bett, meine Liebe“, wies sie die junge Frau an und verließ das Zimmer.

Im Männertrakt leuchtete über der Tür von Zimmer 335 die rote Lampe. Der Bärtige, der wohl erst letzte Nacht eingeliefert worden war, sah sie apathisch an. Sein Gesicht glänzte und sein Pyjama war nass geschwitzt. Mahtab bat ihn, den Mund zu öffnen und legte ihm das Fieberthermometer unter die Zunge. Sie fragte sich, warum Helga in letzter Zeit so kühl zu ihr war. Sie hatten sich zu keinem Zeitpunkt gestritten, und sie konnte sich nicht erinnern, ihr etwas getan zu haben. Im Gegenteil, ab und zu hatte sie die Kollegin mit persischen Süßigkeiten überrascht. Helga strahlte dann immer, hob aber sofort warnend den Zeigefinger. „Du willst mich wohl mästen, damit sich kein Mann mehr nach mir umdreht", unterstellte sie ihr kichernd.

Vielleicht sollte sie ihr wieder etwas mitbringen, überlegte sie und nahm sich vor, nächste Woche Plätzchen zu backen. Die Kinder würden sich auch freuen.

Der Mann hatte eindeutig Fieber. Sie kühlte seine Stirn mit einem nassen Waschlappen und holte ihm aus dem Schwesternzimmer eine Tablette. Sobald sie etwas Zeit hätte, würde sie ihn abwaschen und ihm helfen, einen frischen Schlafanzug anzuziehen.

Erst als ihre Schicht zu Ende ging, erinnerte sie sich wieder an den Bärtigen. Mit schlechtem Gewissen machte sie einen letzten Gang zu seinem Krankenzimmer. Der Mann schlief friedlich und Mahtab atmete auf. Der Tag war höllisch gewesen und sie freute sich nur noch darauf, zu Hause die

Füße hochzulegen. Natürlich musste sie vorher noch das Abendessen zubereiten. Sie würde früh zu Bett gehen.

Mahtab knöpfte ihren Regenmantel zu und schaute dabei aus dem Fenster. Die Abenddämmerung hatte eingesetzt und das Licht der Autoscheinwerfer spiegelte sich in dem glänzenden Asphalt. Schwarze Regenschirme überdeckten die Köpfe der wenigen Passanten. Es wird wieder früher dunkel, dachte sie, und ein Schatten legte sich auf ihre Seele.

Oberschwester Erika riss sie aus ihren Gedanken. Sie solle bitte ihren Mantel wieder ausziehen und noch schnell zum OP gehen und Frau Rose wieder abholen. Die Patientin müsse gar nicht operiert werden. Herr Doktor Liebich habe das angeordnet.

„Ja, aber…“, stammelte Mahtab auf der Suche nach einer Erklärung.

Mehr wüsste sie auch nicht, schnitt ihr die Vorgesetzte das Wort ab und zuckte die Schultern.

Seufzend legte sie ihren Mantel wieder ab.

Frau Rose lag im Vorraum des Operationssaales und starrte vor sich hin. Eine Krankenschwester stand bei ihr und zog ihr gerade die Ringe von den Fingern. Erst als Mahtab an das Krankenbett trat, erkannte sie die Kollegin. Sie hieß Gerda, Monika oder so ähnlich, eine energische Person, nicht direkt unsympathisch, aber auf keinen Fall zu unterschätzen. Da sie nicht sicher war, wie sie die Kollegin ansprechen sollte, sagte sie einfach nur „Guten Tag“. Die Frau richtete sich auf und sah sie fragend an. Sie sei gekommen, um Frau Rose abzuholen, erklärte Mahtab und nickte der alten Dame lächelnd zu.

„Hier wird niemand abgeholt“, stellte Monika oder Gerda klar. Die Patientin werde soeben für die Operation vorbereitet. Dabei schüttelte sie den Kopf, als wolle sie sagen, was fällt dir ein?

„Nein, keine Operation.“

„Wer sagt das?“

„Oberschwester Erika.“

Sie bemerkte den spöttischen Blick der Kollegin und ergänzte sofort, dies sei eine Anweisung von Herrn Doktor Liebich.

Gerda/Monika horchte auf. Der Name des Oberarztes hatte Gewicht.

„Warte“, sagte sie, verschwand in eiligen Schritten durch die Tür.

Der Dünne kam mit wehendem Arztkittel angerauscht, baute sich vor Mahtab auf.

„Um was geht es bitte? Sie sehen doch, was hier los ist.“

Sie legte den Kopf in den Nacken, sah in das müde Jungengesicht und wiederholte ihren Auftrag, wobei sie sich ausdrücklich auf den Oberarzt berief.

„Hat er das selbst zu Ihnen gesagt?“

„Nein, zu Oberschwester Erika.“

„Aha. Und warum weiß ich nichts davon?“

Er betrachtete Mahtab schweigend. Schließlich kam er zu dem Schluss, das Ganze müsse ein Missverständnis sein. Anders könne er es sich nicht erklären. Er habe keinerlei Anweisung von Doktor Liebich erhalten. Die Frau sei geröntgt worden, es liege ein Oberschenkelhalsbruch vor und der müsse operiert werden. Dann wandte er sich an die Kollegin:

„Schwester Frieda, bereiten Sie Frau Rose bitte auf die OP vor.“

Damit war die Angelegenheit für ihn erledigt. Nicht aber für Mahtab, die nicht wusste, was sie nun machen sollte. Als fände sie die Antwort in den geröteten Augen des jungen Arztes blickte sie ihn unverwandt an.

„Ist noch etwas?“, fragte der ungeduldig.

„Herr Doktor Liebich“, sie räusperte sich, „sagt so, Sie sagen so.“

„Zu mir hat Doktor Liebich nichts gesagt.“

Mahtab sah ratsuchend zu Frau Rose, die nun, als habe sie nur darauf gewartet, entschied: „Bring mich runter, mein Kind.“

Der Dünne beachtete die Patientin nicht weiter, verkündete in den Raum hinein, die Sache sei also geklärt und schickte sich an, zu gehen, als Frau Rose mit einem Mal die Stimme erhob: „Ich will nicht operiert werden. Ich will runter.“

Der junge Arzt warf der Patientin einen missbilligenden Blick zu.

„Niemand rührt mich an, bis Doktor Liebich mit mir gesprochen hat", rief die alte Dame nun.

„Bitte beruhigen Sie sich. Es ist alles in Ordnung", rief Frieda und legte die Hand auf ihre Schulter, die Frau Rose sogleich wegschlug.

„Doktor Liebich! Jetzt, sofort!" Die Stimme der Alten überschlug sich und ging in Krächzen über.

Wie Amin, dachte Mahtab verwirrt. Ihr Mann hätte sich in der Situation nicht anders verhalten. Er hätte, wenn es sein musste, das gesamte Krankenhaus aufgemischt, bis er seinen Willen bekommen hätte.

„Bitte. Wir haben hier noch andere Patienten. Bitte beruhigen Sie sich."

„Ist schon gut." Der junge Arzt hob abwehrend die Hand. „Bringen Sie sie erst einmal auf Station. Ich spreche inzwischen mit Doktor Liebich."

Mahtab schob das Bett behutsam in den Gang, darauf bedacht, keine Erschütterungen und damit Schmerzen bei Frau Rose auszulösen. Die Sorge schien unnötig, der alten Dame ging es offenbar besser, jedenfalls sagte sie nichts mehr. Das war Mahtab recht, denn die ganze Angelegenheit war aufregend genug. Ein solches Durcheinander hatte sie in einem deutschen Krankenhaus für undenkbar gehalten. Sie stellte sich vor, wie sie Amin davon erzählen würde. Was würde dieser grenzenlose Bewunderer des deutschen Organisationstalents wohl dazu sagen? Ach, wahrscheinlich wird er es als dummen Zufall abtun und schnell das Thema wechseln, überlegte sie. Das tat er meistens, wenn sie etwas an diesem Land und seinen Bewohnern auszusetzen hatte. Das, da war sie sich sicher, empfand er als Kritik an seiner Entscheidung, der Heimat für immer den Rücken gekehrt zu haben. Etwas anderes war es allerdings, wenn er sich selbst über die Sturheit der Deutschen aufregte. Das Recht, an diesem Land Kritik zu üben, gestand er nur sich selbst zu, sonst niemandem, am allerwenigsten ihr. Was soll's, dachte sie, sie sprachen ohnehin kaum noch miteinander, heute Abend würde es nicht anders sein, gerade so viel, dass die Kinder keinen Verdacht schöpften.

Sie drückte auf den Aufzugknopf und nutzte die Wartezeit, um einen genaueren Blick auf Frau Rose zu werfen. Die Augen geschlossen lag sie da und atmete ruhig, vielleicht war sie eingeschlafen, erschöpft von den Ereignissen der letzten Stunden. Das Schmerzmittel schien zu wirken.

Nachdem sie die Patientin wieder auf ihr Zimmer gebracht hatte, blieb sie ratlos zurück. Sie konnte sich nicht einfach so auf den Heimweg machen, ohne zu erfahren, wie es mit ihr weiterging. Vielleicht war Erika inzwischen im Bilde. Doch im Schwesternzimmer war niemand. Auch im Gang war es ruhig. Die meisten Patienten schliefen wohl schon, nach den hektischen Stunden war nun endlich Ruhe eingekehrt. Zögerlich zog sie ihren Regenmantel an und setzte sich an den Tisch. Vom Gang her drangen Stimmenfetzen an ihr Ohr, sie sprang auf, um nachzusehen, da rauschte Erika auch schon ins Schwesternzimmer.

„Du bist ja immer noch da.“

Als würde es ihr Spaß machen, sich hier nach Feierabend herumzudrücken, ärgerte Mahtab sich und fragte geradeheraus, was nun mit Frau Rose sei.

„Mach dir keine Sorgen, es ist alles in Ordnung. Ich habe eben mit Herrn Doktor Liebich gesprochen.“

Das war wieder typisch. Diese Frau saß auf ihren Informationen wie auf einem Sack Geld und gab immer nur gerade so viel Auskunft, wie sie es zur Aufrechterhaltung des Betriebs für nötig erachtete. Schwester Helga sah das genauso.

„Ist noch was?“

„Was Herr Doktor Liebich gesagt?“

Am liebsten hätte sie selbst mit ihm gesprochen. Er hätte es ihr freundlich erklärt. Der Doktor war eigentlich der einzige vernünftige Mensch hier.

„Frau Rose braucht nicht operiert zu werden.“

Mahtab wartete auf weitere Erklärungen. Erika wirkte müde, sie war in dem Alter, in dem man ihr die Anstrengungen ansah. Da half auch kein Make-up mehr, um die Ringe unter den Augen und die Falten um die Mundwinkel zu verbergen. Außerdem sollte sie weniger essen, dann würde die Schwesternschürze nicht so spannen, dachte Mahtab.

Die Röntgenaufnahme sei nicht deutlich gewesen, gab die Oberschwester schließlich widerwillig preis. Doktor Liebich habe darauf keinen Knochenbruch erkennen können.

Als Mahtab endlich das Krankenhaus verließ, war es draußen schon dunkel, der Regen hatte aufgehört und niemand war auf der Straße. Es war spät geworden. Amin und die Kinder würden sich Sorgen machen. Aus der Ferne hörte sie das schrille Quietschen der Straßenbahn, die um die Kurve fuhr und gleich an der Haltestelle ankäme. Sie beschleunigte ihre Schritte, wobei sie darauf achtete, in keine Pfütze zu treten. Dachte ich es mir doch, sagte sie sich. Es war nur das Knie, nicht der Oberschenkel und schon gar kein Bruch, vielleicht eine Prellung. Wann sie wohl den Oberarzt wieder zu Gesicht bekäme?

11

Der Winter brach plötzlich über das Land herein. Die Wolken hingen tief über der Stadt, es schneite seit Stunden und ein eisiger Wind fegte durch die Straßen. Frankfurt lag unter einem weißgrauen Schleier, durch den allein die wechselnden Farben der Verkehrsampel leuchteten. Eingemummelt in Schals und Mützen, die Hände tief in den Manteltaschen und mit finsterer Miene sah jeder zu, so rasch wie möglich nach Hause ins Warme zu kommen. Mahtab stand an der Straßenbahnhaltestelle, trat mit den Füßen auf der Stelle und klatschte ihre Hände zusammen. Sie hätte ihre gefütterten Stiefel anziehen sollen, auch wenn die etwas verschlissen waren. Neue würde sie sich vorerst nicht leisten können, zunächst waren Abbas und Hamid an der Reihe, und auch das musste bis zum Winterschlussverkauf warten. Es war gerade einmal Anfang November. Wenn jetzt Doktor Liebich in seinem schicken Auto anhalten und sie einladen würde mitzufahren, würde sie nicht Nein sagen.

Aber das hatte er schon lange nicht mehr getan. Sie begegneten sich nur noch selten. Bei den wenigen Gelegenheiten war er freundlich wie immer, aber reservierter. Er versuchte sie nicht mehr in ein Gespräch zu verwickeln, und er sah sie auch nicht mehr so eindringlich an.

Als Frau Rose beinahe operiert worden wäre, hatte sie gehofft, ihm zufällig über den Weg zu laufen. Am liebsten hätte sie ihm dafür gedankt, dass er diesen eingebildeten jungen Arzt gestoppt und der armen alten Frau unnötiges Leid erspart hatte. Aber in den Tagen danach war er wie vom Erdboden verschluckt gewesen, und als er dann wieder mit ernster Miene durch die Flure geeilt war, hatte sie es nicht gewagt, ihn aufzuhalten. Frau Rose war ohnehin schon Wochen zuvor entlassen worden, und er hätte sich sicher gewundert, wenn sie ihn darauf angesprochen hätte.

Als Mahtab die Wohnungstür aufschloss, fiel ihr als Erstes die Stille auf. Dann erinnerte sie sich, dass Abbas Fußballtraining hatte. Sie schälte sich aus ihrem Mantel, legte nacheinander Schal, Wollmütze und Handschuhe ab und warf einen prüfenden Blick in den Spiegel im Flur. Was sie sah, war durchaus akzeptabel. Ihre schwarzen Haare fielen in leichten Wellen auf ihre Schulter und ihre Wangen waren noch von der Kälte gerötet.

Die Tür zum Jungenzimmer war angelehnt. Sie steckte den Kopf durch den Spalt. Hamids Bett war ordentlich gemacht, alles war an seinem Platz und die Bücher befanden sich nicht nur im Regal, sondern standen gerade aneinandergereiht wie Soldaten beim Appell. Abbas Seite war das genaue Gegenteil, die Bettdecke war notdürftig gerade gezogen, Kleider, Bücher und Hefte waren auf, neben und unter dem Sessel verstreut. Das Zimmer lag verlassen da. Das war ungewöhnlich, ihr Jüngster hatte nicht um Erlaubnis gebeten, einen Freund zu besuchen und auch sonst gab es keinen Grund, außer Haus zu sein. Aus Azadehs Zimmer drang leise Musik. Ihre Tochter hielt sich an ihre Vereinbarung und verbrachte die Nachmittage und Abende zu Hause. Endlich hatte sie eingesehen, worauf es ankam. Mahtab öffnete vorsichtig die Tür. Aus dem kleinen Plattenspieler drang gedämpfte melancholische Musik, die ihr gut gefiel. Die junge Frau saß auf dem Bett, den Rücken an die Wand gelehnt, und auf ihrem Schoß lag Hamids Kopf, beide waren in ihre Bücher vertieft.

„Salam, Kinder."

Die beiden schauten kurz auf und rangen sich ein knappes „Salam, Maman" ab.

Offenbar hatte sie gerade die vertraute Atmosphäre der beiden gestört.

„Was ist das für eine wunderschöne Musik?"

Azadeh machte große Augen. „*Yesterday* von den Beatles. Gefällt es Ihnen wirklich?"

Von den Beatles hatte sie schon gehört, stellte Mahtab zufrieden fest, sie war ja nicht von gestern.

Das waren diese netten englischen Jungen mit den langen Haaren, die man manchmal im Fernsehen sah. Meistens schrien sie nur herum. Dass sie auch ruhige Musik machen konnten, hätte sie nicht gedacht.

„Aber ja." Sie lächelte ihre erstaunte Tochter an und zog sich zurück.

Wenig später kam die Familie zum Abendessen zusammen. Jeder nahm seinen üblichen Platz ein, Amin am Kopfende des Tisches, links neben ihm Mahtab, dann Azadeh, und ihr gegenüber saßen die beiden Jungen. In Anwesenheit der Kinder ließ sich Mahtab nichts von ihrem Groll gegen Amin anmerken. Noch immer hatte sie die beschämende Szene in der Wohnung dieser Ursula Eckstein vor Augen. Im Bett rückte sie an den äußersten Rand ihrer Matratze und wandte ihm den Rücken zu, was ihn aber nicht zu stören schien. Ebenso wenig wie ihr allabendliches Schweigen, sobald die Kinder in ihre Zimmer verschwunden waren. Jetzt am Esstisch aber tauschten sie in stillem Einvernehmen Nettigkeiten miteinander aus. Amin lobte ihre Kochkünste und sie bedankte sich mit einem Lächeln. Der Safranreis wurde herumgereicht, anschließend nahm sich jeder von dem Auberginengericht. Das Wort führte wie immer Amin, der sich über die neusten Dummheiten des Schahs aufregte. Wann immer es seine Zeit im Laden erlaubte, verfolgte er auf seinem Kurzwellenempfänger das Programm eines in London ansässigen Exilsenders. So fütterte er täglich seine Verachtung nicht nur dem Herrscher gegenüber, sondern auch für die Verhältnisse in der Heimat, die seinen Worten nach irgendwo zwischen Mittelalter und Neuzeit steckengeblieben war. Davon nahm er selbstverständlich die großen Dichter aus, die der Iran seit über tausend Jahren wie Diamanten zutage förderte. Dann wiederum gab es Momente, da überwog seine Wehmut, da begann er unvermittelt vom schneebedeckten Damavand, der sich majestätisch über Teheran erhob, zu schwärmen, hatte den Duft der Rosengärten in der Nase und das Geplätscher des Springbrunnens an lauen Sommerabenden im Ohr. „Weißt du noch?“, sagte er dann zu ihr, legte den Arm um ihre Schulter und zog sie an sich. Seine Bewunderung galt Europa, doch mit dem Iran war er in Hassliebe für immer verbunden.

Amin berichtete von den neusten Festnahmen Oppositioneller durch die Schergen des Schahs, den er im Übrigen nie beim Namen nannte, sondern immer nur als Sohn des Reza Khan bezeichnete. Noch nicht mal einen eigenen Namen gestand er dem Diktator zu. Mahtab hörte bestürzt zu. Wahrscheinlich hatte es wieder junge unschuldige Studenten getroffen, die gemeinsam verbotene Bücher gelesen hatten, vielleicht in einem Seminar ein unbedachtes Wort gesagt, sich zur falschen Zeit am falschen Ort den falschen Scherz erlaubt hatten. Die wirkliche Opposition war längst tot oder eingesperrt, jetzt wurden die ersten zarten Sprosse einer neuen Generation weggemäht, bevor sie zu kräftig würden. Sie beschloss, die jüngsten Opfer des Tyrannen in ihr Nachtgebet einzuschließen.

Ihren Kindern schien das alles egal zu sein, die beugten sich über ihre Teller, froh, nichts dazu sagen oder Fragen beantworten zu müssen. Mahtab betrübte es, wie wenig ihnen ihr Heimatland bedeutete. Aber war das ein Wunder, wenn der Vater immer nur die negativen Seiten hervorhob?

Amin legte eine Pause ein, um seinen Teller leer zu essen. Azadeh nutzte den Moment, sie räusperte sich vernehmlich, griff über den Tisch, drückte Hamids Hand und forderte ihn auf zu erzählen. Alle schauten erstaunt zu dem Jüngsten, der mit Wölkchen auf der Stirn trotzig in seinem Reis stocherte.

„Komm, mach schon“, ermunterte ihn die große Schwester. „Wir hatten doch beschlossen, das hier zu erzählen.“

Amin wurde hellhörig und redete dem Kleinen gut zu, sein Herz auszuschütten. Abbas, ermuntert durch den Vater, raunte seinem Bruder zu, er solle endlich loslegen und stieß ihm den Ellenbogen in die Seite, woraufhin dieser empört aufschrie.

„Schluss damit!“ Mit einem Augenzwinkern erteilte Mahtab ihrem Jüngsten das Wort.

„Pauls Mutter meint, er soll sich nicht von einem hergelaufenen Perser herumkommandieren lassen.“ Hamid schaute nicht auf, als er das sagte.

Paul war Hamids bester Freund und wohnte im

selben Haus zwei Stockwerke über ihnen. Der Junge ging bei ihnen ein und aus, war stets willkommen und hatte oft an ihrem Esstisch gesessen.

„Wie bitte?" Amin legte sein Besteck ab, sein Ton war scharf. „Was soll das bedeuten?"

Azadeh schaute ihren Bruder an. „Soll ich?"

Der Kleine nickte und die große Schwester übernahm. Ruhig holte sie aus und berichtete, dass ihr kleiner Bruder zusammen mit Paul und einem anderen Jungen vor einiger Zeit eine Bande gegründet hatte. Die Drei schworen sich gegenseitig ewige Treue, einigten sich auf ein Wappen und unterschrieben feierlich ein gemeinsames Statut.

„Und du bist der Chef." Das war keine Frage, sondern eine Feststellung, weil sich Amin etwas anderes gar nicht vorstellen konnte.

Hamid zuckte etwas verlegen die Schultern.

Pauls Mutter, fuhr Azadeh fort, sei das alles offenbar ein Dorn im Auge und so habe sie ihrem Sohn mit deutlichen Worten klargemacht, dass ihm einer wie Hamid nichts zu befehlen habe.

Ausgerechnet ihren Jüngsten, der in Frankfurt zur Welt gekommen war, den sein eigener Vater *Almani Kutschulu*, den kleinen Deutschen nannte, ausgerechnet der wurde als hergelaufener Perser beschimpft. Mahtab verstand das alles nicht. Paul war ein guter Junge, und seine Mutter war zwar etwas reserviert, aber nie unfreundlich zu ihr gewesen. Sie hatten selten mehr als ein paar Worte miteinander gewechselt.

„Das sind ganz klar Nazis, wenn ihr mich fragt. Das können wir nicht auf uns sitzen lassen“, schloss Azadeh.

„Dem musst du die Fresse polieren, und für seine Mutter denken wir uns auch noch eine kleine Überraschung aus. Ich hab auch schon ein paar Ideen“, Abbas rieb sich genüsslich die Hände.

Er solle den Quatsch lassen, wies ihn die Schwester zurecht. Hier seien die Eltern gefragt. „Sie müssen mit Pauls Vater reden. Die Frau muss sich bei uns entschuldigen“, sagte sie an ihren Vater gewandt.

Alle Blicke ruhten nun auf dem Familienoberhaupt. Mahtab war sicher, ihr Mann würde die passenden Worte finden.

„Mein lieber Junge“, Amin wandte sich an seinen Sohn. „Solche Beleidigungen darfst du dir niemals gefallen lassen. Wir sind stolz darauf, Perser zu sein und hergelaufen sind wir schon gar nicht. Wir sind mit dem Zug angereist. Diese Dame ist ungebildet, sie weiß nicht, mit wem sie es zu tun hat. Wahrscheinlich hält sie uns für Kameltreiber, die es gewohnt sind in Zelten zu wohnen. Außerdem hat sie Angst, dass du ihren Sohn herumkommandierst, weil sie ihrem eigenen Kind zu wenig zutraut. Dummheit und Angst sind eine schlechte Kombination. Sie bringen Unglück. Mit diesen Leuten wollen wir nichts zu tun haben. Meide diesen Jungen. Es ist schade um ihn, aber wir können ihm nicht helfen.“

Amin schenkte seinem Jüngsten ein gütiges Lächeln und ließ seine Worte wirken. Hamid schaute ehrfurchtsvoll zu seinem Vater auf. Mahtab nickte zustimmend. Ihr Mann hatte wieder einmal den richtigen Ton getroffen, das musste sie ihm lassen.

Abbas unterbrach das Schweigen. „Pauls Mutter ist sowieso eine alte Sau. Die sammelt ihre Kacke in Streichholzschachteln. Stimmt's?" Er drehte sich zu seinem kleinen Bruder.

„Ja", empörte sich Hamid. „Das macht sie wirklich. Paul hat es mir erzählt. Der findet das auch ekelhaft. Außerdem läuft sie in der Wohnung nackt herum."

„Völlig nackt?", staunte Amin.

„Na ja fast. Sie trägt einen Bikini."

„Bei dem Wetter?"

„Nein, natürlich im Sommer."

„Aha." Der Vater verkniff sich ein Grinsen. „Jetzt haben wir genug über Pauls Familie gesprochen."

„Aber was ist mit der Kacke in den Streichholzschachteln?", kicherte Azadeh.

Alle lachten.

„Stuhlprobe", sagte Mahtab trocken.

„Was?"

„Vielleicht hat der Arzt eine Stuhlprobe von ihr verlangt."

12

Mahtab wälzte sich im Bett hin und her. Sie hatte die Rollläden heruntergelassen und die Vorhänge zugezogen. Dunkel genug zum Schlafen war es schon, aber sie war ein Morgenmensch, für Nachtschichten war sie nicht geschaffen. Es fiel ihr immer schon schwer, nach einer durchgearbeiteten Nacht zur Ruhe zu kommen, aber jetzt kam da noch Doktor Liebich hinzu.

Es war lange nach Mitternacht gewesen, sie hatte gerade ihren Rundgang beendet, es war still auf der Station und auch der Patient mit der Gallenoperation klagte nicht mehr. Das Schwesternzimmer gehörte ihr allein. Sie holte ihren Roman hervor, schlug das Buch auf und tauchte in die fremde und doch mittlerweile ein wenig vertraute Welt des ehemaligen Sträflings Jean Valjean, der armen Fantine und ihrer Tochter Cosette ein. Die Stimme des Doktors beförderte sie unversehens wieder an die Oberfläche. Plötzlich stand er vor ihr, hielt eine Thermoskanne in die Höhe und fragte sie, ob sie Lust auf eine Tasse Tee habe. Liebich hatte in dieser Nacht ebenfalls Dienst, das wusste sie natürlich. Aber er war für mehrere Stationen zuständig, in den vergangenen Stunden waren sie sich nur kurz begegnet. Mahtab seufzte innerlich, klappte das Buch zu und sagte: „Ja, gerne."

Der Arzt nahm Platz und goss Tee für sie beide ein. Dann wusste er anscheinend nicht weiter, denn er lächelte etwas unbeholfen und lobte seinen eigenen Tee. Die Höflichkeit gebot es, ihm zuzustimmen, obwohl das Gebräu weder richtig heiß war noch Geschmack hatte. Liebich nahm das Buch in die Hand, betrachtete die Schrift und erklärte überflüssigerweise, das könne er nicht lesen. Sie nickte höflich, das sei Persisch. Dann wollte er wissen, was es für ein Buch sei.

„Victor Hugo."

„Donnerwetter. So etwas lesen Sie?"

Sie fragte sich, was er daran so erstaunlich fand.

„Kennen Sie Victor Hugo?"

„Ja, natürlich. Welches Buch ist es denn, ich meine, welcher Titel?"

„Was ist Titel?"

Liebich zeigte auf den etwas längeren Text in der Mitte des Buchdeckels.

„Was steht hier?"

Mahtab vermisste ihr Wörterbuch und beschloss, es künftig in ihrem Spind zu verwahren. Hier im

Krankenhaus war es ihr nützlicher als zu Hause. Aber immerhin hatte sie eben ein neues Wort gelernt.

„Titel ist: Arme Menschen." Eine bessere Umschreibung fiel ihr nicht ein.

Der Doktor schüttelte bedauernd den Kopf.

„Kenne ich nicht. Um was geht es denn?"

Mahtab kam sich vor wie in der Schule. Nun saß dieser Arzt vor ihr und fragte sie ab. Wieso redete er nicht, erzählte selbst etwas, so wie alle anderen Männer? Sie lächelte, klopfte auf den Buchdeckel und sagte:

„Ach, das ist lange Geschichte, sehr, sehr lang."

Als er sie weiterhin erwartungsvoll ansah, versuchte sie es einfach mit einem Themenwechsel.

„Wie geht es Ihnen? Und wie geht es Familie?"

„Danke, mir geht es gut. Aber erzählen Sie mir doch bitte von Victor Hugos Roman. Von den armen Menschen. Ich höre Ihnen so gerne zu."

Vielleicht wollte der Arzt ihre Deutschkenntnisse prüfen, aber warum? War er nicht zufrieden? Gab es Beschwerden? Um nicht unkooperativ zu erscheinen, fing sie an, durch die traurige Geschichte Jean Valjeans zu stolpern. Stockend, immer wieder auf der Suche nach den richtigen Worten, manchmal umständlich umschreibend erzählte sie unter Zuhilfenahme ihrer Hände, dass Jean Valjean nur ein Stück Brot gestohlen hatte und dafür ins Gefängnis musste. Natürlich versuchte er auszubrechen, doch am Ende waren es 19 Jahre, die er hinter dicken

Mauern verbrachte. Als er entlassen wurde, war er ein verbitterter Mensch...

Liebich hörte ihr konzentriert zu, und sie war erstaunt, wie gut sie zurechtkam. Dann fehlte ihr definitiv ein bestimmtes Wort.

„Ein Mann von Gott", versuchte sie es testweise, und der Doktor verstand sofort.

„Ein Priester", übersetzte er.

„Ja", sie atmete erleichtert auf. „Aber der Chef von Priester?"

Mahtab sprang auf und hielt sich die beiden Hände über den Kopf, um einen Hut anzudeuten.

„Der Bischof."

„Ja." Sie nahm wieder Fahrt auf. Der Bischof half dem ehemaligen Sträfling, ein ordentlicher Mensch zu werden. Mahtab hatte endlich Fuß gefasst in ihrer Erzählung, da klingelte das Telefon. Liebich wurde auf Station 2 benötigt.

„Ich bin gespannt, wie es weitergeht", sagte er im Weggehen und winkte ihr zu.

Erlöst, aber auch zufrieden blieb sie zurück. So lange am Stück hatte sie noch nie Deutsch gesprochen. Dieser Liebich war ein ungewöhnlicher Mann, einer der zuhören konnte. So einer war ihr noch nie begegnet.

Mahtab gab auf. Sie würde jetzt keinen Schlaf finden, also konnte sie ebenso gut auch aufstehen. Immerhin hatte sie zwei Stunden geruht. Es war einfacher, Doktor Liebich aus ihrem Kopf zu verbannen, wenn sie ihren Tag in Angriff nahm. Gegen lästige Gedanken konnte sie sich im Bett am wenigsten wehren. Kaum lag sie, kamen sie angeflogen und setzten sich auf sie. Einige waren in letzter Zeit allerdings weggeblieben, Amin erwähnte seine Mitarbeiterin, diese entsetzliche Person, nicht mehr, und Azadeh bevorzugte seit Neuestem Blue Jeans. Mahtab behagte es nicht, ihre Tochter in Hosen herumlaufen zu sehen, aber besser als die Miniröcke war es allemal. Abbas machte wie immer viel Lärm, aber eigentlich gab es momentan keinen Anlass zur Sorge. Hamid hingegen lief herum wie ein verletztes Tier. Der Verlust seines besten Freundes Paul hatte eine Lücke gerissen, die größer war, als sie vermutet hatte. Überflüssigerweise hatten sich die beiden Jungen dann auch noch geprügelt. Verdreckt und mit zerrissener Hose war er nach Hause gekommen und hatte sich still in sein Zimmer zurückgezogen.

Später hatte ihr Azadeh berichtet, dass es ihr kleiner Bruder gewesen war, der die Schlägerei begonnen hatte. Er habe Paul zum Duell aufgefordert, um nach dieser Beleidigung seine Ehre zu retten. Die beiden hätten sich jeweils mit einem Sekundanten im Park getroffen, Hamid habe dem anderen seinen Handschuh ins Gesicht geschleudert und „Gardé“ gerufen. Dann seien sie mit Gebrüll aufeinander losgegangen. Mahtab schüttelte den Kopf über diesen ganzen Männerunsinn. Als sie Amin die Geschichte weitererzählte, lachte er nur schallend und zwinkerte seinem Jüngsten beim Abendessen zu.

Nach dem Frühstück machte sie sich auf den Weg, um für das Mittagessen einzukaufen. An der Kasse zog Mahtab einen Zehn-Mark-Schein aus ihrem Portemonnaie und reichte ihn der Frau im hellblauen Kittel. Dabei fiel ein Zettel heraus und flatterte auf den Boden. Sie bückte sich und steckte ihn hastig in ihre Handtasche, um die Leute in der Warteschlange nicht aufzuhalten. Die Menschen in diesem Land waren so streng, mit sich selbst und mit anderen, man ließ sie besser nicht warten.

Zu Hause stellte sie den Einkauf ab und hing ihren Mantel an die Garderobe. Der Zettel fiel ihr wieder ein. Sie griff in die Handtasche und holte ihn hervor. Es war die Adresse von Frau Rose. Oberschwester Erika hatte ihr den Zettel gegeben und gesagt, den habe die alte Dame für sie hinterlassen. Mahtab hatte sich gewundert, denn da stand nur eine Adresse, geschrieben in einer merkwürdig verschnörkelten Schrift, mehr nicht. Kopfschüttelnd verwahrte sie das Papier in ihrem Portemonnaie. Ab und zu dachte sie noch daran, aber mit der Zeit vergaß sie es schließlich. Jetzt war es ihr vor die Füße geflattert, als sollte sie daran erinnert werden. Warum nicht, dachte sie. Die Patientin erinnerte sie an ihre Mutter. Bestimmt war Frau Rose einsam, so wie viele alte Leute in Deutschland. Bis zum Mittag hatte sie noch etwas Zeit.

In einem Blumengeschäft kaufte Mahtab einen kleinen winterlichen mit Tannenzeigen verzierten Strauß und ging los. Mit der Straßenbahn fuhr sie zur Hauptwache, von dort aus wollte sie zur Finkenhofstraße laufen. Doch als sie sich an der riesigen U-Bahnbaustelle wiederfand, das ohrenbetäubende Hämmern der Baumaschinen hörte und sich gezwungen sah, durch den Matsch aus Sand, Erde und Schnee zu stapfen, bereute sie ihre Unternehmung. Bis sie bei Frau Rose ankäme, wären ihre Stiefel völlig verschmutzt. Seit Jahren schon zog sich dieser U-Bahn-Bau hin. Jeder Gang durch Frankfurts Zentrum wurde zum Hindernislauf. Doktor Liebich meinte, die Verkehrsprobleme der Stadt seien anders nicht zu bewältigen, es gäbe immer mehr Autos, die die Straßen verstopften. Den Leuten ginge es blendend, sie würden gutes Geld verdienen und immer mehr Familien könnten sich ein Auto leisten. Außerdem kämen unzählige Pendler jeden Tag in die Stadt. Er sprach von Wirtschaftswunder, das Wort kannte sie aus dem Fernsehen. Wenn sie darüber nachdachte, musste sie ihm recht geben. Auch die Straßenbahnen wurden immer voller, oft musste sie stehen und sich in den Kurven an die Halteschlaufe klammern wie ein Affe. Sie hatte Amin davon erzählt, natürlich ohne den Doktor zu erwähnen. Ihren Mann interessierten im Grunde genommen die Verkehrsprobleme Frankfurts nicht, er dachte an Teheran. Bei uns wären schon Straßenbahnen ein Fortschritt, hatte er gesagt und auf seine Exilzeitung geklopft, als lägen dort alle Beweise. Jeden Freitag ging er zum Hauptbahnhof und kaufte sich das Blatt. Am Wochenende hatte er dann zusätzlichen Stoff, um auf den Schah zu schimpfen.

„Die Busse sind überfüllt und Autos verpesten die Luft. Und die Landflucht spült jedes Jahr Hunderttausende Dorfbewohner nach Teheran, wo sie eingeschüchtert von der Großstadt an den Straßenecken herumstehen und auf ein Wunder warten. Ihre Zukunft ist ungewiss und der Weg zurück verbaut. Das sind die Opfer der Landreform, die dieser Kerl, der Sohn des Reza Khan, angerichtet hat."

So verschieden waren die Welten, zwischen denen sie wandelte, dachte Mahtab. Beide Städte wurden voller, die eine mit Arbeitenden und die andere mit Arbeitslosen.

Die Finkenhofstraße 38 war ein gut erhaltener Altbau. Hier wohnten ordentliche Leute, das war offensichtlich. Im Treppenhaus roch es nach Bohnerwachs, der Fußboden war gepflegt und selbst der Handlauf glänzte frisch poliert. Frau Rose stand auf einen Gehstock gestützt in ihrer Wohnungstür und spähte misstrauisch nach unten. Als sie ihre Besucherin erblickte, breitete sich ein Lächeln über ihr Gesicht.

„Ach, das ist aber schön! Ich dachte schon, du hast mich vergessen."

Als Mahtab an der Türschwelle ankam, war sie verblüfft. Ihr fielen gleich mehrere Dinge auf. Vor ihr stand eine echte Dame. Sie hatte Frau Rose immer nur im Nachthemd gesehen, jetzt trug sie eine helle Bluse, darüber eine blaue Strickjacke, die gut zu dem grauen Rock aus Tweed passte. Die Haare waren sorgfältig frisiert. Nur die Füße, die in dicken, etwas verschlissenen Filzpantoffeln steckten, fielen aus dem Rahmen. Das Zweite, das ihr auffiel, war wie klein die alte Frau war, das hatte sie ganz vergessen oder vielleicht auch nie wahrgenommen, denn im Krankenhaus lag sie ja immer nur im Bett. Und schließlich bemerkte sie, dass ihre ehemalige Patientin zugenommen hatte, worüber sie sich besonders freute.

Die Begrüßung fiel so herzlich aus, wie sie es niemals erwartet hätte. Frau Rose umarmte sie wie eine lange vermisste Tochter. Mahtab lachte, halb weil sie diese Wärme an ihre Familie im Iran erinnerte und halb aus Verlegenheit. Zweifel beschlichen sie, ob sie es angesichts dieses Empfangs bei einem kurzen Besuch belassen konnte.

Die Wohnung war groß. Von dem quadratischen Eingangsbereich gingen fünf Türen ab. Sie fragte sich, ob die alte Frau allein lebte. Das Wohnzimmer wurde von einem großen Esstisch aus dunklem Holz dominiert. Dahinter befanden sich ein weinrotes Sofa und zwei schwere Sessel in gleicher Farbe. Riesige Gummibäume verstellten den Blick auf das Fenster und nahmen dem Raum das Licht. Auf einer Kommode stand ein goldglänzender Pokal, daneben mehrere gerahmte Fotos mit vergilbten Schwarz-Weiß-Aufnahmen.

Wie eine Platzanweiserin im Kino führte die

Gastgeberin sie zu einem der beiden Sessel und verschwand selbst in der Küche, um Kaffee zu kochen.

Hinter jedem Patienten im Krankenhaus verbirgt sich ein ganzes Leben, dachte Mahtab und spürte zugleich, wie ihr die überschwängliche Freundlichkeit der alten Dame und dieses düstere Wohnzimmer etwas die Luft nahmen. Sie schaute auf die Uhr und beschloss, sich in spätestens einer Stunde höflich zu verabschieden.

Frau Rose schenkte den Kaffee ein. Ihre Mundwinkel zuckten. Sie stellte die Kanne ab, senkte den Kopf, schloss die Augen und verharrte in dieser Haltung. Mahtab versuchte von unten in das Gesicht ihrer Gastgeberin zu schauen.

„Frau Rose?"

Die Alte riss die Augen auf, hob den Kopf und sagte:

„*Chosch Amadin.*"

„Wie bitte?"

Frau Rose räusperte sich und versuchte es noch einmal etwas lauter: „*Chosch Amadin. Hale schoma tschetore?*"

Jetzt verstand Mahtab, lachte und antwortete, wobei sie sich Mühe gab, klar und deutlich zu sprechen:

„*Chejli mamnun, hale man chub'e. Man be sijaar choshhal hastam schoma'ra bebinam. Omidwaram ke hale schoma ham chub baschad.*"

Die Alte freute sich wie ein Kind. Sie hob die Hände in die Höhe als wollte sie sich ergeben.

„Ich verstehe gar nichts. Und mehr als das, was ich gesagt habe, kann ich auch nicht."

„Wo haben Sie gelernt Persisch?"

„Ach, das ist eine lange Geschichte, mein Kind."

Deutschen Frauen, die ein paar Brocken Persisch sprechen, war Mahtab schon begegnet. Iranische Studenten brachten ihren Freundinnen ein paar Sätze bei und präsentierten sie dann bei Zusammenkünften mit Landsleuten. Wie Papageien mussten die Mädchen dann das auswendig Gelernte aufsagen und erhielten dafür begeisterten Beifall. Die Beziehungen hielten selten länger als ein paar Monate, dann zogen die Kerle schon weiter zum nächsten Blondschopf. Die glaubten hier im Paradies gelandet zu sein. Die Mädchen taten ihr leid, aber sie hatten es nicht besser verdient. Älteren Deutschen, die ein wenig Persisch sprachen, war sie noch nie begegnet. Sie wartete auf eine Erklärung.

„Wir hatten iranische Freunde, mein Mann und ich."

Frau Rose strich sich eine nicht vorhandene Haarsträhne von der Stirn. „Genau genommen hatten wir einen iranischen Freund."

„Wo ist Freund?"

„Der lebt nicht mehr. Wie so viele."

Die alte Dame winkte ab.

„Schnee von gestern."

Mahtab wunderte sich über den plötzlichen Themenwechsel, wollte aber nicht unhöflich sein.

„Ja, gestern viel Schnee. Sehr kalt."

„Was?"

„Es hat viel geschneit."

„Ach so. Ja. Die deutsche Sprache, was, mein Kind?"

„Wie bitte?"

„Schon gut. Noch ein Tässchen Kaffee?"

Sie wartete die Antwort gar nicht ab und goss einfach ein.

„Das war in Istanbul", begann sie ohne jeden Übergang. „Er hieß Ahmad und war ein Kollege meines Mannes. Die beiden arbeiteten an der Universität eng zusammen."

Frau Rose sprach wie zu sich selbst.

„Eines Tages brachte mein Mann ihn mittags mit nach Hause..."

Mahtab hörte gespannt zu. Schon im ersten Jahr nach Hitlers Machtergreifung war Frau Rose mit ihrem Mann Karl und ihren drei Söhnen nach Istanbul ausgewandert. Als Mathematiker fand ihr Mann dort eine Anstellung an der neugegründeten Universität. Schon bald hatte Karl ihr von seinem iranischen Kollegen vorgeschwärmt, seiner Intelligenz und seinen feinen Manieren.

„Er war sehr nett", sagte Frau Rose und seufzte.

„Ja?"

„Nichts. Es war nichts."

Mahtab glaubte zu verstehen.

Beide schwiegen.

„Sie sind Jüdin."

„Ja, mein Kind."

Mahtab erinnerte sich an den alten Uhrmacher in der Monirije Straße in der Nähe ihres Elternhauses. Sein Laden hatte auf ihrem Schulweg gelegen. Tag für Tag saß er in seinem winzigen Laden mit einer Lupe am Auge über die Werkbank gebeugt und verrichtete seine Arbeit, still und in sich gekehrt. Auch er war Jude, der einzige, dem sie bisher begegnet war. Erst später hatte Amin ihr von der Verfolgung der Juden in Deutschland erzählt, von den Todeslagern, und jedes Mal hatte sie dabei an den alten Mann in seinem Uhrengeschäft gedacht.

„Warum Sie zurück nach Deutschland?"

„Nachdem Karl gestorben ist, wollte ich nicht mehr in Amerika bleiben…"

„Amerika?"

Frau Rose winkte ab, sie müsse ein wenig ausholen. Einige Jahre nachdem sie sich in Istanbul eingerichtet hatten, erhielt Karl einen Ruf an die Fakultät für Mathematik der Stanford University. Er hatte eine Reihe viel beachteter wissenschaftlicher Artikel veröffentlicht und genoss in Fachkreisen hohes Ansehen. So zogen sie nach Kalifornien. Die beiden älteren Söhne blieben in Istanbul, nur der Jüngste kam mit. Es war eine gute Zeit, erzählte Frau Rose. Sie kauften in der Nähe von San Francisco ein großes Haus mit Garten und Blick aufs Meer. Karl fuhr an zwei Tagen die Woche in die Universität, an den anderen arbeitete er von zu Hause aus. Und sie genoss es, jeden Morgen im Meer zu schwimmen. Bald lernte sie Frauen kennen, die sich im

American Jewish Committee engagierten. Sie half mit, Asyl für Juden auf der Flucht zu finden, ging lange Listen durch, schrieb Briefe an Behörden und beteiligte sich an Geldsammelaktionen. Nach dem Krieg unterrichtete sie am örtlichen College Deutsch. Dann starb Karl, einfach so, er war nicht krank, hatte keine Beschwerden. Eines Morgens fand sie ihn zusammengesunken in seinem Lesesessel. Fast ein ganzes Leben hatten sie miteinander verbracht, waren vor den Nazis geflüchtet und um den halben Erdball gezogen. Sie konnte die Leere, die er hinterlassen hatte, nicht ertragen. Alles in diesem Haus erinnerte sie an ihn. Sie verkaufte es und zog zurück nach Frankfurt, nachdem sie dreiundzwanzig Jahre in der Fremde zugebracht hatte. Mit den harten Dollar, die Karl und sie gespart hatten, kaufte sie das Haus in der Finkenhofstraße, bezog selbst die Wohnung im ersten Stock und vermietete die anderen.

„So war das, mein Kind", schloss Frau Rose. „Ich wollte zurück. Frankfurt ist meine Heimat, hier bin ich geboren, zur Schule gegangen, habe meinen Mann kennengelernt, hier sind meine Kinder zur Welt gekommen. Hier will ich sterben."

Ja, dachte Mahtab, auch sie hatte eine Heimat, nach der sie sich sehnte.

„Und du?", fragte Frau Rose.

Sie sei ihrem Mann nach Deutschland gefolgt, entgegnete sie knapp.

Als Amin zum ersten Mal vom Auswandern gesprochen hatte, war sie nicht überrascht. Nachdem er die gut bezahlte Arbeit bei der Ölgesellschaft gekündigt und sich als Kaufmann selbstständig gemacht hatte, war er bald schon nach Frankfurt zur Messe gefahren. Die Reisen nach Deutschland wiederholten sich, und Mahtab blieb über Wochen mit Azadeh und dem kleinen Abbas allein. Jedes Mal kehrte er mit einem Koffer voller Geschenke und Geschichten über die Deutschen zurück. Von nun an verglich er alles in Teheran mit dem, was er in Frankfurt gesehen hatte, ob es die Sauberkeit der Straßen und Grünanlagen betraf, das Warenangebot oder den Zustand der öffentlichen Gebäude. Die Verwandten und Freunde hingen an seinen Lippen, wenn er ihnen von Autobahnen, Kaufhäusern und der Pünktlichkeit der Züge erzählte. Mahtab war dann immer wieder so stolz auf ihren Mann.

An einem Freitagabend im Sommer saßen sie bei Wassermelone und eisgekühlten Getränken im Hof zusammen. Sie hatten ausnahmsweise mal keinen Besuch, die Kinder lagen schon im Bett, und Mahtab genoss die Stille, die nur durch das Zirpen der Grillen unterbrochen wurde. Da fragte Amin: „Hast du den Staub auf Azadehs Haaren bemerkt, als sie nach Hause kam?“

Mahtab wunderte sich über die Frage. Die Achtjährige hatte draußen mit Nachbarkindern *Himmel und Hölle* gespielt, beim Hüpfen wurde eben Staub aufgewirbelt, na und?

„Ich will nicht, dass unsere Kinder ständig Staub einatmen, Staub, der sich auf ihre Lunge, ihre Kleider und ihre Haare setzt. Seit Jahren schafft es die Stadtverwaltung nicht, die Gasse zu pflastern. Nichts funktioniert in diesem verdammten Land." Er sah sie eindringlich an. Sie nickte unwillkürlich.

„Die öffentliche Verwaltung ist unfähig, und selbst der kleinste Beamte ist erst dann bereit, etwas zu tun, wenn du ihm ein paar Scheine zusteckst", fuhr er fort. „Derweil saugt die Familie des Schahs den letzten Tropfen Blut aus dem Land. Und wage es ja nicht, dich zu beschweren. Kritische Gedanken muss man in seinem Kopf einsperren, sonst landet man im Kerker." Er klopfte sich wütend gegen die Stirn.

All das wusste sie natürlich. Sie wartete.

„Hier haben unsere Kinder keine Zukunft. Wie sollen sie ihre Talente einsetzen, wenn sie die meiste Zeit damit verbringen müssen, sich über alles, was in diesem Land nicht funktioniert, zu ärgern und Hindernisse aus dem Weg zu räumen? Und weißt du was?"

Sie schüttelte den Kopf.

„Am Ende passen sie sich an, werden wie alle anderen, tricksen und bestechen, weil sie anders nicht vorankommen. Und wenn sie es nach oben geschafft haben, werden sie selbst zum Hindernis für andere. Sie halten die Hand auf und legen Schwächere rein."

Das alles klang doch sehr düster, fand Mahtab. In vielem hatte er recht, aber so schlimm war es auch wieder nicht.

„Unsere Kinder haben Besseres verdient“, folgerte Amin.

„Du willst nach Deutschland auswandern“, stellte Mahtab fest. Sie ahnte es schon lange. Aber erst jetzt, da sie es ausgesprochen hatte, nahm der Gedanke für sie Gestalt an, war nicht länger etwas, das in einer unbestimmten Zukunft auf sie zukäme. Hätte sie doch bloß den Mund gehalten.

„Ich denke, es ist das einzig Richtige. Die Kinder können gute Schulen besuchen und später an Universitäten studieren, die auf der ganzen Welt anerkannt sind. Sie wachsen in einem Land auf, in dem Recht und Gesetz gelten, wo die Behörden den Menschen helfen und sich ihnen nicht in den Weg stellen, wo nach einem Autounfall innerhalb von Minuten Polizei und Rettungswagen da sind, wo jede noch so winzige Baustelle mit rotem Band gesichert ist, damit sich niemand den Knöchel bricht. Wäre das nicht wunderbar?“

Mahtab versuchte sich Deutschland vorzustellen. Wahrscheinlich war es so wie der Country Club der Ölgesellschaft, in den Amin sie früher, zu Beginn ihrer Ehe gelegentlich ausgeführt hatte. Jeder Besuch dort fühlte sich an wie eine Reise in ein fremdes Land. Hohe Zäune grenzten das Gelände ab, auf einem riesigen Schild am Eingangstor stand „*Anglo-Iranian Oil Company (AIOC)*“, darunter in kleineren Buchstaben „*Access for authorized persons only – Please identify yourself*". Amin musste an einer Schranke Männern in beigen Uniformen seine Mitarbeiterkarte vorzeigen, dann erst durften sie passieren. Die Straßen und Wege waren von schattenspendenden Bäumen gesäumt, der Rasen war satt grün und wurde von einer Sprinkleranlage bewässert. Gärtner beugten sich über die tadellos gepflegten Blumenbeete. Auf den gepflasterten Wegen lagen weder Bonbonpapier noch die sonstigen kleinen Dinge, die man üblicherweise eben mal fallen ließ. Überall waren kleine bunte Abfallbehälter aufgestellt. Es gab ein Schwimmbad, das nicht nur Männer, sondern auch Frauen nutzten. Am Beckenrand streckten sich blonde Engländerinnen im Badeanzug auf den Liegestühlen aus oder tranken mit gespitzten Lippen Fruchtsäfte und sahen ihren Kindern dabei zu, wie sich diese unter Gejohle vom Springturm ins Wasser stürzten. Auf den Tennisplätzen sprangen Männer in eleganten weißen Shorts und Trikots gekleidet umher und jagten dem Ball hinterher. Manchmal sah man auch Frauen, die Tennis spielten. Ihre weißen Röckchen flogen bei dem Gerenne ständig hoch, was sie aber nicht zu stören schien. Überall wurde Englisch gesprochen. Selbst wenn Iraner mit Iranern sprachen, flochten sie englische Worte ein. Im Restaurant war die Speisekarte auf Englisch, es gab keine Reisgerichte, es gab überhaupt kein persisches Essen dort. Amin liebte den Country Club. Mahtab gefiel das schicke Ambiente auch, wenn sie ehrlich war. Aber bei der Vorstellung, für immer in einer solchen Welt zu leben, wurde ihr bange. Amin wird sich seinen Lebenstraum erfüllen, die Kinder werden zu gebildeten Menschen heranwachsen und Karriere machen, dachte sie. Und ich?

„Warum sagst du nichts?"

„Ich weiß nicht", murmelte Mahtab. Es reichte, sie wollte nicht mehr darüber reden. Vielleicht ein anderes Mal, am liebsten überhaupt nicht.

„Für dich habe ich mir auch etwas überlegt." Amin lächelte geheimnisvoll. Du wirst eine Ausbildung machen und arbeiten. In Deutschland stehen dir alle Türen offen."

Mahtab schwirrte der Kopf.

„Wirklich?"

„Warum nicht? Du bist noch jung."

Sie sah sich selbst als Kinderärztin in einem weißen Kittel mit einem Stethoskop um den Hals. Die Leute würden zu ihr ‚Frau Doktor' sagen. Ihre Schwester wäre stolz auf sie, und Mutter ebenso, auch wenn sie es niemals zugeben würde. Unsinn, sagte sie sich, sie musste sich doch um die Kinder kümmern, da blieb keine Zeit für einen Beruf, oder?

„Was meinst du?" Er nahm ihre Hand, wie er es immer tat, wenn er ihr etwas Wichtiges mitzuteilen hatte.

Sie nickte mechanisch, vielleicht, weil Amin so entschlossen wirkte. Sie war bisher kaum aus Teheran herausgekommen, abgesehen von Fahrten nach Maschhad, Schiraz oder an den Golf. Im Ausland war sie nur ein einziges Mal gewesen, in Karbala. Es waren ein paar Tage, dann war sie wieder zu Hause gewesen. Dieses Mal wäre es anders. Sie würden nicht zurückkehren. Es ging nicht um eine Reise, sondern um ein anderes Leben.

Amin nahm sie in die Arme und küsste sie.

„Ich wusste, dass du zustimmen würdest", sagte er und ließ sie mit ihren nie gestellten Fragen allein.

Elf Monate später stand Mahtab mit drei Kindern, eines an der rechten, eines an der linken Hand und ein weiteres im Bauch in Frankfurt auf dem Bahnsteig, während Amin einen Gepäckträger herbeirief, Anweisungen erteilte und ihr neues Leben in Angriff nahm.

„Noch ein Tässchen, mein Kind?"

„Danke schön, Frau Rose. Kaffee schmeckt sehr gut. Wie geht es Knie?"

„Nenn mich bitte Sarah", ermunterte sie die Alte. „Es tut noch weh." Zum Beweis zog sie den Rock hoch und die dicken Wollstrümpfe herunter und präsentierte ihre nackten Beine. Das linke Knie war etwas geschwollen. Mahtab tastete es ab, drückte leicht und fragte, ob es schmerze. Sarah verzog das Gesicht. Behutsam zog sie der alten Dame die Strümpfe wieder hoch und den Rock herunter. Bei dem Sturz im Krankenhaus hatte das Knie wohl einen bleibenden Schaden erlitten, dachte Mahtab. Aber es schien nicht dramatisch zu sein. Schließlich

13

Amin nickte zerstreut, als Mahtab ihm von Frau Rose erzählte.

„… Mit über siebzig ist sie ganz allen von San Francisco nach Frankfurt geflogen. Sie hatte nur zwei Koffer dabei, alles andere hatte sie drüben in Kalifornien verkauft. Hier in Frankfurt kannte sie niemanden mehr, alle Verwandten und früheren Freundinnen waren entweder von den Nazis umgebracht worden oder geflohen. Sie zog in ein Hotel, ein halbes Jahr wohnte sie dort und schaute sich in aller Ruhe nach einem Haus um. Und dann fand sie eins, in das sie sich verliebte. Sie ging einfach hin und kaufte ein vierstöckiges Gebäude, ganz allein. Ihr Mann ist tot und die Söhne sind in alle Welt verstreut. Sie brauchte keinen Kredit aufzunehmen. Ihr Mann muss ihr viel Geld hinterlassen haben, außerdem konnte sie ihr Haus in Kalifornien teuer verkaufen. Was für eine Frau! Wie findest du das? Hast du so eine Geschichte schon einmal gehört?“

Sein Blick schweifte ab.

„Hörst du mir überhaupt zu?“

„Ja, selbstverständlich, mein Schatz.“

Er wirkte seit einiger Zeit seltsam abwesend, sogar im Bett. Früher war er fast jede Nacht auf ihre Seite gerückt, hatte seine Hand unter ihr Nachthemd geschoben und sie rasch und heftig genommen. Es hatte ihr gefallen, ihm so nahe zu sein, auch wenn es, kaum begonnen, schon zu Ende war. Nun hatten sie es schon seit Monaten nicht mehr miteinander gemacht. Kaum war sie im Bett, stellte sie sich schlafend. Er sollte spüren, dass seine Schwärmerei für diese Ursula nicht folgenlos blieb. Doch er unternahm nicht den geringsten Annäherungsversuch. Das machte sie wütend und ein bisschen traurig. Sie war nicht naiv, natürlich wurde sie älter und würde irgendwann ihren Reiz für ihn verlieren. Aber jetzt schon? Vielleicht sollte sie sich doch wieder mehr um ihn kümmern.

„Geht es dir gut?“

Amin schaute auf. „Ja, natürlich. Warum fragst du?“

„Nur so.“

Mahtab strich sich über den Rock und schaute sich im Wohnzimmer um.

„Magst du ein Bier? Ich habe eine Flasche kaltgestellt.“

„Das ist lieb von dir.“ Er lächelte.

Froh, etwas tun zu können, verschwand sie in der Küche und kam mit dem Bier zurück, dann holte sie Pistazien und klein geschnittene Salz-Dill-

Gurken, arrangierte alles vor ihrem Mann und wartete auf ein Wort von ihm.

„Danke, mein Schatz."

„Ich muss jetzt einen Deutschkurs besuchen."

Amin nahm einen Schluck Bier.

„Bei der Arbeit."

„Ach ja?"

Sie vermutete, dass Doktor Liebich sich die Sache mit dem Deutschkurs ausgedacht hatte. Obwohl es keinen Beweis dafür gab. Aber warum sonst hatte er kürzlich während der Nachtschicht ihre Sprachkenntnisse getestet? Ein paar Tage darauf war er im Schwesternzimmer aufgetaucht, als sie sich gerade fertig machte, um nach Hause zu gehen. Der Roman hieße auf Deutsch *Die Elenden*, hatte er ihr begeistert erzählt. Sie verstand nicht, wovon er sprach.

„Victor Hugo", erinnerte er sie, „der Roman, den Sie auf Persisch lesen."

„Oh."

„Ich habe mir das Buch gekauft und lese es jetzt auch."

„Ja?"

„Dann können wir vielleicht darüber reden."

Mahtab zog hastig ihren Mantel an.

„Ihre Knöpfe", sagte er und wies mit dem Kinn in ihre Richtung.

Sie sah an sich herab. Der Mantel hing etwas schief an ihr, sie hatte ihn falsch zugeknöpft.

„Sie müssen einfach ein bisschen mehr sprechen, dann wird Ihr Deutsch schnell besser. Sie sind begabt."

Mahtab konzentrierte sich auf ihren Mantel. Als sie wieder aufblickte, war Liebich verschwunden.

Am nächsten Morgen hatte Oberschwester Erika sie gleich nach Dienstbeginn zu sich gerufen. Sie müsse einen Deutschkurs besuchen. Die Kosten übernähme die Krankenhausverwaltung, ihre Teilnahme sei Pflicht.

„Ja, aber…", hatte Mahtab gestammelt.

Die Chefin hob die Hände, um jede weitere Frage abzuwehren. Näheres würde sie in der Personalabteilung erfahren. Es klang, als erwarte sie dort eine unangenehme Nachricht. Mahtab wollte es lieber gleich hinter sich bringen und begab sich direkt zum Verwaltungstrakt. Dort angekommen fragte sie sich durch und landete schließlich bei einer dünnen Sachbearbeiterin, die ihr regelrecht um den Hals fiel, als sie erfuhr, worin ihr Anliegen bestand.

„Fabelhaft, endlich ist der Kurs vollständig", rief sie.

Sie war nur Füllmaterial, erfuhr Mahtab. Der Sprachunterricht war für die neuen südkoreanischen Krankenschwestern eingerichtet worden. Eine der Ostasiatinnen war abgesprungen, und so hatte man sich an die iranische Mitarbeiterin erinnert. Wer ‚man' war, verriet die Dünne nicht.

„Deshalb komme ich jetzt jeden Dienstag und Donnerstag eine Stunde später nach Hause."

„In Ordnung."

Das Wort ‚die Elenden' war im Wörterbuch nicht vermerkt, aber sie hatte ‚elend' gefunden und es in ihr neues Vokabelheft eingetragen. Azadeh hatte eines dieser Heftchen übriggehabt und ihr vorgeschlagen so zu verfahren. Dann könne sie neue Wörter besser auswendig lernen. Außerdem würde es gut in ihre Handtasche passen. Das überzeugte sie dann endgültig. In der Straßenbahn holte sie ihr Vokabelheft hervor, las und wiederholte die neuen Wörter im Stillen.

„Gefällt dir ‚*Binawajaan*' von Victor Hugo auch so gut?", fragte sie ihren Mann.

„Wie kommst du denn darauf?"

„Ich lese es gerade."

„Ach so."

Mahtab versuchte sich vorzustellen, wie es wäre mit Doktor Liebich über Victor Hugos Roman zu reden, auch wenn es nie dazu kommen würde. Im Krankenhaus war keine Zeit dafür. Früher hatten Amin und sie zusammen Gedichte rezitiert. Er deklamierte Verse von Hafez, Saadi oder Rumi, und sie antwortete mit einem passenden Gedicht, das er wiederum mit den Worten eines persischen Klassikers erwiderte. So entspann sich ein lyrischer Dialog, bei dem sie sich durchaus behauptete. Amin lobte sie dann jedes Mal. Hin und wieder dichtete er selbst. Wenn er plötzlich nach einem Stift griff und auf alles, was in greifbarer Nähe war, seien es Papierservietten, Zigarettenschachteln oder Bierdeckel, etwas kritzelte, wusste sie, ein neues Gedicht war geboren. Dann hieß es „Hör zu“, und er deklamierte mit lauter Stimme seine Verse. Seine Aufzeichnungen beachtete er anschließend nicht mehr. Mahtab nahm sie an sich und bewahrte sie zusammen mit allen anderen literarischen Notizen ihres Mannes in einer Mappe auf. Sie selbst hatte das Dichten aufgegeben. Eine Zeit lang schrieb sie heimlich ihre Verse in ein rotes Heft, das sie eigens für diesen Zweck gekauft hatte. Dann, eines Tages, war es verschwunden. Als es ihr einige Monate später zufällig in die Hände fiel, war es vollgeschrieben. Amin hatte dann in seiner unleserlichen Schrift endlose Zahlenkolonnen notiert und Berechnungen für seinen Laden angestellt. Das Heft war für sie nicht mehr zu gebrauchen, sie warf es weg.

Amin seufzte.

„An was denkst du eigentlich die ganze Zeit?“, erkundigte sie sich.

Er atmete tief ein und aus, als wolle er Anlauf nehmen für das, was nun kommen würde. Er straffte sich.

„Ich will den Laden erweitern, zu einem richtigen kleinen Kaufhaus. Der Gemüsehändler nebenan gibt auf. Die Wand zwischen den beiden Läden wird beseitigt. Dann haben wir eine größere Verkaufsfläche und können unser Sortiment erweitern. Ich habe schon mit dem Hausbesitzer gesprochen, er ist damit einverstanden. Und einen Architekten habe ich auch schon an der Hand. Das wird großartig."

„Der Absatz lief noch nie besonders gut. Was also sollen wir bitte schön mit einer größeren Verkaufsfläche?"

„Mach dir darüber keine Sorgen. Mit dem größeren Angebot kommt die größere Nachfrage."

„Und was ist, wenn sie nicht kommt?"

„Sie wird kommen. Außerdem senken wir die Einkaufskosten, wenn wir in größeren Mengen bestellen."

Der kleine Haushaltswarenladen beleidigte schon seit Langem Amins Ego. Er dachte stets groß, fand sich mit dem, was ihm das Leben anbot, nicht ab, forderte mehr und hatte es meistens auch bekommen. Hier aber stieß er an seine Grenzen. Der Laden warf gerade genug ab, um die Familie zu ernähren, was aber das Finanzamt nicht davon abhielt, ihn ständig zur Ader zu lassen. Für jede menschliche Regung gab es Vorschriften, nichts wurde dem Zufall überlassen. Ehe er sich versehen hatte, hatte er sich in einem Labyrinth aus Gesetzen und Bestimmungen verirrt. Er, der es gewohnt war, Hindernisse durch Reden, Kontakte und Beziehungen aus dem Weg zu räumen, stieß hier auf eine Wand aus Paragrafen.

Also war er auf ein anderes Feld ausgewichen. In seinem Büro hinten im Laden empfing er Landsleute und wetterte vor diesem Publikum über die

Machenschaften des Schahs und ließ seine Gäste an seinen neusten Interpretationen des Weltgeschehens teilhaben. In dem Hinterzimmer ging es gelegentlich zu wie in einer Teestube im Herzen Teherans. Zigarettenrauch hing in der Luft und sein bedauernswerter Mitarbeiter musste alle halbe Stunde frischen Tee servieren. Mit dem kleinen Laden, an dem nur der Name groß war, schien er sich abgefunden zu haben. Was also war jetzt in ihn gefahren?

„Wie bist du denn auf diese verrückte Idee gekommen?"

Er funkelte sie böse an.

„Entschuldige, wie bist du auf diese Idee gekommen?"

„Man muss nur eins und eins zusammenzählen."

Sie sah, so kam sie nicht weiter und versuchte es anders.

„Wie willst du den Umbau und all das finanzieren?"

„Durch einen Kredit natürlich."

„Dann haben wir zusätzlich die Zinsen und die Tilgung am Hals."

„Das Darlehen ist selbstverständlich zinslos."

„Was? Wo gibt es das denn?"

„Ursula Eckstein leiht uns das Geld."

„Wie bitte?"

„Sie hat geerbt."

„Das ist nicht dein Ernst, oder?"

„Mein voller Ernst."

„Was will sie dafür? Nichts ist umsonst, das weißt du besser als jeder andere."

„Sie wird am Geschäft beteiligt."

„Ach", stieß Mahtab hervor.

Sie versuchte das Zittern, das sie mit einem Mal erfasste, zu unterdrücken. Aber Amin schien nichts zu bemerken, er nahm einen großen Schluck Bier, stellte das Glas ab und wischte sich den Schaum von der Oberlippe. Draußen setzte die Abenddämmerung ein. Aus dem Jungenzimmer drang Musik, und in der Küche klapperte Azadeh mit Geschirr, sie machte sich wohl einen Tee.

14

Die Nachtschicht zog sich hin. Mahtab starrte die rote Lampe an und wünschte sich, sie würde aufleuchten, man würde nach ihr verlangen, vielleicht sogar wegen eines Notfalls, irgendeines Ereignisses, das ihr Gedankenkarussell anhalten würde, wenigstens für kurze Zeit. Die Ruhe, nach der sie sich immer gesehnt hatte, war nun zu ihrer Feindin geworden.

Amin hatte gesagt, man müsse nur eins und eins zusammenzählen. Genau das tat sie nun. Mit dem zinslosen Darlehen würde diese schamlose Person nicht nur den Laden, sondern auch ihren Mann kaufen. Der arme Kerl hätte in seinem *Kaufhaus Europa* nicht mehr viel zu melden, aber dafür würde er im Bett entschädigt werden. Ganz gewiss hatte sie ihn schon angefüttert und jetzt wartete er auf das Festmahl. Als moderne Frau verfügte Ursula Eckstein sicherlich über beträchtliche Erfahrungen auf diesem Gebiet. Da kann ich nicht mithalten, dachte sie. Allmählich verdichteten sich Beobachtungen zu

Ahnungen. Er wird mich verlassen. Wie eine Nebelwand tat sich vor ihr die Frage auf, was aus ihr und den Kindern werden sollte. Sie könnte mit ihnen nach Teheran fliegen und sich bei ihrer Schwester einquartieren. Aber die Kinder aus der Schule herausreißen, das war undenkbar. Sie ihm zu überlassen ebenso. Ohne ihre Kinder könnte sie nicht leben. Nur sie waren ihr noch geblieben. Alles andere hatte sie zurückgelassen, den Duft der Heimat, die Wärme ihrer Mutter, die vertrauten Gespräche mit der Schwester und das Lachen ihrer Freundinnen.

Amin hatte nicht verstanden, worüber sie so erzürnt war. Es sei eine rein geschäftliche Entscheidung, Ursula zu beteiligen, erklärte er im Ton eines Vorstandsvorsitzenden. Die Frau bringe nicht nur Kapital, sondern auch viel Erfahrung in das Unternehmen ein, sie stamme aus einer alten Frankfurter Kaufmannsfamilie. Dann holte er Papier und Bleistift und rechnete ihr vor, wie es gehen könnte und legte dabei immer wieder Pausen ein und schaute sie an, als sei sie schwer von Begriff. „Lass mich mit den Zahlen in Ruhe“, hatte sie geschrien, den Zettel vom Tisch gefegt und geweint.

„Ich will das nicht.“

„Sei nicht kindisch.“

„Schmeiß sie raus.“

„Kommt nicht in Frage.“

„Gut, dann gehe ich.“

Sie erschrak selbst über ihre Worte und schlug sich auf den Mund.

Ihr Mann aber zeigte sich unbeeindruckt. „Ach was“, sagte er, bückte sich und hob das Papier auf.

Seither hatte sie ihren Mann kaum zu Gesicht bekommen. Erst war Amin fast eine Woche lang in Köln auf einer Messe gewesen, dann hatte Mahtab freiwillig die Nachtschicht im Krankenhaus übernommen. Um überflüssige Fragen zu vermeiden, hatte sie Oberschwester Erika erklärt, sie müsse sich tagsüber um ihren jüngsten Sohn kümmern. Der sei krank und brauche Pflege. Zu Hause hatte sie gesagt, im Krankenhaus gäbe es Personalengpässe, daher ändere sich ihr Dienstplan. Nun war es schon die dritte Woche, die sie nachts auf der Station verbrachte. Das Schlafzimmer benutzten sie im Wechsel. Abends machte sie sich früher auf den Weg zur Arbeit, damit sie ihm nicht begegnete, wenn er nach Hause kam. Sie schlenderte dann gemächlich über die Zeil und betrachtete die Schaufenster der Kaufhäuser, bis es Zeit war, in die Straßenbahn zu steigen. Die beiden Jungen nahmen ihre neuen Dienstzeiten ohne Murren hin. Azadeh hingegen schien es nicht zu passen.

„Ach, Sie sind noch da?“, fragte ihre Tochter ein ums andere Mal, wenn sie am frühen Nachmittag von der Schule kam. Als sei ihre Mutter ein ungebetener Gast, den sie nicht loswurde.

Mahtab wiederum fiel auf, dass Azadeh zu unterschiedlichen Uhrzeiten, aber immer mit erheblicher Verspätung zu Hause eintraf. Der Unterricht war jeden Tag um Viertel nach eins zu Ende, davon hatte sie sich mit einem Blick auf den Stundenplan überzeugt. Sie besuche eine freiwillige Theater-Arbeitsgemeinschaft, rechtfertigte sich die junge Frau kurz angebunden. Mahtab glaubte ihr nicht. Der Theaterkurs mochte ja stattfinden, aber doch wohl kaum von Montag bis Freitag. Sie beließ es dabei, sie hatte nicht die Kraft, der Sache auf den Grund zu gehen, war froh, wenn sie es schaffte, den Haushalt zu organisieren, sich um die notwendigen Belange der Kinder zu kümmern und die Nächte im Krankenhaus durchzuhalten. Sie schlief schlecht und aß kaum etwas, und dann auch nur, um etwas im Magen zu haben, wenn sie wieder eine Aspirin gegen die Dauerkopfschmerzen nehmen musste.

Die Nachtschicht ging ohne größere Zwischenfälle zu Ende. Pünktlich um sechs Uhr übernahm Schwester Helga den Dienst. Draußen war es immer noch dunkel, immerhin hatte die Kälte nachgelassen. Vor ihr lag der ganze lange Tag, der damit beginnen würde, ihrer Familie das Frühstück hinzustellen und Abbas anzutreiben, damit er es rechtzeitig zur Schule schaffte. Die anderen beiden kamen allein zurecht, Azadeh sowieso und Hamid schien mit einem inneren Uhrwerk auf die Welt gekommen zu sein. Hatte sie Abbas endlich aus der Wohnungstür geschoben, war sie mit ihrem Mann allein. Solange er sich rasierte, würde sie in der Küche bleiben. Sobald er das Bad verließe, würde sie hineinschlüpfen und käme nicht heraus, bevor er beim Frühstück säße. Sie würde sich ins Schlafzimmer zurückziehen. Und erst wenn die Wohnungstür hinter ihm ins Schloss fiele, könnte sie aufatmen. Es gelang ihr nicht immer, ihm völlig aus dem Weg zu gehen. Aber der Nachtdienst war ein guter Vorwand, um nur das Nötigste reden zu müssen. Er war nicht unfreundlich zu ihr, bemühte sich aber auch nicht, die Stimmung zu verbessern. Ihr Redestreik schien ihn nicht sonderlich zu kümmern.

„Frau Hamidzadeh!"

Doktor Liebich kam mit eiligen Schritten auf sie zu.

Er hatte offenbar ebenfalls Dienst gehabt, aber man sah es ihm nicht an, vielleicht weil er sie so anstrahlte. Der Mann hatte noch ganz weiße Zähne, obwohl er etwa in Amins Alter sein müsste. Vielleicht rauchte er nicht oder trank nicht so viel Tee. Er achtete jedenfalls auf sich, das war nicht zu übersehen. Sein anthrazitfarbener Mantel stand ihm gut.

Liebich beugte sich bei der Begrüßung etwas vor, als wollte er sie in den Arm nehmen. Mahtab wich zurück. Der Duft seines Rasierwassers streifte sie.

„Habe ich Sie erschreckt?"

„Nein, Herr Doktor. Guten Morgen. Wie geht es Ihnen?"

„Ehrlich gesagt, wenn ich Sie sehe, geht's mir immer gut."

Mahtab presste die Lippen aufeinander. Wie nett

er das gesagt hatte, dachte sie und versuchte ein gleichgültiges Gesicht zu machen. Gleich würde er fragen, ob er sie mit dem Auto nach Hause fahren dürfte. Das würde ihr ersparen, schon wieder in der Straßenbahn einzuschlafen. Sie konnte nichts dagegen tun, noch vor der ersten Haltestelle fielen ihr die Augen zu. An der Endstation rüttelte sie der Schaffner jedes Mal wach, als sei sie eine betrunkene Obdachlose. Ein bisschen fühlte sie sich auch so, wenn sie benommen und frierend im Dunkeln auf die nächste Bahn in die Gegenrichtung warten musste. Im Grunde genommen war die Straßenbahn der einzige Ort, an dem sie so richtig zur Ruhe kam. Manchmal stellte sie sich vor, mit dem Zug irgendwohin, vielleicht nach München oder Hamburg zu fahren, bloß um einfach mal auszuschlafen.

„Darf ich Sie nach Hause fahren?"

„Nein, danke, Herr Doktor. Ich fahre Straßenbahn."

„Ach was. Kommen Sie."

Liebich gab sich gar nicht die Mühe, einen Parkplatz zu suchen. Er fuhr einfach auf den Bürgersteig und hielt direkt vor einer Bäckerei.

„Hier ist es", sagte er und strahlte sie an, als habe er ihr soeben ein Geschenk überreicht.

Mahtab nickte anerkennend, obwohl der Laden wie eine gewöhnliche Bäckerei aussah. Offenbar erwartete er von ihr, jetzt Brötchen zu kaufen. Sie hatten zwar noch Brot zu Hause, aber warum nicht?

Wenn der Doktor den Laden so schätzte, wäre es unhöflich, nicht darauf einzugehen. Die Kinder würden sich sicher freuen, mal etwas anderes als das abgepackte Brot vom Latscha zu essen.

„Vielen Dank, Herr Doktor."

Auf der Fahrt hatte er ihr von dieser Bäckerei vorgeschwärmt, da gebe es die besten Brötchen in ganz Frankfurt. Den Laden kenne er noch aus seiner Kindheit, seine Mutter habe ihn immer losgeschickt, dort Brot zu kaufen. Den ganzen Weg nach Hause habe er die Nase an den frischen Laib gehalten und den Wohlgeruch eingesogen. Viele Jahre später, als er in russischer Gefangenschaft war und sich der Hunger jeden Tag ein Stück weiter in seine Eingeweide fraß, habe er von dem duftenden Brot seiner Kindheit geträumt.

„Wer Hunger gelitten hat, vergisst das sein Leben lang nicht. Die Erinnerung daran ist wie eine Narbe, wird Teil des eigenen Köpers, man wird sie nie mehr los."

Dann hatte er gelacht und gesagt, seit er aus der Gefangenschaft zurückgekehrt sei, verginge kein Tag, an dem er nicht morgens frische Brötchen in dieser Bäckerei kaufe.

Drinnen war es angenehm warm und es duftete ein wenig wie in der Backstube von Herrn Nuni in der Monirije-Straße, damals in dem anderen Leben. Der Bäcker hatte immer ein freundliches Wort für sie und die anderen Kinder gehabt. Das Feuer knisterte im Lehmofen und der alte Mann klatschte den flach geklopften Teig an die Innenwand des Ofens. Bald darauf holte er das fertige Fladenbrot mit einem spitzen Metallstab wieder heraus.

Trotz der frühen Stunde herrschte reger Betrieb. Liebich und sie standen dicht beieinander und warteten darauf, an die Reihe zu kommen. Sie brauchte nur mit der Hand zu zucken, dann würde sie seine berühren. Sicherheitshalber versenkte sie die Hände in ihren Manteltaschen. Die Tür zur Backstube stand offen und gab den Blick auf weißgekleidete Männer frei, die Teig kneteten, ihn formten und auf ein Blech legten. Sie kaufte nie Brot in der Bäckerei, sondern wie alles andere beim Latscha, das war billiger und einfacher. Vielleicht sollte sie das ändern. Mit einem Mal fühlte sie sich weit weg von allem, fremd und frei zugleich. Der Pulk der Wartenden geriet etwas in Bewegung, und sie hörte, wie Doktor Liebich zwei belegte Brötchen und zwei Tassen Kaffee bestellte.

„Zum hier essen, bitte. Bringen Sie es uns bitte an den Tisch."

Mahtab verstand nicht, was der Arzt vorhatte.

„Herr Doktor, ich muss nach Hause."

„Da hinten können wir Platz nehmen."

Tatsächlich standen seitlich ein paar kleine Tische, die sie bis dahin gar nicht bemerkt hatte. Liebich setzte sich mit einem zufriedenen Seufzer.

„Das haben wir uns doch verdient, nachdem wir die ganze Nacht durchgearbeitet haben. Oder?"

„Ja, aber…“

„Dauert nicht lange.“

Was sollte das? Eine Einladung konnte es nicht sein, sonst hätte er es ja gesagt. Außerdem, wer lud jemanden in eine Bäckerei ein? Die Gegend kam ihr bekannt vor, sie würde sich schon zurechtfinden, um eigenständig nach Hause zu gelangen.

„Vielen Dank, Herr Doktor. Ich kann nicht. Mein Familie, mein Kinder warten. Ich muss Frühstück machen.“

„Nehmen Sie doch bitte Platz. Wir essen unsere Brötchen, trinken den Kaffee und dann fahre ich Sie nach Hause.“

Amin würde wissen wollen, wo sie gewesen sei. Die Kinder würden hungrig zur Schule gehen müssen, nicht einmal Schulbrote hätten sie für die Pause. Alle würden sich Sorgen machen, wo sie bliebe.

„Vielen Dank, Herr Doktor.“

„Wo wollen Sie denn hin?“

„Nach Hause.“

Sie würde sich einfach durchfragen, entschied sie. Die Leute waren hilfsbereit. Irgendwo würde schon ein Bus oder eine Straßenbahn fahren.

„Das ist doch Unsinn. Sie sind bestimmt nicht schneller zu Hause, wenn Sie jetzt gehen. In zehn Minuten fahren wir los, ja? Dann gebe ich auch richtig Gas.“

Vielleicht hat er recht, dachte sie. Zehn Minuten gingen schnell herum. Es war immer noch früh. Und einen Kaffee konnte sie gut gebrauchen. Zu

Hause hatte sie kein Wort darüber verloren, dass sie schon mehrmals in der Bahn eingeschlafen war und viel Zeit mit der Rückfahrt verloren hatte. Ihre Verspätung war weder Amin noch den Kindern aufgefallen, jedenfalls hatte keiner etwas gesagt. Was war schon dabei, mit dem Oberarzt einen Kaffee zu trinken, wenn er es unbedingt wollte? Außerdem konnte es tausend Gründe dafür geben, ein paar Minuten später nach Hause zu kommen. Nicht selten kam es zu Verzögerungen beim Schichtwechsel, man wurde aufgehalten, es gab Zwischenfälle, da konnte sie doch nicht einfach so tun, als ginge sie das nichts an und stur nach Hause gehen. Und auf die Pünktlichkeit der Straßenbahn war auch nicht immer Verlass.

Zum ersten Mal seit Langem verspürte sie wieder Appetit. Das Brötchen schmeckte köstlich, der Kaffee war zwar nicht so gut wie bei Sarah, weckte aber dennoch ihre Lebensgeister. Liebich hatte seinen Mantel ausgezogen und saß nun in seinem schicken Anzug da. ‚Kleider macht Mensch' oder so ähnlich sagten die Deutschen. Recht hatten sie. Neben dem Oberarzt kam sie sich schäbig vor. Sie strich ihren Rock glatt und beschloss, im Winterschlussverkauf nach neuen Sachen Ausschau zu halten, vielleicht könnte auch mal etwas Schickes dabei sein. Amin meinte sowieso, sie solle sich modischer anziehen. Sie hatte nie etwas darauf gegeben.

Liebich schien tatsächlich noch unter den Folgen seiner Kriegsgefangenschaft zu leiden, der Mann hatte sein Frühstück verputzt, noch bevor sie den ersten Bissen heruntergeschluckt hatte.

„Sie haben abgenommen“, stellte er fest, musterte sie eingehend und fügte hinzu, es stehe ihr gut. Als er das sagte, leuchteten seine Augen auf. Mahtab untersuchte ihr Brötchen, klappte beide Teile auf, blickte unter den Käse, begutachtete das Salatblatt und wusste nicht weiter. Der Mann schien nicht bei Verstand zu sein, einer verheirateten Frau so etwas zu sagen. Außerdem stimmte es gar nicht, sie sah sich ja jeden Tag im Spiegel. Nein, ihr Anblick musste grässlich sein, sie hatte Ringe unter den geröteten Augen und war blass.

„Wir könnten eigentlich Du zueinander sagen, oder? Ich heiße Hans.“

„Das ist nicht gut, Herr Doktor. Ich bin verheiratet.“

„Was bedeutet Mahtab eigentlich?“

Sie seufzte. Was würden die Kolleginnen denken, wenn er sie so ansprach?

„Also, was bedeutet dein Name?“

Diese Frage war ihr schon öfter gestellt worden. Die Deutschen wollten immer allem auf den Grund gehen.

„Mondschein.“

„Nein!“, sagte Dr. Liebich.

„Wie bitte?“

„Ich meine, wie wunderschön! Der Name passt

zu dir."

Die Situation geriet allmählich außer Kontrolle. Sie beeilte sich, ihr Brötchen aufzuessen und spülte den Kaffee hinterher. Doch bevor sie zum Aufbruch drängen konnte, stand der Doktor schon neben ihr.

„Ich habe noch Hunger. Möchtest du auch noch eins?"

Er schob sich zum Verkaufstresen durch, wartete dann aber brav, bis die Verkäuferin ihn fragte, was er wünsche.

„Wie findest du die Brötchen?"

Er biss in sein zweites, und Mahtab konnte nicht anders als zu lächeln. Auf einmal war er nicht mehr der große Arzt, sondern der große Junge, der sich den Bauch vollschlug.

„Beste Brötchen der Welt", bestätigte sie kichernd.

„Sag ich doch."

„Sind Sie verheiratet?", platzte es aus ihr heraus.

Sofort bereute sie diese Frage. Was ging es sie an, ob der Mann eine Frau hatte?

Dr. Liebich betrachtete sie, als habe er soeben eine Entdeckung gemacht.

„Entschuldigung."

„Nein, warum denn? Ich war verheiratet. Meine Frau ist bei einem Autounfall ums Leben gekommen."

Der Andrang am Verkaufstresen nahm allmählich ab. Nur noch einzelne Arbeiter und eine Handvoll Schülerinnen versorgten sich nun mit Frühstück. Dr. Liebich lobte den Fortschritt ihrer Deutschkenntnisse und ließ sich genau berichten, was sie im Sprachkurs durchnahmen. Mahtab hielt ihre Hände unter dem Tisch, damit der Arzt sie nicht schon wieder ergriff. Beim ersten Mal hatte sie nicht glauben können, was er sich erlaubte. Sie hatte einige Sekunden verstreichen lassen, bevor sie ihm ihre Hände entzog.

„Nein", hatte sie gesagt.

Seine Hände waren warm, groß und kräftig, ihre verschwanden fast darin. Beim zweiten Mal griff er ins Leere. Dafür sagte er ein paar nette Dinge zu ihr, und sie lernte Wörter, die sie bis dahin nicht gekannt hatte.

Sie wartete, bis er endlich den letzten Schluck Kaffee getrunken hatte. Kaum hatte er die Tasse abgesetzt, sprang sie auf. Es wurde wirklich Zeit zu gehen.

Im Auto machte Liebich keine Anstalten, den Motor anzulassen. Er drehte sich zu ihr, lächelte.

„Herr Doktor, es ist schon spät." Mahtab deutete auf ihre Armbanduhr.

„Dein Halstuch steht dir sehr gut."

„Oh."

Sie nestelte an ihrem Tuch. Es war in weinrot, taubenblau und orange gehalten, durchsetzt mit

Paisley- und Blumenmustern. Ihre Schwester hatte es ihr geschenkt. Allein deshalb schon mochte sie es besonders gern. Aber noch nie hatte ihr jemand deswegen ein Kompliment gemacht.

„Die Farben passen zu deinen Augen."

„Ja?"

Das war ihr noch nie aufgefallen.

„Und die sind wunderschön."

Wie bitte?

Liebich neigte seinen Kopf zu ihr.

„Ich glaube, so kommt das Halstuch noch besser zu Geltung."

Mahtab sah erstaunt auf und im nächsten Moment senkte sich sein Gesicht über sie. Seine Hände umschlossen ihre Wangen, seine Lippen legten sich auf ihre, sein Kaffeeatem umfing sie, vermischt mit dem Duft des Rasierwassers. Sie zitterte am ganzen Leib, sie konnte gar nichts dagegen tun. Als sie die Augen wieder öffnete bemerkte sie, wie Passanten sie unverhohlen beobachteten. Sie stieß den Arzt zurück, verpasste ihm eine Ohrfeige und stürzte aus dem Auto.

Verzweifelt zog sie ihr Halstuch ab und stopfte es in ihre Handtasche, da prallte sie mit jemanden zusammen.

„Entschuldigung."

„Maman."

Die Stimme drang wie ein Messer in sie ein. Vor ihr stand ihre Tochter und starrte sie mit offenem Mund an.

„Azadeh!“

„Was machen Sie hier? Wir haben uns Sorgen um Sie gemacht. Baba sucht Sie überall.“

„Mahtab. Bitte geh nicht.“ Liebich kam angerannt.

Sie hob die Augenbrauen und machte eine abweisende Handbewegung. Der Arzt hielt inne, schien zu begreifen und wandte sich ab. Doch es war zu spät, Azadeh hatte ihn schon entdeckt.

„Wer ist das denn?“

Mahtab nahm die Hand ihrer Tochter und zog sie mit sich.

„Komm, wir gehen weiter.“

Die junge Frau starrte immer noch Doktor Liebich an.

„Komm schon! Mach!“ Sie legte nun die Hand auf Azadehs Rücken und schob ihre Tochter vor sich her. An der nächsten Straßenecke blieb sie abrupt stehen.

„So, was machst du hier?“, herrschte sie das Mädchen an, als habe dieses etwas ausgefressen.

„Ich gehe zur Schule.“

„Hier?“

„Wo denn sonst?“

Mahtab sah sich um und schlug sich gegen die Stirn.

„Ja, klar.“

Sie sah auf ihre Armbanduhr. Es war viertel vor Acht.

„Wer ist der Mann?“

„Ach, das ist nur der Oberarzt aus der Klink, weiß du? Ist nicht wichtig, überhaupt nicht wichtig. Geh zur Schule, mein Schatz, du darfst nicht zu spät kommen."

„Er hat Sie beim Vornamen gerufen!"

„Das bedeutet gar nichts. Das ist üblich im Krankenhaus. Geh, mein Kind. Mach dir keine Sorgen. Alles ist gut."

Sie gab der jungen Frau einen Schubs, so wie sie es früher getan hatte, als sich die Kleine weigerte in den Kindergarten zu gehen.

Mahtab lief blind los. Käme jetzt eine Straßenbahn, würde sie sich davorwerfen.

15

Amins Auto parkte an der gewohnten Stelle, er war also zu Hause. Mahtab blieb vor der Wohnungstür stehen und versuchte sich zu sammeln. Ihr Herz klopfte wild, sie schwitzte und fühlte sich schmutzig. Sie war durch unbekannte Straßen geirrt, hatte Passanten nach dem Weg gefragt, war mal in die eine und dann die entgegengesetzte Richtung geschickt worden, und als endlich eine Haltestelle in Sichtweite war, fuhr ihr die Straßenbahn vor der Nase weg. Wie konnte sie nur zulassen, dass der Arzt sie küsste? Wie sollte sie jemals wieder Amin in die Augen schauen? Was sollte sie ihrer Tochter sagen? Liebich hatte die Situation schamlos ausgenutzt, doch die Schuld trug sie allein. Das kam davon, wenn man zu einem fremden Mann ins Auto stieg. Damit hatte alles angefangen. Sie schwor sich, von nun an den Arzt zu meiden, keine Sekunde mehr mit ihm allein zu sein. Es nutzte nichts, je näher sie ihrer Wohnung kam, desto größer wurde ihre Angst. Erst auf den letzten Metern fiel ihr eine halbwegs überzeugende Geschichte ein, die erklären würde, warum sie so lange nach Dienstschluss erst nach Hause kam.

Mahtab atmete noch einmal tief durch und wühlte in ihrer Handtasche nach dem Schlüssel. Da wurde die Wohnungstür mit einem Ruck aufgerissen, als öffne sich das Tor zur Hölle. Vor ihr stand Amin mit aufgerissenen Augen. Er trug seinen dunklen Anzug, den er nur zu besonderen Anlässen anzog.

„Dachte ich es mir doch. Ich habe ein Schnaufen vor der Tür gehört."

„Salam."

„Mein Gott, Mahtab! Wo warst du denn? Ich bin vor Sorge fast gestorben."

Er nahm ihr Gesicht in beide Hände.

„Was ist mit dir? Du bist ganz heiß. Hast du Fieber?"

Mahtab schüttelte den Kopf.

„Ist dir etwas zugestoßen?"

Er liebt mich, dachte sie und wurde ruhiger. Mit ihr sei alles in Ordnung, soweit man es angesichts der Umstände sagen könne, versicherte sie ihm. In der Straßenbahn sei eine alte Dame zusammengebrochen. Sie habe sich um die Frau gekümmert und sie nach Hause gebracht.

„Ich verstehe nicht."

„Eine alte Frau saß mir in der Straßenbahn gegenüber. Plötzlich ist sie zusammengesackt, einfach so. Ich habe Erste Hilfe geleistet. Gott sei Dank kam sie gleich wieder zu Bewusstsein. An der nächsten Haltestelle bin ich mit ihr ausgestiegen. An der frischen Luft erholte sie sich etwas. Ich habe sie nach Hause begleitet, ihr einen Tee gekocht und bin noch etwas bei ihr geblieben, bis sie stabil war."

„Und das hat mehr als zwei Stunden gedauert?"

„Ja."

„Warum hast du keinen Krankenwagen gerufen?"

„Ich bin doch Krankenschwester. Außerdem konnte ich ihr doch auch gleich helfen."

„Du bist wirklich ein Engel."

Mahtab atmete auf, eine Last fiel von ihr ab. Alles würde gut werden.

„Aber warum hast du mich nicht angerufen?"

„Wie denn? Ich musste mich um die alte Frau kümmern."

„Hat sie kein Telefon? Du warst doch bei ihr in der Wohnung."

„Nein, kein Telefon."

Amin seufzte.

„Ich habe überall nach dir gesucht. Das Krankenhaus sagte, du hättest gegen sechs Uhr deinen Dienst regulär beendet. Ab da verlor sich deine Spur. Weder die Polizei noch die umliegenden Krankenhäuser konnten uns weiterhelfen."

Sie hatte es geahnt. Mit jeder anderen Ausrede wäre sie aufgeflogen. Aber sie musste sich noch absichern, für alle Fälle.

„Übrigens wohnt die alte Frau ganz in der Nähe von Azadehs Schule. Wir sind uns über den Weg gelaufen."

Amin sah sie erstaunt an. In seinem Kopf arbeitete es offensichtlich.

„Dann hättest du Azadeh sagen müssen, sie soll mir sofort Bescheid geben."

„Sie musste doch in den Unterricht."

Mahtab bereute es, ihre Tochter erwähnt zu haben. Amin würde das Mädchen darauf ansprechen. Aber jetzt war es zu spät. Jedes weitere Wort wäre zu viel.

„Du glaubst gar nicht, wie erleichtert ich bin."

Aus dem Badezimmer drangen Geräusche.

„Sind die Jungen noch da?"

„Nein, die sind schon längst zur Schule gegangen."

„Wer ist dann im Bad?"

„Ach, das ist Ursula", antwortete Amin mit belegter Stimme.

„Wie bitte?"

„Wir fahren doch heute zur Firma Grundig nach Nürnberg."

Er räusperte sich und griff zerstreut erst in die linke, dann in die rechte Innentasche seines Anzugs, als suche er dringend etwas. Seufzend zog er die Hand wieder heraus.

„Habe ich dir das nicht erzählt? Demnächst wird es im Kaufhaus Europa auch Farbfernseher geben. Die Nachfrage ist enorm."

Die Badezimmertür wurde entriegelt und diese Ursula trat heraus. Sie trug ein braunes Kostüm mit

Karomustern und war sorgfältig geschminkt.

„Guten Morgen, da sind Sie ja“, zwitscherte sie fröhlich und hob ein rotes Köfferchen vom Boden auf. An Amin gewandt mahnte sie: „Wir müssen los. Es ist schon spät.“

Mahtab wich zurück, als habe sie eine Ohrfeige erhalten, stieß gegen das Telefontischchen im Flur, der Hörer fiel vom Gerät und gab sein monotones Tuten von sich. Amin legte den Arm um ihre Schulter.

„Was ist denn, mein Schatz?“

Sie wand sich aus Amins Umarmung, spuckte ihm vor die Füße und rannte aus der Wohnung. Die Tür fiel krachend ins Schloss.

Nach einigen Schritten in der frischen Luft wurde sie seltsam ruhig. Wer war sie schon, um Amin anzuklagen? Ein Niemand. Mich gibt es gar nicht, sagte sie sich. Wie hätte diese Frau sonst einfach meinen Platz einnehmen können? Wie eine Aufziehpuppe bahnte sich Mahtab ihren Weg, mit starrem Blick, ohne auf Hindernisse zu achten. Passanten schauten sie merkwürdig an, Autofahrer hupten, bremsten und fluchten. Es war ihr gleichgültig. Sie lief immer weiter, bog in ruhige Seitenstraßen ab und wusste bald nicht mehr, wo sie war. Für sie gab es ohnehin keinen Ort mehr, den sie ansteuern könnte. Es war bitterkalt, sie beschleunigte ihre Schritte. Links sah sie gleichförmige Wohnblocks, vor denen amerikanische Straßenkreuzer mit US-Kennzeichen parkten. Ihre Fenster hatten die amerikanischen Soldatenfamilien weihnachtlich mit bunten Lichterketten verziert. Als ein Jeep der amerikanischen Militärpolizei mit röhrendem Motor dicht an ihr vorbeifuhr, sprang sie erschrocken zur Seite. Aus der Ferne hörte sie Baustellenlärm. Die Wohngegend wurde feiner, sie lief durch kleine, von Bäumen gesäumte Straßen, an schönen Altbauten mit gepflegten Vorgärten vorbei. Das Hämmern der Baumaschinen wurde lauter und sie fand sich an der Eschenheimer Landstraße wieder. Ein modernes Gebäude kam ihr bekannt vor. Sie ging näher heran, schaute die Fassade hoch, betrachtete die gläserne Eingangstür, hier war sie schon einmal gewesen. 21. März 1964, erinnerte sie sich. Jetzt fiel ihr auch der Name des Gebäudes wieder ein, Haus Dornbusch. Hier hatten Amin und sie mit Landsleuten das persische Neujahrsfest gefeiert.

Die gesamte iranische Gemeinde aus Frankfurt und dem Umland war gekommen, Kaufleute und Ärzte mit ihren Gattinnen, Studenten allein oder in Begleitung ihrer deutschen Freundinnen. Der Saal war festlich mit Blumen geschmückt, ein persisches Restaurant aus Wiesbaden sorgte für das Essen und sogar iranische Musiker waren engagiert worden. Azadeh passte auf die beiden Kleinen auf, und Mahtab freute sich, nach so langer Zeit endlich wieder mit Amin allein auszugehen. Sie trug ihr schwarzes Abendkleid mit Pailletten, das ihm so gefiel. Parwin und Shahnaz waren mit ihren Männern gekommen, sie hatten gemeinsam an einem Tisch gesessen. Der Chello-Kebab schmeckte köstlich, Amin erzählte Anekdoten aus seiner Zeit beim Wehrdienst und brachte alle zum Lachen. Er war in Hochstimmung, und sie genoss es an seiner Seite zu sein. Nach dem Essen spielte die Musikkapelle auf, schon bei den ersten Klängen erkannte Mahtab *Asir-e-Dame-To,* ihr Lieblingslied von Delkash, die sie liebte und verehrte, so wie es Millionen Iraner taten. Applaus brandete auf. Eine Sängerin in einem langen dunkelblauen Abendkleid trat an das Mikrofon und hob an: „*Tscho asir-e dame to am / rame to am aj mahram-e raz am*". Mahtab fühlte sich in vergangene Zeiten zurückversetzt. Durch den Schleier ihrer Tränen sah sie, wie sich einige Gäste erhoben und laut mitsangen, Paare aufsprangen und sich auf die Tanzfläche begaben. Sie war wieder im Iran. Umgeben von Landsleuten, den Duft persischer Speisen in der Nase, Delkashs Lied in ihren Ohren, begann sie zu schluchzen, die Tränen flossen über ihr Gesicht. Amin griff nach ihrer Hand und drückte sie sanft, auch er war gerührt. Ja, sie hatten gemeinsam einen weiten Weg zurückgelegt und noch einen langen vor sich, bis die drei Kinder auf eigenen Beinen stehen würden. Dann kniff er ihr in die Wange und lachte, sie fiel in sein Lachen ein und alles war gut. Die Musikkapelle spielte weiter, die Sängerin war hinreißend und die Tanzfläche voll.

Es war schon zu vorgerückter Stunde, als sich

Amin erhob und schmunzelnd zu den Musikern ging, ihnen etwas zuraunte, woraufhin diese begeistert nickten und in lässigen Swing einfielen, als hätten sie ihr Leben lang nichts anderes gespielt. Die Sängerin, die bis dahin in würdevoller Pose die persischen Chansons wiedergegeben hatte, wiegte sich nun in den Hüften, machte kleine Tanzschritte und stimmte „*Singin in the Rain*“ an. Die Paare auf der Tanzfläche sahen sich verwundert an, ließen enttäuscht die Arme hängen und warteten auf den nächsten Titel. Amin aber stellte sich in die Mitte, sagte laut „one and two“, klackerte lässig abwechselnd mit Absätzen, Schuhspitzen und der ganzen Sohle auf dem Parkettboden, schlenkerte mit den Armen und deutete einen Stepptanz an, als wäre er Fred Astaire, den er so großartig fand. Das Steppen hatte er von einem Engländer bei der Anglo-Iranian Oil Company gelernt. Früher im Iran hatte er auf Festen zu vorgerückter Stunde seine Stepptanzkünste dargeboten, seit sie in Deutschland waren, noch nie. Bald bildeten Gäste um ihn herum einen großen Kreis und applaudierten, auch Mahtab stellte sich dazu. Er war wieder in seinem Element, hatte die Aufmerksamkeit aller. Eine rothaarige Frau, jung, mit Sommersprossen im ganzen Gesicht, feuerte ihn mit Bravorufen an und klatschte am lautesten. Sie trug ein schwarzes Petticoat-Kleid mit weißen Punkten. Ein dazu passender schwarzer Gürtel betonte ihre schmale Taille. Sie war Mahtab zuvor nicht aufgefallen, weiß der Himmel, woher sie plötzlich aufgetaucht war. Amin warf der Frau einen Blick zu, dann verbeugte er sich vor seinem Publikum. Mahtab war erleichtert, dass er nicht weitertanzte. Er hatte wohl zu viel getrunken, und es wurde auch bald Zeit nach Hause zu gehen. Das wollte sie ihm schon einmal ankündigen. Bis er schließlich so weit wäre, würde es ohnehin noch etwas dauern. Am liebsten würde er bei solchen Festen bis zum Schluss bleiben. Bei ihr war es umgekehrt. Zu ihrer Überraschung drehte Amin ihr jetzt aber den Rücken zu und begab sich zu der Rothaarigen. Die beiden schienen sich zu kennen, sie begannen sofort sich angeregt zu unterhalten. Die Rothaarige lachte, und Amin schmunzelte offenbar über seinen eigenen Witz. Hatte die Frau keinen Mann? War sie allein auf das Fest gekommen? Die Tanzfläche leerte sich, die Kapelle legte eine Pause ein. Mahtab sah sich um. Niemand kümmerte sich um sie, niemand schien sich über ihren Mann zu wundern, und der hatte sie längst vergessen. Sie ging zur Garderobe und holte ihren Mantel. Draußen regnete es in Strömen. Heulend fuhr sie mit der Straßenbahn nach Hause.

Ja, das war das Haus Dornbusch, und nun führte sie ihr Weg ausgerechnet hier vorbei, ein Zeichen Gottes, da war sie sicher. Sie wich wieder in die Nebenstraßen aus, immer weiter Richtung Innenstadt. Wieder lief sie durch unbekannte Gegenden, bis sie sich am Eschenheimer Tor wiederfand. Der mittelalterliche Wachturm ragte einsam und unverwüstlich aus der Großbaustelle heraus. Der U-Bahn-Bau schon wieder, sagte sie sich. Bis zur Zeil war es nicht mehr weit.

Im Kaufhaus Schneider setzte sie sich erschöpft in eine Umkleidekabine, zog den Vorhang zu, umklammerte ihre Handtasche und starrte in den Spiegel vor ihr. So sieht eine betrogene Frau aus, dachte sie. Aus den Kabinen nebenan drangen fröhliche Stimmen zu ihr, es war ein Kommen und Gehen. Erst hatte diese Frau ihren Mann verführt, dann das Geschäft übernommen, und nun drang sie sogar in ihr Zuhause ein. Was als Nächstes käme, konnte sich Mahtab vorstellen. Sie spürte all die Müdigkeit, die sich aufgestaut hatte. Ihre Lider wurden schwer. Für die Nacht brauchte sie wenigstens keine Bleibe, das war der große Vorteil der Nachtschicht, ging es ihr durch den Kopf, da wurde der Vorhang mit einem Ruck aufgerissen. Eine junge Frau entschuldigte sich sofort und zog den Vorhang wieder zu. Doch im nächsten Augenblick wurde er wieder abrupt geöffnet. Jetzt baute sich die junge Frau, eine Verkäuferin, wie Mahtab an dem Namensschild erkannte, vor ihr auf und sah sich in der Kabine um.

„Was machen Sie da?"

„Nichts."

Mahtab erhob sich und ging an ihr vorbei.

„Hören Sie mal!", rief ihr die Verkäuferin hinterher.

Der Kaufhof war nur ein paar Schritte entfernt. Wieder durchquerte sie Stockwerk für Stockwerk. In der Abteilung Damenoberbekleidung spürte sie den Blick eines etwas älteren Mannes mit Halbglatze. Sie war ihm schon im Erdgeschoss begegnet. Er trug, anders als alle anderen Kunden keinen Mantel, sondern steckte in einem schlechtsitzenden grauen Anzug, der für die Jahreszeit viel zu dünn war. Als sie kurz hinzuschauen wagte, senkte er sofort den Kopf. Das hatte sie bisher bei keinem Mann erlebt. Mit dem stimmt etwas nicht, dachte sie und fuhr mit der Rolltreppe weiter hinauf.

In der Schuhabteilung hatte sie plötzlich Mühe, sich auf den Beinen zu halten. Der Boden schien sich unter ihr zu bewegen, wie auf hoher See. Sie schwankte und ruderte panikartig mit den Armen, doch da war nichts, woran sie sich festhalten konnte. Jemand griff ihren Arm. Sie blickte auf.

„Kommen Sie", sagte der Mann im grauen Anzug.

Er führte sie zu einem Stuhl und befahl ihr zu warten. Mahtab klammerte sich an die Armlehne und versuchte ruhig zu atmen. Niemand schien den Vorfall bemerkt zu haben. Frauen nahmen Schuhe in die Hand, probierten sie an, stellten sie wieder hin. Der Mann kam mit einem Glas Wasser zurück. Sie trank es in einem Zug leer und bedankte sich artig.

„Soll ich Ihren Mann oder sonst jemanden verständigen?"

„Danke, es geht schon."
„Sie sind sehr blass. Soll ich einen Arzt rufen?"
Sie schüttelte den Kopf. Nein, sie musste nur schlafen, aber das würde sie jetzt nicht sagen.
Mahtab erhob sich. Sie war noch etwas unsicher auf den Beinen. Der Graue half ihr und begleitete sie nach unten und dann vor die Tür. Er führte sie zu einem Taxi, das mit laufendem Motor am Straßenrand wartete.
„Das Taxi ist für Sie. Fahren Sie nach Hause und ruhen Sie sich aus."
Sie sah ihn erstaunt an. Er trat mit einer solchen Bestimmtheit auf, dass sie nicht zu widersprechen wagte. Bevor sie fragen konnte, wer er sei, verabschiedete er sich hastig. Das war ein Engel Gottes, dachte sie. So etwas gab es, auch wenn Amin darüber lachen würde.
„Finkenhofstraße", sagte sie zum Taxifahrer. Wo sonst sollte sie hin in dieser Stadt?

Als sie Sarah gegenüberstand, brach die ganze Verzweiflung aus ihr heraus. Die alte Frau nahm sie in den Arm und strich über ihren Kopf, fragte nichts, sagte nichts, hielt sie nur fest, bis sie aufhörte am ganzen Leib zu zittern.
Das vollgestellte Wohnzimmer war ihr schon ein wenig vertraut. Sie versank in dem grünen Polstersessel und sah Frau Rose hinterher, die wieder verschwand, wohl um Kaffee zu machen. Mahtab fuhr mit der Hand über den Sesselbezug aus Samt,

dachte, wie wunderbar weich das war und erlaubte sich nur für einen kleinen Moment die Augen zu schließen.

Das Geräusch klappernden Geschirrs weckte sie. Ihr war wohlig warm. Auf ihren Bauch entdeckte sie eine Wärmeflasche, die Wolldecke war bis zu ihrem Kinn hochgezogen. Sie hatte zwei Stunden geschlafen, das behauptete jedenfalls ihre Gastgeberin. Doch Mahtab fühlte sich, als seien ihr eben erst die Augen zugefallen.

„Und jetzt lasse ich dir erstmal ein Bad ein, mein Kind", sagte Sarah.

Immer wieder musste sie neu ansetzen, weil sie vergaß, wie wenig Sarah überhaupt von ihr wusste. Wenn ihr ein wichtiges Wort fehlte, nahm sie ihre Zuhörerin mit auf eine lange Schleife, um zu umschreiben, was sie eigentlich sagen wollte. Frau Rose war eine geduldige Zuhörerin. Manchmal machten sie sich auch gemeinsam auf die Suche nach einer fehlenden Vokabel, rieten und verwarfen Möglichkeiten, bis sie sich verständigt hatten. Am Ende schien Sarah über die jüngsten Ereignisse im Bilde zu sein. Den Kuss und die Ohrfeige erwähnte Mahtab nicht. Sie war sich selbst nicht mehr sicher, vielleicht hatte sie sich alles nur eingebildet.

„Was hast du jetzt vor?"

„Ich weiß nicht."

Nur eines wusste sie, sie wollte nicht so enden wie ihre Tante Shirin.

Shirins Ehemann kam eines Tages von einer langen Geschäftsreise, die ihn nach Täbriz geführt hatte, zurück und brachte eine junge Frau mit nach Hause. Ein hübsches Wesen, jung, mit einem runden Gesicht, großen grünen Augen und einer gesunden Hautfarbe, als sei sie viel an der frischen Luft. Dies sei Leila, sie würde ihr von nun an im Haushalt zur Hand gehen, erklärte er der erstaunten Shirin. Sie habe bereits eine Hausangestellte, wandte diese ein.

„Helfende Hände kann man immer gebrauchen. Richte bitte das Gästezimmer her."

„Ja, aber…"

„Bitte!", entgegnete ihr Mann im Befehlston.

„Wer ist sie? Woher kennst du sie?"

„Ich erkläre es dir ein anderes Mal."

Die junge Frau stand mit leicht geneigtem Kopf da und sah sich im Wohnzimmer um. Sie betrachtete den großen Perserteppich zu ihren Füßen, die antike Kommode und den silbernen Samowar samt Teegeschirr. Aus dem Radioapparat erklang leise ein Lied von Gholam Hossein Banan. Dort verharrte ihr Blick. Das holzverkleidete Gerät mit den zwei schwarzen Drehknöpfen, den elfenbeinfarbenen Tasten und der grün leuchtenden Glasscheibe, auf dem in winziger Schrift die Namen bedeutender Städte samt Sendefrequenz verzeichnet waren, schien sie zu faszinieren. Ihren schwarzen Schleier hielt sie mit der rechten Hand am Kinn so fest umklammert, dass die Fingerknöchel weiß hervortraten. Sie ist ein einfaches Mädchen vom Lande, wahrscheinlich Analphabetin, dachte Shirin und ihr Argwohn schwand. Ihr Mann meinte es nur gut, war sie nun doch sicher. Vielleicht hatte ihn ein Geschäftsfreund gebeten, sich um dieses Mädchen zu kümmern, sie mit nach Teheran zu nehmen und für sie eine Anstellung zu finden, wer weiß?

Beim Abendessen aber setzte sich Leila wie selbstverständlich zu ihnen. Ihren Schleier ließ sie beiläufig auf ihre Schulter rutschen und zeigte ihre langen seidigen Haare, obwohl doch ein ihr fremder Mann im Raum war. Oder waren die beiden einander gar nicht mehr fremd? Ist sie Gast oder Haushaltshilfe?, fragte Shirin. Beides, antwortete ihr Mann kurz angebunden. Und was noch, erkundigte sich Shirin mit überschlagender Stimme.

„Schluss jetzt."

Shirin zuckte zusammen. Ihre Ehe war bis dahin in ruhigen Bahnen verlaufen. Als sie heirateten, war sie etwa so alt gewesen wie Leila jetzt, das war nun schon zehn Jahre her. Inzwischen hatten sie zwei Kinder und waren in ein größeres Haus umgezogen. Sie und ihr Mann kamen miteinander zurecht. Die Regeln ihres Zusammenlebens, die er ihr auferlegte, hatte sie noch nie verletzt. Zumeist war es auch gar nicht nötig gewesen, um ans Ziel zu kommen.

Am nächsten Tag bezahlte Shirin ihre Hausangestellte, eine fünfzigjährige fleißige und verlässliche Person, die sie keinesfalls verlieren wollte, einen Monat im Voraus und gab ihr frei. Von da an trieb sie Leila zur Hausarbeit an. An allem, was die Neue anfing, hatte sie etwas auszusetzen, am Essen fehlten die Gewürze, die Wäsche war nicht richtig sauber und obendrein noch falsch aufgehängt, der Hof nicht ordentlich gekehrt. Dann hieß es, alles noch einmal von vorne zu beginnen. Außerdem ließ sie keine Gelegenheit aus, Leila wissen zu lassen, wie hässlich sie sei mit ihren Kuhaugen, schiefen Zähnen, ihrem rundem Gesicht und dem viel zu kleinen Busen, ganz zu schweigen von ihrer unermesslichen Dummheit. Die junge Frau gab keine Widerworte, schien es gewohnt zu sein, zurechtgewiesen zu werden. Stoisch erledigte sie alles, was ihr aufgetragen wurde und ließ sich beschimpfen. Bald war es Shirin leid, mit ihren Gehässigkeiten ins Leere zu laufen. Ihr Feldzug fiel, kaum hatte er begonnen, in sich zusammen. Ermattet nahm sie es hin, diese Person in ihrem Haus zu haben. Ihr kamen Zweifel, ob sie sich nicht alles nur eingebildet hatte, es vielleicht gar keinen Grund zur Sorge gab. Sie wurde eines Besseren belehrt. Als sich Leila an einem warmen Sommermorgen streckte, um die saubere Wäsche auf die Leine zu hängen, war überdeutlich zu sehen, wie sich ihr Bauch unter dem Kleid wölbte. Jetzt brach Shirins Verzweiflung aufs Neue hervor. Wie von Sinnen lief sie schreiend durch das Haus, hieb mit beiden Händen auf die Nebenfrau ein und zertrümmerte das Mobiliar. Ihr Mann, von den Nachbarn eilig herbeigerufen, verpasste Shirin erst einmal eine Ohrfeige, zog sie dann an den Haaren heraus in den Hof, um das Wasserbecken herum zur Haustür und beförderte sie auf die Gasse. Dort fand sie sich wieder, noch in Hausschuhen, ohne Mantel, ohne Geld, ohne Ehemann und ohne ihre Kinder. Nur ihren Schleier warf er ihr hinterher, daran hatte er immerhin gedacht. Es sollte Jahre dauern, bis sie ihre Kinder wieder zu sehen bekam.

Nein, wie Shirin wollte sie nicht enden. Bevor Amin sie rauschschmiss, würde sie selbst gehen und die Kinder mitnehmen. Aber wohin? Die Handvoll iranischer Familien, mit denen Amin und sie befreundet waren, würden sich nur wundern, wenn sie ankäme und um Hilfe bitten würde. Die Männer waren allesamt mit ihrem Mann befreundet. Eigentlich blieb ihr nichts anderes übrig, als nach Iran zu fliegen, vorausgesetzt, jemand würde ihr Geld für die Tickets leihen. Bei ihrer Schwester könnten sie sicherlich unterkommen, aber die gesamte Verwandtschaft würde sie schief ansehen. Sie wäre die Gescheiterte. Mit ihrem Umzug nach Deutschland war sie in die Oberliga aufgestiegen. Alle hatten zu ihr aufgesehen. Ihren Abstieg würden sie mit Häme begleiten.

„Welt ist für Männer gemacht, Frau Rose."

„Unsinn."

„Ich verliere mein Kinder."

„Wieso das denn?"

„Bei Scheidung Kinder kommen zu Vater."

„Wer sagt denn so etwas?"

„Das ist normal."

„Nein, bei uns kommen die Kinder zur Mutter."

„Aber ich komme aus Iran."

„Du lebst aber in Deutschland."

Beide Frauen verfielen in Schweigen.

„Weißt du was? Du bleibst erst einmal bei mir. Und die Kinder holst du auch her. Schau dich um. Hier ist genug Platz."

„Vielen Dank. Aber das leider nicht geht."

Mahtab hatte noch genau fünfzig Mark in ihrem Portemonnaie, das war alles. Wovon sollte sie die Untermiete bestreiten, ganz zu schweigen von dem, was die Kinder und sie sonst so brauchten? Es blieb ihr nichts anderes übrig als bei Amin zu bleiben.

„Ihr seid natürlich meine Gäste."

Sarahs kleine Haselnussaugen ruhten auf ihr, warm und wissend. Dieser Frau schienen keine menschlichen Regungen fremd zu sein. Mahtab fühlte sich um zwanzig Jahre zurückversetzt. Mutter hatte auch diese Art gehabt, sie anzusehen, wenn sie nicht gerade mit ihr schimpfte.

„Sie sind sehr freundlich. Aber leider geht nicht."

„Warum?"

Mahtab schüttelte den Kopf und hielt Sarah ihre leeren Hände hin. Hitze schoss ihr ins Gesicht. Wie beschämend, sich diese Blöße geben zu müssen.

„Kein eigenes Geld? Was ist mit deinem Gehalt?"

„Gehalt bekommt meine Mann", gab sie widerwillig zu.

Sarah seufzte.

Mahtabs Gehalt wurde auf Amins Bankkonto überwiesen. Sie hatte nie darüber nachgedacht, schließlich waren sie eine Familie. Er war immer großzügig gewesen, hatte ihr stets genug Bargeld für den Haushalt gegeben. Sie war sparsam damit umgegangen, und er hatte nie Rechenschaft über ihre Ausgaben verlangt. Es war ein wortloses Ritual, er legte ein paar Scheine unter die Tischdecke auf dem Esstisch, sie nahm es an sich, fertig. So hatten sie es seit dem ersten Tag gemacht, schon vor zweiundzwanzig Jahren, als sie noch ein junges Mädchen war.

„Frauen können ein eigenes Bankkonto eröffnen. Dazu brauchen sie jetzt nicht mehr die Erlaubnis ihres Mannes. Wusstest du das?"

Nein, das wusste nicht einmal Amin. Unerhört, was in diesem Land alles möglich war. Die beiden Frauen sahen sich an.

„Ich helfe dir dabei."

Eine Stunde später betraten sie die Filiale der Frankfurter Sparlasse von 1822 an der Konstabler Wache. Ein langgezogener Schalter aus edlem Holz trennte den Publikumsbereich von dem Arbeitsbereich der Bankangestellten. Vor jedem Schalterplatz warteten Kunden. Mahtab warf einen Blick auf die große Wanduhr und erschrak. Es war fünf Minuten vor halb vier. Die Zeit war ihr entglitten, die Kinder hatten kein Mittagessen gehabt, sie würden sich Sorgen machen, womöglich bei Amin anrufen. Und der? Sie hätte lieber nach Hause zu den Kindern gehen sollen anstatt zu dieser Bank. Sie konnte sich immer noch nicht vorstellen, ein eigenes Konto zu haben. Wie sollte das gehen? Das würde alles auf den Kopf stellen. Müsste sie dann Amin ihren Verdienst aushändigen und er würde ihr wiederum einen Teil davon als Haushaltsgeld zurückgeben? Ach je, all das spielte keine Rolle mehr, besann sie sich. Amin hatte sich auf diese Frau eingelassen – und sie würde deshalb jetzt mit den Kindern zu Sarah ziehen! Mit der Eröffnung eines eigenen Bankkontos würde sie einen Schlussstrich ziehen, danach gäbe es kein Zurück mehr.

Vielleicht sollte sie mit der Entscheidung noch warten, ihr ging das alles doch zu schnell. Sie schaute zu ihrer neuen Freundin, die auf ihre Gehhilfe gestützt und gerecktem Kinn darauf wartete, dass der Herr vor ihnen seine Angelegenheiten endlich klärte, damit sie an die Reihe kämen. Ach was, schimpfte Mahtab mit sich selbst. Jetzt war sie hier und brachte es auch zu Ende! Der Bankangestellte, der mit dem Kunden sprach, schien keine Eile zu verspüren. Hinter ihm entdeckte sie nun die vielen Schreibtische, an denen Männer in dunklen

Anzügen telefonierten oder in ihre Arbeit vertieft waren. Elegant gekleidete Damen tippten flink auf Schreibmaschinen, deren unentwegtes Klacken den Schalterraum erfüllte. Es herrschte emsige Betriebsamkeit.

Der Kunde vor ihnen lüftete seinen Hut zum Abschied und ging an ihnen vorbei, wobei er Mahtab einen Blick zuwarf. Der Bankangestellte hingegen beachtete sie gar nicht, sondern wandte sich an Sarah.

„Guten Tag, Frau Rose. Wie geht es Ihnen?"

Sarah hatte ihr auf dem Weg zur Sparkasse erzählt, dass sie langjährige Kundin sei. Nun berichtete sie dem Herrn hinter dem Schalter über ihren Krankenhausaufenthalt und ihre rasche Genesung. Der Bankangestellte, ein übergewichtiger Herr mittleren Alters mit einer Warze rechts neben der Nase hörte ihr freundlich zugewandt zu. Mahtab trat von einem Bein aufs andere. Die Wanduhr zeigte mittlerweile fünf nach halb vier an. Schließlich erklärte Sarah dem Angestellten, dass ihre Freundin, Frau Hamidzadeh gerne ein Konto eröffnen wolle. Der Bankangestellte musterte Mahtab mit unbewegter Miene. Ein unangenehmer Mensch, dachte sie.

„Spricht sie Deutsch?", fragte er Sarah.

„Selbstverständlich. Frau Hamidzadeh lebt schon lange in Deutschland. Sie arbeitet als Krankenschwester im Markuskrankenhaus. Sie hat mich gesund gepflegt." Sarah tätschelte Mahtabs Arm und zog sie sanft nach vorne, so dass sie dem Mann mit der Warze nun direkt gegenüberstand.

„Guten Tag, mein Herr."

„Guten Tag, Frau Hamizad. Welche Staatsangehörigkeit haben Sie denn, wenn ich fragen darf?"

„Hamidzadeh", korrigierte Sarah.

„Ich bin aus Iran."

Der Bankangestellte blickte von Mahtab zu Sarah, sagte, „einen Moment bitte", und verschwand in den hinteren Teil des Bürobereichs, wo er mit einem Herrn an einem großen Schreibtisch sprach.

Die Wanduhr zeigte Viertel vor vier an, als der Mann mit der Warze zurückkam.

„Kann ich bitte Ihren Reisepass sehen?"

Mahtab händigte ihm das Dokument aus. Er blätterte es durch.

„Frau…", er blickte noch einmal in den Reisepass, „Frau Hamidzadeh. Sind Sie verheiratet?"

„Ja, natürlich", antwortete Mahtab. Für wen hielt sie dieser Mann?

„Darf ich fragen, wo Ihr Mann ist?"

„Im Geschäft", antwortete Mahtab ohne lange nachzudenken.

„Teppichgeschäft?"

„Nein", widersprach sie entschieden. „Kaufhaus Europa in Berger Straße."

„Kaufhaus?" Der Warzenmann schaute ratsuchend zu Sarah.

„Ein kleines", ergänzte diese.

„Wie dem auch sei. Vielleicht ist es besser, wenn Sie mit Ihrem Mann noch einmal vorbeikommen."

Mahtab dachte über eine überzeugende Entgegnung nach, da sprang ihr Sarah wieder bei.

„Soweit ich weiß, mein lieber Herr Schröder, dürfen Frauen mittlerweile selbst ein Konto eröffnen. Dazu muss weder der Ehemann die Erlaubnis erteilen noch anwesend sein. Das ist doch richtig, lieber Herr Schröder, oder?“

„Ja, das ist richtig“, gab Schröder zu und vertiefte sich wieder in den Reisepass.

„Sie haben unbefristete Aufenthaltserlaubnis?“

„Ja.“

„Wie ist Ihre Adresse? Ich benötige eine Meldebescheinigung.“

„Sie wohnt bei mir. Finkenhofstraße 38“, schaltete sich Sarah ein.

„Ich brauche trotzdem eine Meldebescheinigung.“

„Die reichen wir nach, lieber Herr Schröder. Sie kennen mich doch und der Herr Sparkassendirektor auch. Soll ich lieber mit ihm sprechen?“

„Das wird nicht nötig sein, gnädige Frau.“

Schröder nahm ein Formular zur Hand und füllte es ohne weitere Fragen aus. Am Ende musste Mahtab mehrere Papiere mit Durchschlägen unterscheiben. Einen hellblauen Durchschlag riss er ab und händigte ihn Sarah aus, die ihn an Mahtab weiterreichte.

Die Wanduhr zeigte zehn vor vier, als sie die Filiale verließen.

„So, das hätten wir jetzt erledigt“, sagte Sarah.

„Vielen Dank, Sarah."
„Ach was."

Die Zeil hatte sich merklich gefüllt, die Bürgersteige quollen über, die Autos kamen nur langsam voran und die Straßenbahn verscheuchte mit ihrem Klingeln Fußgänger von den Schienen. Weihnachten stand unmittelbar bevor. Die Kaufhäuser erstrahlten in prachtvollem Schmuck, es duftete nach gebrannten Mandeln und ein Kinderchor sang „Lasst uns froh und munter sein". Die beiden Freundinnen hakten sich unter, um sich im Pulk der Weihnachtseinkäufer nicht zu verlieren. Mahtab bestand darauf, Sarah bis nach Hause zu begleiten. Die aber ließ nicht mit sich reden und behauptete, allein zurechtzukommen. An der Ecke Schäfergasse verabschiedeten sie sich. Kaum war Mahtab allein, beschleunigte sie ihre Schritte. Nun durfte sie keine Zeit mehr verlieren. Sie musste über einen Abgrund springen, ohne zu wissen, was sie auf der anderen Seite erwartete. Noch könnte sie zurück. Doch die Bilder dieser Frau, die in viel zu kurzem Sommerkleid beiläufig die nackten Beine übereinanderschlug, sich am Badesee ihren entblößten Körper genüsslich eincremte und frühmorgens wie selbstverständlich aus *ihrem* Badezimmer herauskam, trieben sie voran. Die Kinder ahnten noch nicht, dass ihr Leben in weniger als einer Stunde eine neue Wendung nehmen würde. Vor dem Kaufhof verteilte ein Weihnachtsmann Schokoladenbonbons an Kinder. Mahtab nahm sich vor, ihre eigenen Geschenke nachher auf keinen Fall zu vergessen. Sie hatte die Weihnachtsgeschenke für Amin und die Kinder schon vor Wochen besorgt, nun lagen sie im hintersten Winkel ihres Kleiderschranks gut geschützt vor neugierigen Blicken.

16

Kaum trat sie durch die Wohnungstür, kamen die beiden Jungen angestürmt. Hamid warf sich ihr entgegen und umklammerte ihren Bauch, während Abbas sich wie ein betrogener Kunde beschwerte, warum sie jetzt erst käme, sie hätten kein Mittagessen gehabt, und überhaupt, was hier los sei. Mahtab streichelte ihren Jüngsten über den Rücken und küsste ihn auf den Kopf, dann nahm sie das Gesicht ihres Zweitältesten zwischen ihre Hände.

„Ach, Kinder." Sie war so froh wieder bei ihnen zu sein. „Habt ihr denn überhaupt etwas gegessen?"

„Azadeh hat uns Spiegeleier gemacht", berichtete Hamid.

„Gott sei Dank." Sie schaute sich um. Alles sah aus wie immer, kaum zu glauben. Dabei war so viel geschehen seit diesem schrecklichen Morgen. Hier, wo sie jetzt stand, hatte diese Frau gestanden, in ihrem teuren Kostüm, aufgeputzt wie eine feine Dame. Und Amin, der sie verraten hatte.

„Habt ihr euren Vater angerufen?“

„Ja, aber der ist nicht im Geschäft“, klagte Abbas.

Nürnberg, fiel es Mahtab ein, er wollte mit dieser Schlampe nach Nürnberg fahren. Gut, dass die Jungen ihn nicht erreicht hatten. Aber wer weiß, wann er zurückkäme, sie hatte keine Zeit zu verlieren.

„Es tut mir leid, Kinder. Ich musste etwas Dringendes erledigen und konnte deswegen nichts kochen. Dafür gibt es heute Abend etwas Warmes.“

„Was, bitte schön, war denn so dringend?“, wollte Abbas wissen.

„Wir setzen uns jetzt alle ins Wohnzimmer, dann erkläre ich es euch. Ruf bitte Azadeh, sie soll auch kommen.“

Sie löste behutsam Hamids Arme von sich, nahm ihn an der Hand und führte ihn ins Wohnzimmer. Ihren Mantel warf sie über einen Esstischstuhl.

„Ich soll Ihnen von Azadeh ausrichten, dass sie keine Zeit hat“, sagte Abbas.

Er lehnte sich lässig gegen den Türrahmen, eine Geste, die er sich in Westernfilmen im Fernsehen abgeschaut hatte. Als überlege er, ob auch er Wichtigeres zu tun habe, verschränkte er die Arme und sah auf seine Uhr.

„Setz dich.“

„Ich müsste eigentlich auch…“

„Hinsetzen.“

Kaum hatte Abbas murrend Platz genommen, stand Mahtab auf und ging zu ihrer Tochter.

Sie schloss die Zimmertür.

„Salam, liebe Azadeh. Bitte komm jetzt ins Wohnzimmer, ich muss mit euch dreien reden."

Ihre Tochter saß am Schreibtisch über ein Buch gebeugt.

Mahtab ging zu ihr und legte den Arm um sie.

„Komm bitte."

Das Mädchen hob den Kopf.

„Werden Sie uns verlassen? Ist es das, was Sie uns sagen wollen?" Ihr Ton war kühl.

„Du musst dir keine Sorgen machen. Alles wird gut."

Sie streichelte die schmalen Schultern ihrer Tochter.

„Wer ist der Mann?"

„Das sagte ich doch, unser Oberarzt", entgegnete Mahtab, als sei damit alles erklärt. Sie stützte sich auf die Stuhllehne und hielt den Atem an.

„Was wollte er von Ihnen?"

„Nichts. Merk dir das", entgegnete Mahtab eine Spur zu scharf. Sie würde sich nicht rechtfertigen. Nicht vor ihrer Tochter, und auch sonst vor niemandem. Sie war es nicht, die Ehebruch beging.

„Ach ja?"

„Azadeh, hör zu…"

Die Zimmertür flog mit einem Knall auf.

„Was ist denn nun? Wir sitzen und warten."

Abbas stand breitbeinig da, als würde er jeden Moment seinen Colt ziehen.

„Zurück ins Wohnzimmer, sofort. Dort wartest du, bis wir kommen. Verstanden?"

Kaum hatte sich der Westernheld entfernt, küsste sie ihre Tochter auf dem Kopf und sog den Duft ihrer Haare ein.

„Komm mit, deinen Brüdern zuliebe."

Widerwillig erhob sich Azadeh.

„Wir müssen für eine Weile hier ausziehen, Kinder. Die Wohnung muss von Grund auf saniert werden. Der Hausbesitzer hat das veranlasst. Deswegen werden wir vier jetzt gleich das Nötigste in Koffer packen und zu einer Freundin von mir ziehen."

„Was?"

Abbas starrte sie mit offenem Mund an. Azadeh schüttelte nur den Kopf und Hamid wirkte verloren.

„Wir fangen gleich damit an. Ich packe für euch beide. Eure Schulsachen müsst ihr aber selbst zusammensuchen." Sie nickte den beiden Jungen zu. „Und du packst bitte deinen eigenen Koffer", sagte sie zu ihrer Tochter.

„Warum warten wir nicht auf Baba?", fragte Abbas.

„Er hat noch zu tun. Außerdem kann er leider nicht mitkommen."

„Aber warum denn nicht?"

„Er bleibt hier und kümmert sich um alles Weitere. Das kann er besser, wenn wir nicht da sind."

„Hä?" Abbas kratzte sich am Kopf, wie er es gelegentlich tat, wenn er die Hausaufgaben nicht verstand.

Mahtab warf einen Blick auf ihre Armbanduhr. Amin könnte jeden Augenblick nach Hause kommen.

„Schluss jetzt mit der Fragerei. Fangen wir an."

Doch Abbas ließ nicht locker.

„Um was muss sich denn Baba kümmern? Ich kann ihm doch helfen."

„Eben um alles Weitere."

„Und das wäre?"

„Hör zu, Abbas. Einer muss die Wohnung so weit vorbereiten, damit renoviert werden kann. Möbel müssen verschoben und abgedeckt, einiges im Keller untergestellt werden. Das ist viel Arbeit. Du würdest euren Vater dabei nur stören. Das willst du doch nicht, oder? Außerdem hilft ihm sein junger Mitarbeiter, Herr Ziaolhaq. Hast du es nun verstanden?"

„Oookay, Madam."

Abbas stand auf und sah zu Hamid herunter. Der folgte der unausgesprochenen Aufforderung seines großen Bruders und erhob sich ebenfalls. Mahtab atmete auf.

„Ich komme nicht mit", entschied Azadeh.

„Wie bitte?"

„Ich bleibe hier bei Baba."

„Das kommt überhaupt nicht infrage."

Die junge Frau zuckte mit den Schultern und sah ihrer Mutter herausfordernd in die Augen.

„Ich kann mir vorstellen, wer Ihre Freundin ist.

Heute Morgen sind wir uns ja schon begegnet.“

Mahtabs Herz raste. Sie musste das hier beenden, sofort. Es austreten wie einen Funken, damit sich das trockene Gras nicht in ein Flammenmeer verwandelte.

„Du weißt nicht, was du da redest. Sei deinen Brüdern ein gutes Vorbild. Sie schauen zu dir auf, also enttäusche sie nicht. Und enttäusche mich nicht.“

„Ich gehe hier nicht weg.“

Abbas schlenderte zurück zum Sessel und ließ sich mit einem „Ahhh“ fallen.

„Ich bleibe auch“, verkündete er.

„Ich auch“, schloss sich der Kleine an.

„Nein“, sagte Mahtab ruhig.

Dann brach es aus ihr heraus. Ihre Stimme überschlug sich. Als öffnete sich eine Schleuse und heraus trat der angestaute Zorn von Jahrzehnten, die heruntergeschluckten kleinen und großen Demütigungen und – mehr als alles andere – die nicht gegebenen Erwiderungen. Ihr Schrei hallte in ihren Ohren und für einen Moment hatte sie das Gefühl außerhalb von sich selbst zu stehen, als sei die Frau, die da brüllte, nicht sie selbst.

„Noch ein Wort von euch und ich kann nichts mehr für euch tun. Auf der Stelle, auf der Stelle packt ihr eure Sachen. Ich warne euch, treibt es nicht zu weit. Ich lasse mir nichts mehr gefallen, von niemandem. Habt ihr das verstanden? Mich kann nichts mehr aufhalten, und ihr schon gar nicht.“

Mahtab atmete schwer und legte die Hand auf ihre Brust, als könne sie so ihr rasendes Herz beruhigen. Aus Abbas Gesicht war jegliche Farbe gewichen, und der Jüngste weinte still. Verwirrt blickten sie zu ihrer Schwester.

„Macht, was Maman sagt“, wies Azadeh sie mit ruhiger Autorität an.

Die beiden Jungen lösten sich aus ihrer Erstarrung und schlichen mit gesenkten Köpfen aus dem Zimmer.

Kaum waren die Jungen draußen, senkte Azadeh den Kopf, ihre langen schwarzen Haare fielen nach unten. Mahtab nahm ihr Gesicht in die Hände und sagte:

„Du, mein Kind, kannst von mir aus bei deinem Vater bleiben, wenn du unbedingt willst. Es bricht mir das Herz, aber was soll ich tun?“

Mutter und Tochter umarmten sich.

„Tun Sie es nicht, Maman.“

„Ach, was weißt du denn schon, meine Kleine.“

Das Taxi kam auf die Minute pünktlich. Die drei Koffer passten bequem in den Kofferraum des schwarzen Mercedes. Mahtab setzte sich vorne neben den Fahrer, die beiden Jungen hinten auf die Rückbank. Sie wusste nicht, über was sie sich mehr ärgerte, über die Verweigerung ihrer Tochter oder über ihre eigene Unfähigkeit, sich durchzusetzen. Am meisten aber plagte sie die beschämende Szene am Morgen vor der Bäckerei. Azadeh glaubte ihr nicht, dass zwischen dem Oberarzt und ihr nichts vorgefallen war. Sie hätte es ihr erklären müssen, sagte sich Mahtab. Doch wie sollte sie die passenden Worte für etwas finden, das sie selbst nicht verstand? Sie hätte es nicht so weit kommen lassen dürfen, so einfach war es. Amin durfte nichts davon erfahren. Würde Azadeh ihrem Vater alles verraten? Nein, so war ihre Tochter nicht, so waren sie alle nicht. Die Geschichte mit der chinesischen Vase fiel ihr ein. Das war gar nicht lange her, vielleicht zwei Jahre.

Als Amin und sie eines Abends spät von einer Einladung bei Freunden heimkehrten, fanden sie Azadeh kniend im Flur, mit Handfeger und Schaufel in der Hand, während Abbas ihr einen Eimer hinhielt. Hamid entdeckten sie erst bei genauerem Hinsehen. Der Jüngste stand ein Stück abseits und schaute sich um, als suche er ein Mauseloch, durch das er verschwinden könne.

„Entschuldigen Sie bitte, das war ich“, sagte Azadeh noch bevor Mahtab und Amin so recht begriffen hatten, was ihre Tochter auf dem Boden machte und warum die Jungen um diese Uhrzeit noch wach waren. Das Telefon habe geklingelt, sie sei hingerannt und habe dabei die Vase umgeworfen, erklärte sie.

Amin bückte sich und nahm eine Scherbe in die Hand und betrachtete sie schweigend. Er war so stolz auf diese Erwerbung gewesen, hatte einen Heidelberger Antiquar heruntergehandelt, aber dennoch einhundert Mark hinlegen müssen. Die chinesische Bodenvase stammte angeblich aus dem 19. Jahrhundert, wer weiß, ob das zutraf. Auf jeden Fall war sie schön anzusehen gewesen mit ihren bunten Blumenmustern auf schwarzem Untergrund.

Amin richtete sich langsam auf und fixierte seinen Zweitältesten.

„Und du?"

Er wusste Bescheid. Wenn die Jungen allein zu Hause waren und nichts Besseres zu tun hatten, stellte Abbas seinen kleinen Bruder in den Türrahmen, den er zum Tor erklärte. Er selbst baute sich am anderen Ende des langen Flurs auf und schoss. „Elfmeterschießen", nannte er das. Die Nachbarn hatten sich mehr als einmal wegen des Bollerns gegen die Wohnungstür beschwert. Amin hatte daraufhin das Fußballspielen in der Wohnung strikt verboten, und jetzt das.

„Ich?", fragte Abbas mit einem treuherzigen Augenaufschlag.

Mahtab indessen fragte sich, warum ihre Tochter, die doch auf ihre Brüder aufpassen sollte, das Fußballspielen in der Wohnung geduldet hatte. Azadeh hob ihren Kopf und wiederholte mit fester Stimme, es täte ihr leid. Sie war geschminkt, hatte die Schuhe noch an, und ihre Jacke lag wie hingeworfen unter der Garderobe. Sie blinzelte verlegen.

Amin fiel offenbar nichts auf, und Mahtab behielt es für sich.

Ein paar Tage später sprach Amin mit dem Jungen unter vier Augen, und es bedurfte keiner großen Überzeugungskraft, um ihm ein Geständnis zu entlocken. Aber seine Schwester verriet Abbas nicht, und die blieb hartnäckig bei ihrer Version der Geschichte.

Ach, beruhigte sich Mahtab, es war jetzt nicht mehr zu ändern. Sie dreht sich zu ihren Söhnen um. Die schauten still aus dem Autofenster, obwohl es nicht viel zu sehen gab. Das Taxi stand im Stau, der nachmittägliche Berufsverkehr hatte Frankfurt erfasst.

17

Der Weihnachtsbaum glich einem Strauch am Wüstenrand, um den jeder Esel einen Bogen machen würde. Sie war mit ihren Söhnen losgezogen und hatte auf dem leergefegten Verkaufsstand nur noch die Auswahl zwischen zwei verkümmerten Fichtenbäumchen, die sich in der hintersten Ecke aneinanderschmiegten. Sie entschieden sich für das weniger bedauernswerte Exemplar. Der Verkäufer, wohl froh darüber, nun guten Gewissens Feierabend machen zu können, verlangte kein Geld dafür. Abbas jubelte in der Annahme, ein gutes Geschäft gemacht zu haben. Sie ließ ihn in dem Glauben. Was sie da geschenkt bekommen hatten, war klein und verwachsen, aber es war ein Baum, und das allein zählte. Die Jungen trugen ihn, einer vorne und einer hinten, begeistert in die Wohnung.

Sarah war, wie sich herausstellte, nicht die geringste Hilfe. „Mit Weihnachten habe ich nichts am Hut", erklärte sie.

„Aber, warum denn?"

„Ich bin doch Jüdin."

Mahtab erinnerte sich. Ihr war es egal, welche Religion jemand hatte, Hauptsache die Menschen glaubten an Gott.

„Aber ihr könnt ruhig Weihnachten bei mir feiern."

Als sie den Baum aufstellen wollten, zeigten sich die praktischen Schwierigkeiten. Sarah besaß weder einen Ständer für den Baum noch Weihnachtsbaumschmuck oder Kerzen. Also zog Mahtab an Heiligabend kurz vor Ladenschluss noch einmal los, um alles zu besorgen.

Später half Sarah den Kindern, den Weihnachtbaum zu schmücken. Mahtab legte die Füße hoch und schloss ihre Augen. Das Geplapper ihrer Söhne klang gut in ihren Ohren. Sie konnte ihr Glück im Unglück nicht fassen. Die Kinder schienen sich hier wohlzufühlen. Seit einer Woche wohnten sie nun schon in der Finkenhofstraße.

„Nennt mich einfach Oma", hatte Sarah gleich nach der Ankunft zu den beiden Jungen gesagt und sie in ihre Arme geschlossen. Sie hatte alles für die Ankunft ihrer Gäste vorbereitet. Es duftete köstlich, fremd und vertraut zugleich, jedenfalls nicht nach deutscher Küche. Auf dem Tisch stand eine Schüssel mit Eintopf aus Rindfleisch, Kichererbsen, Zwiebeln, Bohnen und Gerstenkörnern. Mahtab war es peinlich, wie ihre Söhne über das

Essen herfielen als seien sie Waisenkinder. Sarah aber strahlte. Nachdem Abbas die allerletzten Reste von seinem Teller vertilgt hatte, rieb er sich den Bauch und rief den nächsten Programmpunkt auf.

„Dürfen wir fernsehen?"

„Ich habe eine bessere Idee. Wie ich hörte, mögt ihr Geschichten aus dem Wilden Westen."

Abbas grinste blöde, wie er es immer tat, wenn er unsicher war. Das hatte ihm schon oft Ärger bereitet, weil sich so mancher dadurch provoziert fühlte. Offenbar fragte er sich, was die neue Oma schon von Revolverhelden und Indianern verstand. Wie sich zeigen sollte, unterschätzte er sie. Die alte Dame förderte ein etwas abgegriffenes Buch zutage und schon kurz darauf entführte sie die beiden in die Welt des Abenteurers Nathaniel Bumppo, genannt „der Lederstrumpf", und dessen Freund Chingachgook, den Mohikaner.

Mahtab rief derweil im Markuskrankenhaus an. Es war viel zu spät, sich noch krankzumelden. Aber sie konnte die Kinder nicht gleich in der ersten Nacht bei Sarah allein lassen. Es ging nur um wenige Tage, dann hätte sie ohnehin bis Neujahr Urlaub, und die kinderlosen Kolleginnen mussten übernehmen.

Schon beim ersten Klingelton hob Oberschwester Erika ab. Mahtab teilte ihr mit belegter Stimme mit, sie habe sich bei der Zubereitung von Spritzgebäck die rechte Hand verbrüht und müsse sich krankmelden.

„Tut mir sehr leid“, wiederholte Mahtab.

In der Leitung war es still.

„Wo bist du denn?“

„Warum?“

„Weil dein Mann hier neben mir steht. Der wundert sich, wo du bist und wo deine Kinder stecken.“

„…“

„Er hat heute Morgen schon ständig angerufen und die Leitung blockiert.“

„Ja, aber…“

„Moment, er will mit dir reden. Fasst euch kurz.“

Amins Stimme war ruhig, fast freundlich.

„Mahtab, wo bist du? Sind die Kinder bei dir?“

„Wir sind bei einer Freundin.“

„Bei welcher Freundin?“

„Du kennst sie nicht.“

„Komm sofort nach Hause. Wir können über alles reden.“

„Wozu? Du brauchst mich nicht mehr, du hast ja jetzt deine Buchhalterin. Hattet ihr euren Spaß in Nürnberg?“

„Wie meinst du das?“

„Du hast schon verstanden.“

„Red keinen Unsinn, wir sind schließlich eine Familie.“

„Ja, das dachte ich auch.“

Mahtab knallte den Hörer auf. Erst da kamen ihr die Tränen.

Wie ein Raubtier zerfetzte Abbas das Geschenkpapier mit einem einzigen Hieb und förderte die Beute zutage. Er hielt das Sporttrikot hoch und begutachtete es. Die Prüfung fiel offenbar positiv aus, denn er zog das neue Kleidungsstück gleich an und betrachtete sich im Spiegel, wobei er verschiedene Siegerposen ausprobierte. Damit hatte er die volle Aufmerksamkeit seiner neuen Oma, die ihn wie ein junges Mädchen anfeuerte, als seien sie auf dem Fußballplatz. Derweil vertiefte sich der Jüngste in sein neues Lexikon. Es war Azadehs Idee gewesen, und das Mädchen hatte das Buch auch besorgt. Mahtab war beruhigt, dass beide Kinder mit ihren Weihnachtsgeschenken zufrieden waren. Azadehs Geschenk lag immer noch gut versteckt hinten im Kleiderschrank, ebenso wie die Krawatte, die sie für Amin besorgt hatte.

„Sagt mal, wollt ihr keine Weihnachtslieder singen?", fragte Sarah.

„Nein. Wir haben keine Weihnachtslieder am Hut."

„Warum denn nicht?"

„Wir sind Moslems."

„Warum feiert ihr dann Weihnachten?"

Die beiden Frauen sahen sich an und fingen gleichzeitig an zu lachen.

18

Das eine Fest war kaum zu Ende, da folgte schon das nächste. Seit Sarah vier Tage zuvor ihre Chanukka-Zeremonie eingeleitet hatte, warteten die Jungen den ganzen Nachmittag über ungeduldig auf den Augenblick, in dem sie die nächste Kerze anzünden würde. Erst dann durften sie sich von dem süßen Gebäck, den Kartoffelpuffern und den anderen Leckereien nehmen. Das alles stand zusammen mit dem Leuchter auf einem festlich gedeckten Tisch. Jeden Tag zündete Sarah eine weitere Kerze an, bis am achten Tag alle brennen würden. Auf diese Weise hatte der Weihnachtsbaum unversehens Konkurrenz bekommen. Und neben den kleinen Geldgeschenken, die Sarah den Jungen nach jeder Kerze mit einem Augenzwinkern in die Hand drückte, sahen die Weihnachtsgeschenke von Mahtab bald blass aus.

Achtarmige Leuchter kannte Mahtab aus Antiquitätenläden. Die zogen Amin magisch an, und er verließ sie selten wieder, ohne etwas erstanden zu haben. In ihrer Wohnung war kaum noch Platz für die vielen Rokokodamen aus Porzellan und die antiken Athleten aus Bronze, die sich im Laufe der Zeit angesammelt hatten. Mahtab dachte ständig an ihn, fragte sich, was er gerade machte und ob diese Person bei ihm war oder er bei ihr.

Sie rief jeden Abend bei ihm an, immer zur gleichen Uhrzeit. So verhinderte sie, dass er irgendeinen Unsinn anstellte, etwa sie von der Polizei suchen zu lassen oder einen Detektiv auf sie anzusetzen. Es waren kurze Telefonate. Sie blieb so knapp wie möglich, um ihre Gefühle unter Kontrolle zu halten und zu vermeiden, dass die Jungen etwas mitbekamen. Natürlich bedrängte er sie, zurückzukehren oder wenigstens zu verraten, wo sie mit den Kindern untergekommen sei. Sie wich aus, blieb einsilbig. Gleichwohl achtete sie währenddessen auf das kleinste Geräusch, das durch die Leitung drang und versuchte herauszuhören, ob diese Ursula gerade bei ihm war. Aber sie konnte beim besten Willen kein Hüsteln, Rascheln oder Geschirrklappern im Hintergrund wahrnehmen. Beim dritten Telefonat hatte er die Kinder sprechen wollen. Das sei nicht möglich, entgegnete sie. Er bestand darauf, sie weigerte sich, so ging es eine Weile hin und her, schließlich legte sie auf.

Beim vierten Anruf gestand sie ihm die Lüge, die sie den Kindern aufgetischt hatte.

„Die Kinder denken also, ihr seid nur deshalb ausgezogen, weil die Wohnung renoviert wird und ich die Stellung halten muss?“

Anscheinend hatte Azadeh ihm nichts davon erzählt.

„Etwas Besseres ist mir nicht eingefallen.“

„...“

„Die Kinder müssen nicht alles wissen. Jedenfalls nicht sofort.“

„Das ist richtig.“

„Du musst das Spiel mitspielen.“

„Das ist nicht dein Ernst.“

„Wenn du mir das versprichst, lass ich dich mit den Kindern sprechen.“

Diesmal legte er auf.

Am nächsten Tag akzeptierte er zähneknirschend die Bedingung. Als sie sah, wie sehr sich die beiden Jungen freuten, mit ihrem Vater zu sprechen, war sie mit ihrer Entscheidung zufrieden. Sicherheitshalber blieb sie aber neben dem Telefon stehen, um eingreifen zu können, falls das Gespräch aus dem Ruder laufen sollte. Aber die Kinder kamen gar nicht auf die Idee, sich mit ihrem Vater zu verabreden. Es genügte ihnen völlig, ihm von ihrer neuen Oma, von Weihnachten und dem Chanukka-Fest zu erzählen. Den Antworten der Jungen entnahm sie, dass er nur wissen wollte, ob es ihnen gut ging und was sie so machten. Offenbar verzichtete er darauf, sich nach ihrer derzeitigen Adresse zu erkundigen.

Erst als sie den Telefonhörer aufgelegt hatte, fiel ihr ein, dass sie sich gar nicht nach Azadeh erkundigt hatte. Beim nächsten Mal würde sie Amin bitten, ihre Tochter ans Telefon zu holen, das nahm sie sich vor.

Die Kinder fielen mit Wonne über Sarahs Chanukka-Gebäck her und machten die alte Frau ein ums andere Mal glücklich. Mahtab hatte zwar wieder Appetit, hielt sich aber zurück. Sarah meinte, es stünde ihr gut, ein paar Pfunde verloren zu haben. Und hatte nicht Doktor Liebich etwas Ähnliches gesagt? Amin hingegen hatte ihre Figur schon lange nicht mehr kommentiert, seine Aufmerksamkeit wurde derzeit anderweitig in Anspruch genommen. Was wohl der Doktor jetzt gerade machte? Seit jenem Morgen hatten sie nicht mehr allein miteinander gesprochen. Er hatte sie auch nicht mehr eingeladen, in seinem Auto mitzufahren. Nur in den Gängen des Krankenhauses liefen sie sich gelegentlich über den Weg, das war alles. Sie hatte sich vorsorglich die Worte zurechtgelegt, die sie ihm sagen würde, falls er sich für seinen Übergriff entschuldigen wollte. Sie war auch darauf vorbereitet, falls er einen erneuten Versuch unternehmen sollte, sich ihr zu nähern. Aber in die Verlegenheit, ihn zurückweisen zu müssen, kam sie gar nicht. Fast hatte sie den Eindruck, er gehe ihr aus dem Weg. Besser so, dachte sie, und wunderte sich doch ein wenig. Nur im Traum war sie ihm begegnet, aber auch da hatte er nicht geredet, hatte nur rauchend an seinem Auto gelehnt, als warte er auf jemanden. Hat er auf mich gewartet, hatte sich Mahtab nach dem Aufwachen gefragt, sich aber sogleich zur Ordnung gerufen. Sie wollte diesen Mann für immer vergessen.

19

Mahtab beschloss, ihren neuen Badeanzug noch einmal anzuprobieren, sie musste sich erst noch daran gewöhnen. Amin hatte sie zwar immer wieder einmal ermutigt, es zu wagen, aber sie konnte es sich beim besten Willen nicht vorstellen, halbnackt unter die Leute zu treten. Jetzt hatte sie sich doch dazu durchgerungen.

Sie wünsche sich so sehr, wieder regelmäßig schwimmen zu gehen, hatte Sarah eines Tages erklärt, doch allein sei ihr der Weg dorthin zu beschwerlich. Mahtab war nur allzu froh, etwas für ihre Gastgeberin tun zu können und hatte sich bereit erklärt, sie ins Stadtbad Mitte zu begleiten. Als sie aber losgehen wollten, wunderte sich die Freundin, warum Mahtab ihre Badesachen nicht mitnahm.

„Ich brauche nichts, ich schaue zu."

„In Kleidern?"

„Warum nicht?"

„Das ist ein Hallenbad. Die lassen dich nur mit Badesachen rein."

So kam es, dass sie sich den ersten Badeanzug ihres Lebens kaufte. Die Verkäuferin im Kaufhaus Schneider wollte ihr einen Bikini aufdrängen, die Figur dafür hätte sie. Das kam für Mahtab natürlich überhaupt nicht in Frage. Das Exemplar, für das sie sich schließlich entschied, war einteilig, reichte oben fast bis zum Hals und unten ein klein wenig über den Beinausschnitt hinaus.

Mahtab verriegelte die Badezimmertür und zog sich aus. Sie stellte sich vor den großen Spiegel und ließ ihren Blick vom Hals über ihre Brüste, ihre Taille immer weiter nach unten gleiten. Drehte sich ein wenig, in die eine und die andere Richtung, hob ihre Arme, ließ sie wieder fallen. Das hatte sie noch nie getan, und ein wenig schämte sie sich vor sich selbst. Sie sagte sich, sie wolle nur feststellen, ob sie wirklich schlanker geworden war. Im Vergleich zu dieser Ursula hatte sie auf jeden Fall mehr Rundungen. Eigentlich war diese Frau dürr, ihre Rippen waren sogar zu sehen gewesen, als sie sich im Bikini gestreckt hatte. Was hatte sie bloß, das Amin so gefiel? Mahtab zog den Badeanzug an. Er passte sich ihrem Körper an wie eine zweite Haut. Immerhin waren weder Brustansatz noch Bauch zu sehen, und auch der Schritt war verdeckt. Es ist völlig in Ordnung, sich so vor fremden Männern zu zeigen, sagte sie sich. Das hier ist Europa. Trotzdem schimpfte ihre Mutter im Hintergrund und prophezeite ihr, in der Gosse zu landen, so wie damals, als sie von dem neu eingeführten obligatorischen Sportunterricht erfuhr. Mahtab war gerade mal vierzehn Jahre alt gewesen und hatte nicht gewusst, wie ihr geschah.

„Ich werde es nicht zulassen, dass meine Tochter zum Freiwild wird, vor Männern herumturnt", hatte Mutter gesagt und heftig an ihrer Zigarette gezogen. „Soll das ganze Land doch im Morast versinken, meine Tochter werden sie nicht zur Hure machen. Das werde ich nicht erlauben, so wahr mir Gott helfe. Ab morgen gehst du nicht mehr zur Schule!"

Wütend drückte Mutter ihre Zigarette aus. Obwohl die Glut längst erstickt war, stieß sie den Stummel immer wieder in den Aschenbecher, bis nur noch Tabakbrösel übrigblieben.

Mahtab fühlte sich, als würde ihr ein schwarzer Schleier über das Gesicht gezogen. In ihrem Leben gab es mit einem Mal nur noch Schattierungen zwischen Schwarz und Grau.

„Ich kann doch nichts dafür."

„Eben. Du kannst nichts dafür. Aber ich werde nicht erlauben, dass du zum Opfer wirst."

Sie hatte sich eingeredet, ihre Eltern würden es nicht erfahren. Jetzt erkannte sie, wie kindisch ihre Hoffnung gewesen war. Auf dem Schulhof gab es seit Wochen kein anderes Thema. Seit Beginn des neuen Schuljahrs hatten sie als neues Unterrichtsfach eine Stunde pro Woche ‚Körperliche Ertüchtigung'. Hierzu mussten sie sich auf dem Schulhof in einer geraden Reihe aufstellen und Haltung annehmen. Ihre Fußspitzen hatten exakt auf der weißen Linie, die zu diesem Zweck auf den Boden gemalt worden war, zu stehen. Der Lehrer schritt mit kritischer Miene vor ihnen auf und ab, schob die eine etwas nach hinten, zerrte die andere ein bisschen nach vorne, bis alles stimmte. Mahtab musste sich anfangs zusammennehmen, um ihn nicht anzustarren. Er hatte eine drahtige Figur, trug einen dieser Sportanzüge, die seit kurzem Mode waren, und um seinen Hals baumelte eine schwarze Trillerpfeife. Am meisten aber gefiel ihr sein markantes Gesicht mit dem buschigen Schnurrbart.

Der Lehrer stellte sich an das Ende der Reihe, ließ einen schrillen Pfiff ertönen und setzte geschmeidig zu einem Dauerlauf an. Die Schülerinnen folgten ihm. Bei jeder Runde um den Hof wurden sie etwas schneller, bis sie schließlich rannten. Mahtab genoss die frische Morgenluft und fühlte sich wie ein Vogel, der durch das offene Fenster ins Freie fliegt. Am liebsten hätte sie beim Laufen ihre Arme wie Flügel ausgebreitet und die Augen geschlossen. Sie stellte sich vor, über die Häuser hinwegzugleiten, immer weiter auf die schneebedeckten Berge im Norden zu. Aber die Trillerpfeife des Lehrers holte sie zurück auf den Schulhof. Alle blieben wie auf Kommando stehen. Es folgten Kniebeugen, sie streckten und dehnten sich, dann setzten sie ihren Lauf fort. Mahtab war jedes Mal enttäuscht, wenn die Stunde um war. Ihre Freundinnen dagegen interessierte etwas ganz anderes. Der könne gar nicht sprechen, behaupteten sie kichernd. Er regelt alles mit seiner Trillerpfeife. Stellt Euch vor, mit so einem verheiratet zu sein. Die Mädchen bogen sich vor Lachen. Mahtab lachte mit, obwohl sie wusste, dass er sehr wohl reden konnte. Aber das verriet sie nicht.

Nachdem sie auch in der zweiten Woche als Einzige ohne Turnschuhe zum Sportunterricht erschienen war, hatte er tatsächlich kein Wort darüber verloren. Einige Tage später fing er sie mittags im Treppenhaus ab und ermahnte sie freundlich, aber bestimmt, das nächste Mal mit dem vorgeschriebenen Schuhwerk zu erscheinen. Sie schaute nur verlegen auf den Boden.

Am nächsten Morgen steckte ihre Sitznachbarin Forough ihr, noch bevor der Unterricht begann, unter dem Tisch einen Beutel zu und sagte nur: „Meine Mutter hat aus Versehen die falsche Größe gekauft. Mir sind sie zu klein."

Mahtab ahnte schon, was es war und spürte, wie sie rot wurde. Das war peinlich. Sie war keine Bettlerin. Außerdem kannte sie Forough kaum, die Lehrerin hatte sie erst vor Kurzem zusammengesetzt. „Meine Mutter hat mir auch schon Turnschuhe besorgt", behauptete sie und schob den Beutel zurück.

Als die letzte Unterrichtsstunde um war, gab es kein Halten mehr. Die Mädchen stopften Hefte und

Bücher in ihre Taschen und stürmten hinaus. Nur Mahtab blieb sitzen und schrieb noch einen Satz von der Tafel ab. Er lautete: *„Wir streifen rückständige Traditionen und Aberglauben ab wie eine alte Haut und schaffen das moderne Iran."* Fast die gleichen Worte hatte Amin Agha kürzlich geäußert.

Vergangenen Freitagnachmittag war er zu ihnen gekommen und bis zum frühen Abend geblieben. Stundenlang hatten Vater und er im Schatten des Maulbeerbaums auf dem mit Teppichen ausgelegten Holzpodest gesessen und sich unterhalten. Mutter leistete ihnen für eine kurze Weile Gesellschaft, zog sich aber bald zurück und ließ die Männer allein. Mahtabs Aufgabe bestand wie üblich darin, Melone, anderes Obst und Gebäck hinzustellen und dafür zu sorgen, dass es ihnen nie an frischem Tee mangelte. Ansonsten blieb sie unsichtbar, verfolgte aber mit halbem Ohr, was die beiden sprachen.

Vater erzählte die neusten Nachrichten aus der Familie und Amin Agha hörte geduldig zu, während er eine Zigarette nach der anderen rauchte. Mahtab kannte die Geschichten über die geschäftlichen Sorgen ihrer Onkel, die vielversprechende Zukunft ihrer Cousins und deren Heiratspläne. Sie wollte sich schon in das hintere Zimmer zurückziehen, da ergriff Amin Agha das Wort und brachte die große Welt ins Haus. Er jonglierte mit Begriffen, die in ihren Ohren magisch klangen, auch wenn sie nicht durchschaute, wie das eine mit dem anderen zusammenhing: Erdöl, zusätzliche Staatseinnahmen, Bau von Fabriken, starke Armee, Bildungswesen. Und dann fiel ein Wort, das seit einiger Zeit auf dem Schulhof herumging und alle in helle Aufregung versetzte: Pfadfinder.

Mahtab wurde immer neugieriger. Im Hausflur lehnte sie sich an die kühle Wand und verfolgte nun jedes Wort, das gewechselt wurde. Amin Agha erzählte begeistert, wie Pfadfinder am Jahrestag der Krönung Reza Schahs aufmarschiert waren. Jungen und Mädchen in Uniformen seien im Gleichschritt vor dem Herrscher entlang geschritten.

„Ich habe davon gehört", seufzte Vater.

„War das nicht großartig?"

„Aber was redest du da, mein Junge? Einen größeren Unsinn habe ich noch nie gehört. Mädchen, die wie Soldaten marschieren, Uniformen tragen und in Zelten übernachten. Das ist gegen die Natur."

„Bei den Pfadfindern werden die jungen Menschen körperlich ertüchtigt, damit sie gesund bleiben. Und sie lernen Disziplin. Die Jugend ist die Zukunft Irans."

„Das war sie schon immer."

„Aber wir bauen das neue Iran. Schauen Sie nach Europa. Dort ist das schon lange normal."

„Es genügt, wenn die Jungen marschieren lernen. Das ist eine gute Vorbereitung auf den Militärdienst. Unsere Töchter soll man in Ruhe lassen." Vater wurde ungeduldig. Er schätzte es gar nicht, wenn Jüngere ihm widersprachen und auf ihrer eigenen Meinung beharrten.

Amin Agha räusperte sich und schwieg.

Mahtab eilte ins Wohnzimmer, füllte am Samowar zwei Gläschen Tee und stellte sie auf das Tablett. Schweigend nahmen die beiden Männer ihren Tee. Amin warf ihr einen schnellen Blick zu, aus dem sie nicht ganz schlau wurde.

Nachdem sie sich wieder auf ihren Horchposten zurückgezogen hatte, bekam sie mit, wie sich Amin Agha noch einmal räusperte und fortfuhr.

„Erlauben Sie mir bitte in aller Bescheidenheit meine Sicht darzulegen. Ein starkes und unabhängiges Iran können wir nur errichten, wenn wir alle unsere Kräfte mobilisieren. Der Fortschritt darf nicht bei den Männern Halt machen. Frauen sind der andere Flügel des Vogels Iran, der zum Flug ansetzt. Dazu braucht er beide Flügel. Auf den Frauen ruht die Hoffnung unseres Landes, denn sie bekommen die Kinder und erziehen die künftigen Generationen. Und nur gesunde und gebildete Mütter können gute Bürger für unseren Staat hervorbringen. Wir müssen rückständige Traditionen und Aberglauben abstreifen wie eine alte Haut."

„Das wird böse enden. Gott stehe uns bei", murmelte Vater.

Mahtab verließ als Letzte das Klassenzimmer.

Da lief ihr die Lehrerin hinterher und hielt ihr den Turnbeutel hin. „Den hast du vergessen."

„Der gehört mir nicht."

„Doch." Die Lehrerin drückte ihr die Stofftasche in den Bauch. „Und jetzt mach, dass du nach Hause kommst."

„Aber…"

„Geh schon."

Zu Hause angekommen, begab sich Mahtab umgehend in das hintere Zimmer. Sie schloss die Tür und betrachtete eingehend die Turnschuhe. Sie waren aus weißem Segeltuch, hatten Gummisohlen und dicke Schnürsenkel. Solche Schuhe hatte sie sich immer gewünscht.

Draußen hörte sie Stimmen und beeilte sich, ihre neuen Turnschuhe wieder einzupacken. Das Regal war der beste Ort, um sie zu verstecken, das hatte sie sich schon auf dem Nachhauseweg überlegt. Ihre Bücher und Hefte stapelte sie davor auf, bis sie wie eine Wand alles dahinter verbargen. Das schien sicher zu sein, denn die einzigen Dinge im Haus, für die sich Mutter nicht interessierte, waren ihre Bücher. Sie hatte nie eine Schule besucht und machte respektvoll einen Bogen um alles Schriftliche. Insgeheim war sie aber stolz darauf, dass ihre Tochter lesen und schreiben konnte, das sah Mahtab ihr an.

Im Nachhinein musste sie zugeben, dass die eigentliche Gefahr nicht von Mutters Neugier, sondern von ihrem älteren Bruder, diesem Teufel ausging. Seit sie auf der Welt war, tat er alles, um ihr das Leben schwer zu machen. Er war der Meinung, die Eltern seien zu nachsichtig mit ihr. Also müsse er bei ihrer Erziehung nachhelfen. Besonders stolz war er darauf, ihr das Daumenlutschen abgewöhnt zu haben, noch bevor sie richtig sprechen konnte. Er habe eine überaus wirksame Methode angewandt, erläuterte er gerne im Ton eines Pädagogikprofessors. Mit einer Rasierklinge habe er ihr in beide Daumen geschnitten. Dies habe er so oft wiederholt, bis das Kleinkind aufgegeben habe. Mahtab konnte sich nicht daran erinnern, und Mutter gab ihr auf ihre Nachfragen keine Antwort. An Vaters Reaktion aber erkannte sie, dass die Geschichte wahr sein musste. Als ihr Bruder es einmal wagte, in Vaters Gegenwart von seinen Erziehungserfolgen zu prahlen, war das Thema schnell erledigt. Zwei Ohrfeigen, die es in sich hatten, genügten. Ihr Bruder schnitt das Thema nie wieder an, was ihn jedoch nicht davon abhielt, neue Methoden des Drangsalierens auszuprobieren. Seit einiger Zeit zwang er sie unter Androhung von Prügeln dazu, ihm jeden Tag die Schuhe zu putzen. Mahtab machte es einfach und war froh, wenn er keinen Anlass fand, sie zu schlagen. Nachts lag sie manchmal wach und schwor sich, eines Tages Rache zu üben.

Nach dem Mittagessen zog sich Mahtab mit ihrer kleinen Schwester in das hintere Zimmer zurück. Sie nahm sich ihr Lesebuch vor und las eine Kurzfassung der Geschichte von Rostam und Sohrab.

Ihre kleine Schwester zog Puppen an und aus, und im Nebenzimmer hielt Mutter ihren Mittagsschlaf. Die Fenster waren weit geöffnet und die Vorhänge wehten sanft.

Ein gellender Schrei durchbrach die Ruhe. Mahtab schreckte auf und noch während sie sich die Schlappen anzog, um nachzusehen, hob ein lautes „Ji, ji, ji, ji…“ an, das eher nach einer Hochzeitsfeier als einem Unfall, Überfall oder sonst etwas Schrecklichem klang.

Unter lautem Triumphgeheul rannte ihr Bruder um den Hof und ließ die Turnschuhe über seinen Kopf kreisen, die Schnürsenkel fest in der Hand. Mahtab musste ihm sofort Einhalt gebieten, noch bevor Mutter aufwachte, sonst wäre sie verloren. Sie schnappte sich den Besen und jagte ihm hinterher. Natürlich war es aussichtslos, ihn zu erwischen. Sie musste sich etwas anderes überlegen.

„Ich schenke sie dir. Verkaufe sie. Zwei, drei Tuman sind sie bestimmt wert. Das Geld gehört dir.“

Aber der Teufel war nicht zu bändigen, wie von Sinnen jagte er um das Wasserbecken. Er will mich fertigmachen, erkannte sie resigniert und ließ den Besen los.

Das Unvermeidliche trat ein, Mutter erschien auf dem Hof und das Schicksal nahm seinen Lauf. Nachdem sie begriffen hatte, was es mit den Turnschuhen auf sich hatte, musste sie sich erst einmal eine Zigarette anzünden. Dann begann das Verhör. Mahtab hatte Prügel oder Zimmerarrest erwartet.

Aber nichts von alledem trat ein. Denn aus Sicht ihrer Mutter war sie keine Täterin, sondern ein Opfer, und das musste geschützt werden. Für Mahtab aber war es die schrecklichste Strafe, nicht mehr in die Schule gehen zu dürfen.

Mit den Jahren schaffte es Mahtab besser, die mahnende Stimme ihrer Mutter zu ignorieren. Auf jeden Fall wäre Amin mit dem Badeanzug einverstanden, dachte sie. Sie solle sich nicht so anstellen, hatte er ihr oft gesagt. Immer, wenn sie am Badesee waren, kam er auf das Thema zu sprechen. Von seinem Campingstuhl aus musterte er sie, wie sie auf der Decke hockte und selbst bei größter Hitze kein einziges Kleidungsstück ablegte. Er bezeichnete ihr Verhalten als provinziell, was bei ihm, dem Mann von Welt, in der Beleidigungsskala sehr weit oben rangierte.

Am nächsten Tag war es so weit. Auf dem Weg zum Stadtbad Mitte redete Sarah ohne Unterlass, was Mahtab ganz recht war, da es sie ablenkte. Obwohl sie sich sagte, sie sei eine erwachsene Frau, spürte sie, wie ihre Mutter ihr im Nacken saß.

In der Umkleidekabine betrachtete sie sich noch ein letztes Mal im Spiegel. Der Badeanzug saß ordentlich, mehr konnte sie jetzt nicht mehr tun. Sie nahm ihre Kleider, die sie auf mehrere Bügel verteilt hatte, vom Haken, entriegelte die Tür und stellte sich der Welt.

Kaum betrat sie die Schwimmhalle, richteten sich alle Augen auf sie. Die Frauen taxierten von oben bis unten ihre Figur, und die Männer starrten alle auf ihren Busen. Mahtab senkte ihren Blick. Wie ein Zirkuspferd in der Manege setzte sie ein Bein vor das andere und achtete darauf, auf dem nassen Fußboden nicht auszurutschen.

Ein Luftzug ließ sie zusammenschrecken. Im nächsten Augenblick glitt eine kleine Hand in ihre.

„Da sind Sie ja endlich."

Hamid sah zu ihr hoch. Dem Kleinen schien es völlig egal zu sein, dass sich seine Mutter halbnackt präsentierte. Mit energischen Schritten lenkte er sie durch die Halle und plapperte aufgeregt. Das Hallenbad war sein Terrain, und er schien es zu genießen, ihr alles erklären zu können. Jetzt in Begleitung wagte sie es, sich umzuschauen. Auf dem gekachelten Podest lagerten Männer mit dicken Bäuchen wie träge Seelöwen auf einem Felsen. Einige von ihnen dösten, andere betrachteten mit stoischem Gesichtsausdruck die jungen Mädchen. Die standen nass und zitternd am Beckenrand und ignorierten die Annäherungsversuche einer Handvoll schmalbrüstiger Bürschchen. Die meisten Badegäste aber waren Frauen etwa in Mahtabs Alter oder darüber. Kaum eine von ihnen war allein, und so gut wie keine war still. Die jüngeren sprachen mit ihren Kindern, und die Älteren mit ihren Freundinnen. Dabei spielte es keine Rolle, ob sie draußen herumstanden oder im Wasser waren. Nebeneinander schwimmend setzten sie ihre Unterhaltung einfach fort. Eigentlich interessiert sich hier niemand für mich und meinen Badeanzug, gestand sich Mahtab ein und war halb erleichtert und halb enttäuscht.

Etwa in der Mitte des Beckens entdeckte sie ihre Freundin. Sarah trieb unbeeindruckt von ihren schnatternden Geschlechtsgenossinnen langsam auf dem Rücken dahin. Näherte sie sich einer Formation von Schwimmerinnen, glitten diese auseinander, ließen die alte Dame durch und nahmen wohl oder übel eine Unterbrechung ihres Gesprächs in Kauf. Denn bis Sarah an ihnen vorbei war, dauerte es. Mit der Beschwernis des hohen Alters kam das kleine knochige Wesen nur unmerklich voran.

Kaum waren sie nach Hause zurückgekehrt, ließ sich Sarah auf ihrem Lieblingssessel nieder und legte die Beine hoch. Der Ausflug hat die alte Dame doch angestrengt, dachte Mahtab und übernahm es, die Badesachen ihrer Freundin im Bad mit aufzuhängen. Sie selbst fühlte sich blendend, als könnte sie Berge versetzen, alles erreichen, wenn sie nur wollte. Ach was, korrigierte sie sich sogleich. Es sind nur kleine Berge oder eigentlich Hügel, aber immerhin. Der Badeanzug war nur der Anfang, im nächsten Sommer schon müsste sie am Badesee nicht mehr schwitzend auf der Decke ausharren, sondern könnte sich abkühlen und rausschwimmen, in die Mitte des Sees, dort, wo kaum jemand war, alles hinter sich lassen und ihre Runden drehen.

Der Bademeister im Hallenbad hatte nicht gleich verstanden, was sie wollte, hatte die Stirn in Falten gelegt und sie angestarrt, als ob sie Chinesisch sprechen würde. Sie wollte schon aufgeben und einen intelligenteren Menschen fragen, als er endlich sagte:

„Ach so, Sie wollen einen Schwimmkurs machen."

Mahtab seufzte und erfuhr, dass sie draußen bei der Kasse vorsprechen müsste. Beim Verlassen des Hallenbads meldete sie sich schließlich an, zweimal die Woche am späten Nachmittag. Hamid jubelte über diese Entscheidung und Sarah gab ihr einen Kuss auf die Wange.

Mahtab ließ Butter im Kochtopf zerlaufen, danach gab sie die zuvor gekochten Zutaten abwechselnd hinein, den Reis, das Hühnchenfleisch und die dicken Bohnen. Zum Schluss streute sie Dillspitzen darüber. Um den Kochtopfdeckel wickelte sie ein sauberes Geschirrtuch, und stellte den Herd auf die niedrigste Temperatur ein. In einer guten halben Stunde könnten sie zu Abend essen, bis dahin wäre der Reis locker und körnig und die Kruste goldbraun.

20

Mahtab wunderte sich, wo Abbas steckte. Ihr Zweitältester hatte sich strikt geweigert, mit ihnen schwimmen zu gehen. Sie hatte, um die Form zu wahren, versucht, ihn zu überreden. Im Grunde genommen war sie froh gewesen, den anstrengenden Kerl ein paar Stunden los zu sein. Seit dem Zwischenfall am Telefon war er mürrisch und zog sich zurück. Ihre Anweisungen befolgte er nur widerwillig. Bat sie ihn in freundlichem Ton, tat er so, als habe er nichts gehört, wiederholte sie es, verstand er sie prompt falsch, korrigierte sie ihn daraufhin, funkelte er sie zornig an. Am Ende gehorchte er. Aber wie lange noch, fragte sie sich.

Am Vorabend hatte sie wie üblich gegen sieben Uhr Amin angerufen. Er ließ es immer dreimal klingeln, dann meldete er sich.

„Mahtab?"

„Ja, mein Schatz."

Das hätte sie nicht sagen sollen, es war ihr einfach so rausgerutscht. Ihm war es nicht entgangen, denn einen Moment lang sagte er nichts.

„Wenn ich wirklich noch dein Schatz bin, gibt es keinen Grund, nicht wieder nach Hause zu kommen."

„Den Grund kennst du ganz genau."

„Ich will dich nicht verlieren."

„Dann schick endlich deine Buchhalterin zum Teufel", zischte sie leise, damit es die Kinder nicht hörten.

„Mahtab, ich liebe dich."

Das hatte er schön gesagt. Aber wie sie ihren Mann kannte, schloss das eine das andere nicht aus.

„Diese Person muss aus unserem Leben verschwinden."

„Es ist nicht so, wie du denkst."

„Ich habe doch Augen im Kopf."

„Und was hast du gesehen?"

„Mehr als genug!"

„Was soll ich noch sagen?"

Er hat noch nicht einmal den Mut, es zuzugeben, dachte Mahtab. Sie ließ sich nicht täuschen. Nein, er liebte sie nicht, er wollte sie nur nicht gehen lassen, das war alles.

„Dann sieh zu, wie du ohne uns zurechtkommst."

Sie knallte den Hörer auf die Gabel. Da erst bemerkte sie die Jungen, die anscheinend schon eine Weile neben ihr gestanden hatten.

„Baba kann heute leider nicht mit euch sprechen.

Er hat einen wichtigen Kunden, mit dem er sich jetzt gleich treffen muss. Er lässt euch ausrichten, dass er euch sehr liebt und an euch denkt."

Abbas ließ sich nichts vormachen.

„Das ist doch gar nicht wahr. Sie haben sich gestritten, wir haben es gehört", dabei stieß er seinem jüngeren Bruder in die Seite. „Stimmt's?"

Hamid nickte wie ein besorgter Diplomat. Die aggressive Art seines Bruders war nicht sein Stil.

„Wir hatten nur eine kleine Meinungsverschiedenheit, das geht euch im Übrigen nichts an."

„Wir wollen jetzt mit Baba sprechen."

„Ich sagte doch, er hat einen Termin mit einem Kunden."

„Ich ruf an."

Abbas versuchte an den Telefonapparat zu gelangen. Sie stellte sich davor.

„Ich habe Nein gesagt."

Doch Abbas drängte sie energisch zur Seite. Sie spürte seine Kraft, fast wäre sie hingefallen.

Da rief Sarah aus dem Wohnzimmer:

„Gleich fängt *Rauchende Colts* an."

Wie auf Kommando ließ Abbas von ihr ab. Er liebte den US-Marshall Matt Dillon, der in Dodge City für Ruhe und Ordnung sorgte und dem kein Ganove entkam.

„Du darfst dir den Film anschauen, Hamid. Bei Baba rufen wir morgen wieder an."

„Und du gehst in dein Zimmer", sagte sie zu Abbas.

„Was? Wieso denn?“

„Nein heißt nein. Und fass mich nie wieder so an, sonst gnade dir Gott. Abmarsch.“

Das wenigstens zeigte Wirkung. Der Bursche zog mit beleidigter Miene ab.

Zurück im Wohnzimmer gab Mahtab ihrer Freundin einen Kuss auf die Wange und murmelte „Danke“.

Den Jungen fehlt der Vater, dachte sie.

Das Abendessen war beendet, und Abbas war immer noch nicht nach Hause gekommen. Er hatte niemandem gesagt, dass er weggehen wollte und schon gar nicht, wohin. Eine Notiz hatte er ebenso wenig hinterlassen. So etwas war noch nie vorgekommen. Spätestens zur gemeinsamen Mahlzeit hatten die Kinder zu erscheinen, es sei denn sie hatten die ausdrückliche Erlaubnis, später zu kommen. Selbst Azadeh hatte sich immer an diese Regel gehalten, und Abbas, so ungestüm er auch sein mochte, ohnehin. Vielleicht war er bei einem Freund, überlegte Mahtab, aber sie kannte allenfalls die Namen einiger Klassenkameraden, Telefonnummern oder Adressen hatte sie nicht. Sie durchwühlte ein ums andere Mal die Schultasche ihres Sohnes, suchte sein Zimmer ab, in der Hoffnung, einen Hinweis zu finden. Es war zwecklos.

„Ruf deinen Mann an“, schlug Sarah vor.

Natürlich wusste sie selbst, dass sie sich an Amin wenden musste. Er würde umgehend das Kommando übernehmen und ihr zu verstehen geben, dass sie es eben allein nicht schaffte. Seit ihrem Auszug aus der gemeinsamen Wohnung war das ihre Befürchtung gewesen, kleinlaut zu ihm zurückkehren und ihn um Hilfe bitten zu müssen. Aber das durfte jetzt keine Rolle spielen. Vielleicht war Abbas etwas zugestoßen, und ja, sie brauchte Amins Hilfe. Sie ging zum Telefonapparat, wählte und wartete mit klopfendem Herzen. Nach dem zehnten Tuten gab sie auf. Was ist hier los?, fragte sie sich. Um diese Uhrzeit war Amin bisher immer zu erreichen gewesen. Sie versuchte es noch einmal, vergeblich. Kaum hatte sie aufgelegt, schreckte sie ein lautes Klingelgeräusch auf. Sofort riss sie den Telefonhörer von der Gabel und rief atemlos: „Ja?" Aus dem Augenwinkel sah sie, wie ihr Jüngster an ihr vorbei zur Wohnungstür rannte, sie weit öffnete und hinausspähte. Mahtab ließ den Hörer sinken und herein traten Amin und Abbas.

Amin nahm sie alle umgehend in Beschlag, er gab Mahtab einen Kuss auf die Wange und flüsterte in ihr Ohr: „Hier versteckt ihr euch also", drückte Hamid lachend an sich und wandte sich schließlich an Sarah. Formvollendet reichte er ihr die Hand und deutete eine Verbeugung an.

„Genedige Frau. Ich freue mich sehr, Sie kennenlernen zu konnen…"

Er übereichte der Hausherrin eine große Schachtel Pralinen und sparte nicht mit Worten, um ihr für ihre Großzügigkeit und Gastfreundschaft zu danken. Sodann sah er sich um, nickte anerkennend und rühmte die schöne Wohnung, obwohl er bis dahin nicht mehr als den Flur zu Gesicht bekommen hatte. Unter seinem Charme wich Sarahs anfängliche Zurückhaltung, die alte Dame betrachtete ihn wohlwollend. Mahtab musste sich eingestehen, dass sie stolz auf ihren Mann war, wie er in seinem offenen Kamelhaarmantel über dem perfekt sitzenden grauen Zweireiher und dem eleganten Hut auf dem Kopf dastand. Und doch ärgerte es sie, dass er so mühelos Sarahs Sympathie gewonnen hatte. Im Grunde genommen hatte sie es noch nie anders erlebt, niemand konnte sich seinem Charme entziehen, zumal nicht bei der ersten Begegnung.

Nun fiel ihr Blick auf Abbas, der mit weit aufgerissenen Augen neben seinem Vater stand, in grenzenloser Bewunderung. Und auch auf Hamids Gesicht war große Freude zu sehen. Mahtab fühlte sich augenblicklich unsichtbar. Sie trat einen Schritt zurück, dann noch einen, verschwand im Bad, verriegelte die Tür und setzte sich auf den Toilettendeckel.

Er war zurück in ihrem Alltag, spazierte einfach so mit einem Lächeln auf den Lippen hinein und riss alles an sich. Sie hätte sich denken können, dass Abbas früher oder später seinen Vater aufsuchen würde. Jetzt, da Amin sie aufgespürt hatte und die Jungen an seinem Jackenzipfel hingen, könnte sie auch gleich weggehen. Aber wohin? Alles fing von vorne an. Nein, es war schlimmer als zuvor.

Die Ellenbogen auf den Knien, die Hände in ihre Locken vergraben saß sie da, als es an der Badezimmertür klopfte.

„Ist alles in Ordnung, mein Kind?“

„Ich komme gleich“, rief sie.

Mahtab ließ sich Zeit, wusch sich das Gesicht mit kaltem Wasser, ordnete ihre Haare und trug Lippenstift auf. Doch kaum hatte sie das Wohnzimmer betreten, musste sie gegen den Impuls ankämpfen, gleich wieder umzukehren. Amin saß entspannt in Sarahs Lieblingssessel, eine Teetasse in der Hand und erzählte Geschichten, rechts und links von ihm hockten seine beiden Söhne auf den Armlehnen. Alle drei, Sarah, Abbas und Hamid hingen an seinen Lippen. Kaum war sie in Amins Blickfeld geraten, unterbrach er seinen Redefluss, lächelte sie an und sagte: „Wir sprechen gerade über die Kinder.“ An Sarah gewandt fuhr er fort und rühmte die Energie und Entschlusskraft seines Zweitältesten. In Abbas sah er den künftigen Generaldirektor, einen Mann der Tat, der die Verhältnisse zum Tanzen bringen würde. Und der Jüngste habe das Zeug zu einem Wissenschaftler, so viel wie der lese, würde Hamid sicher eines Tages den Nobelpreis gewinnen, sagte er und kniff ihm in die Wange. Seine Tochter Azadeh schließlich sei so klug und feinfühlig wie ihre Mutter. Auch sie werde es weit bringen. Ihre Schulnoten seien ausgezeichnet, nach dem Abitur werde sie Medizin studieren und Kinderärztin werden. Wirklich, er setze große Hoffnungen in alle seine drei Kinder, sie waren alle drei imstande, Herausragendes zu leisten. Er bete zu Gott, es noch erleben zu dürfen, wenn die Ernte eingefahren würde.

Angst vor der Zukunft scheint diesen Mann nicht umzutreiben, dachte Mahtab. Er glaubt, alles unter Kontrolle zu haben, auch seine Ehefrau.

„Ich habe schon viel Gutes über Ihre Tochter gehört“, unterbrach Sarah ihre Gedanken. „Ich freue mich sehr darauf, sie auch kennenzulernen.“

„Sorry?“, fragte Amin nach.

„Ich sagte, ich freue mich darauf, Ihre Tochter kennenzulernen.“

„Kennenzulernen?“

„Ja“, Sarah lachte. „Ihre Frau hat mir schon viel von Azadeh erzählt.“

„Was sagt die Dame da?“ Amin wandte sich auf Persisch an Mahtab.

„Sie freut sich darauf, Azadeh kennenzulernen.“

Er lächelte die alte Dame an und erklärte ihr so gut, wie es sein Deutsch erlaubte, dass es tatsächlich Zeit erfordere, einen Menschen richtig kennenzulernen. Er verstehe sie vollkommen.

Mahtab war auf der Hut. Er war gekommen, um sie und die Jungen zurückzuholen, daran bestand kein Zweifel, auch wenn er so tat, als handele es sich um einen Familienbesuch bei einer lieben älteren Freundin. Es würde ihr wohl nichts anderes übrigbleiben, als mit ihm zu gehen. Undenkbar, in Sarahs Gegenwart und im Beisein der Jungen ihre Ehestreitigkeiten auszutragen. Der Weg, den sie gegangen war, hatte sich als Sackgasse erwiesen. Sie konnte ihr Scheitern allenfalls noch etwas hinauszögern, aber bald wäre Schluss.

„Zeit, schlafen zu gehen", sagte sie zu Abbas und Hamid. „Es ist schon spät. Verabschiedet euch von eurem Vater."

Abbas hielt dagegen. Sein Bruder und er hätten ihren Baba seit einer Ewigkeit nicht gesehen. Im Ton eines Gewerkschaftsführers verlangte er, aufbleiben zu dürfen, solange der Vater da sei. Mahtab blieb hart. Abbas verzichtete auf seine Maximalforderung und wollte gerade in Verhandlungen eintreten, als Amin das Hin und Her beendete.

„Geht schlafen, Kinder. Ich habe gute Nachrichten für euch. Die Renovierungsarbeiten zu Hause sind nun weitgehend abgeschlossen. Schon bald können wir alle wieder zusammenwohnen, so wie immer."

Nachdem sich die Jungen verabschiedet hatten, zog sich auch Sarah zurück. Sie gab vor, müde zu sein. Bevor sie den Raum verließ, zwinkerte sie Mahtab kurz zu als wollte sie sagen: „Wird schon, mein Kind."

Kaum waren sie allein, nahm Amin sie in die Arme. Sie schmiegte sich an ihn und sog seinen Duft, eine Mischung aus Rasierwasser und Zigarettenrauch ein. Ach, wie schön es war, ihm wieder so nah zu sein. Vielleicht hatte Sarah recht und alles würde doch noch gut werden.

„Wie ist das mit den Renovierungsarbeiten?“, fragte sie.

„Die Wohnung wartet auf euch.“

„Und was ist mit deiner sogenannten Buchhalterin?“

„Du musst dir wirklich keine Sorgen machen.“

Das hatte sie in verschiedenen Ausführungen schon so oft vom ihm gehört. Nach allem, was geschehen war, wollte er sie mit diesem lapidaren Satz abspeisen. Ernüchtert löste sie sich aus seiner Umarmung.

„Was hatte diese Frau morgens früh in unserer Wohnung zu suchen? Gib's doch einfach zu. Ihr habt die Nacht zusammen verbracht, in unserem Bett, während ich im Krankenhaus Dienst hatte!“

„Aber nein. Was redest du denn da? Sie hat mich abgeholt. Wir sind doch an dem Tag zur Firma Grundig nach Nürnberg gefahren.“

„Ach ja? Sie hatte sogar ihr Köfferchen mitgebracht, für die Nacht. Schämst du dich nicht? Die Kinder schliefen nebenan, und du, du…“ Wütend boxte sie ihm gegen die Brust, Tränen in den Augen. „Hast du denn überhaupt kein Ehrgefühl?“

„Es war vereinbart, dass ich sie abhole. Ich weiß auch nicht, warum sie plötzlich viel zu früh bei uns in der Wohnung auftauchte. Die Kinder haben nichts mitbekommen, sie waren schon aus dem Haus gegangen, bevor sie kam.“

Mahtab schnaubte verächtlich. Immerhin blieb ihr diese Schande erspart. Wieso nahm er diese Frau eigentlich mit auf Geschäftsreise, fragte sie sich. Er war ohne die geringsten Deutschkenntnisse aus dem Iran zur Frankfurter Messe angereist, hatte sich all die Jahre seither ohne Assistentin durchgeschlagen, notfalls Englisch mit den Leuten gesprochen. Wer weiß, was sie in Nürnberg miteinander getrieben hatten. Von wegen Farbfernseher!

„Diese Buchhalterin ist nicht die Erste."

„Wie bitte?"

„Ich habe lange genug darüber hinweggesehen."

„Über was?"

„Dein Fremdgehen. Was ist aus der Rothaarigen geworden?"

„Mahtab, hör auf, wirres Zeug zu reden."

„Woher kanntest du sie?"

„Wen?"

„Die Rothaarige, mit der du im Haus Dornbusch getanzt hast, beim Nowruz-Fest vor drei Jahren."

„Ach, die", Amin lächelte versonnen.

„Das reicht. Ich möchte, dass du jetzt gehst, sofort."

„Ich kannte sie gar nicht. Das war die Freundin eines iranischen Studenten. Eine verrückte Nudel. Aber tanzen konnte sie, meine Güte!" Er lachte.

Mahtab sah ihn an. Da saß er in seinem perfekt sitzenden Anzug, die Beine übereinandergeschlagen, und schien sich nicht im Entferntesten schuldig zu fühlen. Ihr fiel nichts mehr ein. Einige Monate nach dem Nowruzfest hatte Mahtab die beiden zusammen auf der Berger Straße gesehen. Sie gingen in ein Gespräch vertieft auf der anderen Straßenseite und bemerkten sie nicht.

Amin zündete sich in aller Ruhe eine Zigarette an.

„Sag mal, wann kommt eigentlich Azadeh nach Hause?"

„Wie meinst du das?"

„Ist das so schwer zu verstehen? Ich frage, wann unsere Tochter nach Hause kommt. Es ist schon spät."

„Was soll das heißen? Sie wohnt doch bei dir."

„Bei mir? Nein. Wie kommst du darauf?"

Beide schauten sich an.

„Sie hat sich geweigert, mit mir und ihren Brüdern mitzugehen. Sie wollte bei dir bleiben."

„Nein", sagte Amin und zerdrückte seine Zigarette im Aschenbecher, als wolle er den letzten Zweifel ersticken. „Bei mir ist sie nicht. Ich habe sie seit deinem Auszug nicht mehr gesehen."

Mahtab schlug sich mit beiden Händen auf den Kopf. Sie hatte gespürt, dass etwas nicht in Ordnung war. Warum ging Azadeh nicht ans Telefon, wenn sie nachmittags zu Hause anrief, hatte sie sich ein um andere Mal gefragt. Sie hatte Amin fragen wollen, ob er sich das erklären kann, und dann vergessen. Was bin ich für eine Mutter?, sagte sie sich jetzt. Es war ein großer Fehler gewesen, zu Hause auszuziehen. Sie hätte auf ihrem vorbestimmten Platz bleiben sollen.

„Barmherziger Gott, bitte hilf uns“, murmelte sie.

Amin zündete sich eine neue Zigarette an, zog kräftig daran und sagte in den ausgeblasenen Rauch hinein:

„Wir fangen bei der Polizei an.“

21

Im Auto erzählte Amin ihr, wie er selbst als Zwölfjähriger von zu Hause weggelaufen war. Auf der Ladefläche eines Lastwagens hatte er eingepfercht zwischen Tagelöhnern und Bauern mit deren Frauen, Kindern, Hühnern und Schafen tausend Kilometer von Maschhad nach Teheran zurückgelegt. Vor der winterlichen Kälte des Hochlands schützte sie nur eine Plane, unter der ihm die Ausdünstungen von Menschen und Vieh den Atem nahmen. In der Hauptstadt angekommen, habe er es nicht gewagt, Verwandte aufzusuchen, sie hätten ihn gleich an seinen Vater verraten. Um nichts in der Welt wollte er zurück in das herzlose Elternhaus, in dem die Stiefmutter das Sagen hatte und ihn wie einen Dienstboten behandelte.

„Keiner ahnte, wo ich war, und alle machten sich Sorgen."

Mahtab kannte diese Geschichte in- und auswendig und hatte sie selbst ihren Kindern schon viel zu oft erzählt. Nach der Flucht vor dem Vater hatte Amin sich allein in Teheran durchgeschlagen, Hindernisse überwunden und war mit traumwandlerischer Sicherheit allen Gefahren aus dem Weg gegangen, die einem elternlosen Kind im Dschungel der Großstadt drohten. Er hätte Verbrechern und Kinderschändern in die Hände fallen können, doch er war immer wieder wohlmeinenden Menschen begegnet, die ihm den Weg gewiesen und ihn begleitet hatten, bis er stark genug war, allein weiterzugehen.

„Ich habe es überstanden. Und unsere Tochter ist aus dem gleichen Holz geschnitzt wie ich", fuhr Amin fort.

„Und wenn ihr doch etwas zugestoßen ist? Sie ist eine junge Frau!"

„Deshalb gehen wir ja jetzt zur Polizei."

Beide schauten auf die Fahrbahn und schwiegen.

„Alles wird gut", sagte Amin schließlich und wirkte mit einem Mal gar nicht mehr so selbstgewiss. Sein leiser Ton tröstete sie. Er hatte recht, sie sollten das Unglück nicht herbeireden.

Kaum betrat Mahtab das Polizeirevier, hatte sie ein flaues Gefühl im Magen, so wie jedes Mal bei der Einreise nach Deutschland, wenn der Grenzbeamte ihren iranischen Reisepass in die Hand nahm und mit unbewegtem Gesicht und bedrohlicher Langsamkeit Seite für Seite umblätterte. Erst wenn er ihr mit einem Nicken den Pass zurückgab, atmete sie auf.

Der Schalter war nicht besetzt. An einem der Bürotische hackte ein Uniformierter im Zweifingersystem auf die Tasten einer Schreibmaschine ein. Er war nicht mehr jung und schien schlechte Laune zu haben. Außer ihm war niemand zu sehen, die übrigen Schreibtische waren unbesetzt. Einfaches Holzmobiliar, abgenutzt, aber sauber. Über ihnen flackerte eine der Neonröhren und gab ein leises Summen von sich.

Sie stellten sich hinter den Schalter und warteten. Amin wiederholte seinen Gruß. Sie hatten bereits bei Betreten des Reviers mit lauter Stimme „Guten Abend" gesagt, und der Polizist hatte, ohne aufzuschauen, geantwortet, sie sollten warten. Nun spannte er eine zweite Seite in die Maschine ein und machte unbeirrt weiter. Mahtab zerknüllte das Taschentuch in ihrer Manteltasche. Um sich abzulenken, starrte sie das Foto eines gütig wirkenden älteren Herrn an der gegenüberliegenden Wand an. „*Bundespräsident Dr. Heinrich Lübke*" stand in kleiner Schrift darunter. Das deutsche Staatsoberhaupt war gelegentlich in der Tageschau zu sehen, meistens schritt er in fernen Ländern Ehrenformationen ab und schüttelte Hände. Es war in all den Jahren, die sie schon in Deutschland lebte, das erste Mal, dass sie sein Portrait irgendwo hängen sah.

Im Iran hingegen war das Bild des Schahs allgegenwärtig, es war unmöglich, seinem strengen Blick zu entgehen. Nicht nur in allen Behörden, Schulen und Bahnhöfen, nein, auch bei jedem Bäcker, Metzger oder Schneider hing sein Bild. Schlugen die Kinder ein Schulbuch auf, begrüßte sie als Erstes das ganzseitige Foto des Kaisers. Straßen und Parks waren nach ihm und seiner Familie benannt, Briefmarken trugen sein Konterfei. Kein Iraner sollte auch nur eine Sekunde lang vergessen, wer im Land das Sagen hatte.

Mahtab vermied jegliches Zeichen von Ungeduld, sie war froh, dass sich Amin zurückhielt. Im Iran hätte er den Kerl schon längst angeherrscht, nach dem Vorgesetzten verlangt und beiläufig ein paar wichtige Namen fallen lassen. Amins Kommandoton konnte dort wahre Wunder bewirken. Aber das hier war ein anderes Land. Hier gehörten sie zu denjenigen, die warten mussten. So wie in den langen, überfüllten Gängen des Ausländeramts. Wer Glück hatte, konnte dort auf den harten Sitzbänken Platz nehmen, die meisten aber lehnten an den Wänden und strafften sich respektvoll, sobald ein Beamter mit starrem Blick und mit einer Akte in der Hand an ihnen vorbeieilte. Mit der Zeit hatte Mahtab gelernt, in den Mienen der Wartenden zu lesen. Sie erkannte die erwartungsvollen Augen der Neuankömmlinge, den gehetzten Ausdruck der Geduldeten und die selbstzufriedenen Gesichtszüge derer, die es geschafft hatten.

Der Polizist zog das Blatt aus der Schreibmaschine und bequemte sich endlich, sie anzuhören. Nachdem er einige Fragen gestellt hatte, nahm er eine Vermisstenanzeige auf, obwohl er skeptisch war. Ständig kämen Ehefrauen, die ihre Männer suchten oder Eltern, deren Kinder angeblich verschwunden waren.

„Früher oder später tauchen die meisten Vermissten wieder von selbst auf, gerade junge Menschen. Glauben Sie mir."

„Wir machen uns große Sorgen", schaltete sich Mahtab ein.

Der Beamte sah sie an.

„Ja, natürlich. Das verstehe ich ja", versicherte er ihr und ließ seinen Blick auf ihr ruhen.

Mahtab fragte sich, ob mit ihren Haaren etwas nicht stimmte, und Amin räusperte sich ausführlich, bis der Polizist sich wieder ihm zuwandte. Er habe den Fall aufgenommen, versicherte der Beamte nun. Allerdings sei Azadeh volljährig. Bislang läge kein Anlass vor, jetzt unmittelbar nach ihr zu suchen. Aber selbstverständlich würde sich die Polizei bei ihnen melden, sobald sich eine Spur von Azadeh auftäte.

Draußen schlug ihnen die Kälte ins Gesicht. Die Bürgersteige waren verwaist, ab und zu fuhr ein Auto vorbei, danach war es wieder still. Mahtab war enttäuscht, obwohl sie doch froh sein müsste. Wäre ihrem Kind etwas zugestoßen, hätte die Polizei es sicherlich schon gewusst, sagte sie sich. Die Ungewissheit aber schnürte ihr die Luft ab. Amin legte seinen Arm um ihre Schulter und führte sie zum Auto. Sie war so froh, dass er bei ihr war. Allein würde sie die Nacht nicht überstehen. Vor Sarahs Haus angekommen, sah sie ihm in die Augen. Gemeinsam gingen sie die Treppen hinauf, sie schloss auf und ging voran in das Zimmer, das ihr Sarah liebevoll als ihr Schlafzimmer hergerichtet hatte.

Später im Bett weinte sie an seiner Brust. Er streichelte ihren Kopf und redete ihr gut zu.

„Wir werden sie finden."

Er hielt sie in seinen Armen und sagte nichts mehr, seine Atemzüge wurden ruhiger. Er ist eingeschlafen, dachte sie und wusste nicht, ob sie seine Gelassenheit bewundern oder sich darüber ärgern sollte. Vor nicht einmal drei Stunden hatte er erfahren, dass seine Tochter spurlos verschwunden war, und jetzt schlummerte er friedlich ein. Männer, dachte sie. Gott hat sie so geschaffen, sonst könnten sie nicht Menschen aus brennenden Häusern retten, Panzer fahren oder Flugzeuge fliegen. Sie aber fühlte sich wieder alleingelassen. Vorsichtig hob sie ihren Kopf und begegnete seinen kohlrabenschwarzen Augen.

„Du bist wach?", staunte sie.

„Schlaf weiter, mein Schatz", antwortete er.

Nachdem dies geklärt war, setzten sie sich im Bett auf, stopften die Kopfkissen in ihre Rücken und zogen die Bettdecken bis zum Hals hoch.

„Vielleicht lebt sie gar nicht mehr."

Amin zündete sich eine Zigarette an.

„Ach was. Sie versteckt sich irgendwo, wir müssen sie nur finden."

An diesem Gedanken wollte sie sich festhalten, sie wiederholte ihn im Stillen. Azadeh war weggelaufen, weil sie nicht länger zusehen wollte, wie sich ihre Eltern auseinanderlebten.

„Aber wo könnte sie sein?", fragte sie mit dünner Stimme.

Amin sprang mit der Zigarette in der Hand aus dem Bett und hielt nach etwas Ausschau. „Hier gibt es keine Aschenbecher. „Nimm den Untersetzer der kleinen Pflanze." Mahtab zeigte zum Fensterbrett.

Schnaufend begab er sich wieder an ihre Seite und sagte:

„Nun. Vielleicht ist sie bei einer ihrer Freundinnen."

„Nein, da steckt ein Mann dahinter", sagte Mahtab und wunderte sich über sich selbst.

22

Pünktlich um halb acht standen Mahtab und Amin unter dem Sandsteinportal der Elisabethenschule. Die Menge der heranströmenden Mädchen nahm stetig zu und zwang sie zur Seite zu treten. Als Amin ihre Tochter vor vielen Jahren auf Empfehlung der Grundschullehrerin in diesem Gymnasium anmeldete, hatte er nicht gewusst, dass es sich um eine Mädchenschule handelte. Nachher ärgerte er sich, weil er für seine Söhne, wenn sie alt genug wären, ein anderes Gymnasium suchen müsste. Mahtab hingegen hatte Vorteile darin gesehen, bliebe doch ihrer Tochter in der Pubertät der tägliche Kontakt mit jungen Männern erspart – ein Trugschluss, wie sie sich jetzt eingestehen musste.

Die Schulglocke läutete und die letzten Schülerinnen verschwanden durch das Portal.

„Sie ist nicht gekommen."

„Damit war leider zu rechnen."

Natürlich hatte Amin recht. Trotzdem war die

Schule ein guter Ausgangspunkt für die Suche, da war sie weiterhin sicher. Bei ihren iranischen Freunden nachzufragen, hatten sie gleich verworfen. Azadeh hätte fürchten müssen, verraten zu werden. Und Verwandte hatten sie keine in Deutschland.

Eine junge Frau in einem bunt bestickten Mantel mit lila Fransen stürmte auf den Eingang zu. Um ihren Kopf hatte sie ein Stirnband mit Sonnenblumenmustern. Ihre üppigen roten Locken wippten bei jedem Schritt auf und ab. Mahtab erkannte den Paradiesvogel und atmete auf. Dieses Mädchen war schon immer anders gewesen als die anderen Freundinnen ihrer Tochter. Nun war sie also zum Hippie geworden. Mahtab schüttelte ihr Unbehagen ab. Wenn jemand wusste, wo Azadeh war, dann war es Monika.

„Guten Morgen, Monika."

Die junge Frau blieb mit einem Ruck stehen und sah sie an, als sei sie mitten im Flug an ein Hindernis gestoßen.

„Wie geht es dir? Ich hoffe, deinen Eltern und deinen Geschwistern geht es gut?"

„Oh, guten Morgen. Frau Hamidzadeh."

„Wir wollen dich nicht aufhalten, meine Liebe. Wir suchen Azadeh. Weißt du,…"

„Keine Ahnung."

Monika nestelte an einer Locke. Auf ihren Wangen breitete sich eine Röte aus, die nicht allein von der Kälte stammen konnte. Nun schaltete sich Amin ein.

„Meine liebe Monika. Azadeh ist vereschewunden. Sie mussen helfen.“

Monika sah ihn an, als würde er Chinesisch reden.

„Entschuldigung, aber der Unterricht fängt gleich an. Ich muss los.“

„Wo ist sie?“ Mahtab musste blinzeln, um die aufsteigenden Tränen zurückzuhalten.

„Es tut mir leid, ich darf nicht zu spät kommen.“

Monika enteilte durch den Schuleingang.

„Oh Gott“, murmelte Mahtab.

Sie würde alles dafür geben, wenn ihre Tochter noch lebte, sie würde auf der Stelle zurückkehren zu Amin. Die ganze Familie wäre wieder vereint. Die Jungen hatten gejubelt, als sie am Morgen ihren Vater in der Küche vorfanden und selbst Sarah schien sich über seine Anwesenheit zu freuen. Mit einem wissenden Schmunzeln auf den Lippen hatte sie Amin begrüßt. Doch als ihr Mahtab zuflüsterte, was mit Azadeh geschehen war, erstarb ihr Lächeln. Sie versprach, Abbas und Hamid pünktlich zur Schule schicken.

„Wir gehen jetzt zum Rektor“, unterbrach Amin ihre Gedanken.

„Zuerst möchte ich noch einmal in Ruhe mit Monika reden. Sie weiß bestimmt, wo unsere Tochter steckt. Oder? Hattest du nicht auch den Eindruck?“, erwiderte sie.

Amin war bereits am Eingangsportal. Sie lief ihm widerwillig hinterher. Es war keine gute Idee, gleich zum Rektor zu gehen. Erst einmal sollten sie in Erfahrung bringen, was geschehen war, bevor sie sich offiziell an die Schule wandten.

„So warte doch", rief sie.

Aber Amin war nicht aufzuhalten. So war es immer. Sie ahnte, was ihn antrieb. Geriet er an ein Hindernis, wandte er sich umgehend an die zuständige Autorität und versuchte sozusagen von Chef zu Chef eine Lösung zu finden.

Sie folgte ihm durch das Gebäude. Amin wusste, wo das Büro des Rektors war. Um die schulischen Belange der Kinder kümmerte er sich. Sie konnte sich gar nicht erinnern, wann sie das letzte Mal hier gewesen war. Mit den mächtigen Steintreppen, hohen stuckverzierten Decken, Sandsteinportalen und breiten Gängen strahlte das Gebäude den Ernst einer höheren Lehranstalt aus. Auf diese Schule ging ihre Tochter also. Sie schluckte den bitteren Stolz herunter und atmete tief durch. Amin klopfte an eine breite Holztür. Auf einem großen Schild stand „Schulleitung".

Eine adrett gekleidete, nicht mehr ganz junge Dame erhob sich. Sie setzte die Brille, die an einer goldglänzenden Kette um ihre Hals hing, auf und nahm die beiden in Augenschein, bevor sie ohne zu grüßen fragte:

„Sie wünschen?"

Amin bat kurz und knapp den Rektor sprechen zu dürfen. Nach Möglichkeit jetzt gleich, es sei dringend.

„In welcher Angelegenheit?"

Nun musste er ausholen und erklären. Um keinen Fehler zu machen, zerlegte er, wie es seine Art war, schwierige Worte in für ihn aussprechbare Teile. Artikel ließ er grundsätzlich weg, um nicht die falschen zu verwenden, und Umlaute konnte er ohnehin nicht aussprechen. Das Ergebnis war, dass viele Deutsche ihn nur mit Wohlwollen und einem gehörigen Maß an Geduld verstanden. Mahtab kannte das von sich selbst, als ihr Deutsch noch nicht so gut war. Aus Angst, Fehler zu machen, hatte sie es sogar oft ganz vermieden, Deutsch zu sprechen und das Reden, wo immer möglich, ihrem Mann überlassen. Es hatte gedauert, bis sie gelernt hatte, auch komplizierte Worte flüssig auszusprechen. Der Deutschkurs war dabei sehr hilfreich.

Die Schulsekretärin runzelte die Stirn, als müsse sie ihre ganze Aufmerksamkeit darauf verwenden, ihn zu verstehen.

„Ach, Ihre Tochter ist von zu Hause verschwunden und jetzt möchten Sie mit Herrn Doktor Feist sprechen? Habe ich Sie richtig verstanden? Ist es das, was Sie sagen möchten? Ja?"

Diese Frau behandelte Amin, als sei er geistig beschränkt. Mahtab merkte, wie er um Haltung rang.

„Ja, genedige Frau."

Die Schulsekretärin sah ihn streng an und bat um den genauen Namen. Jetzt wurde es amtlich.

Im Gegensatz zu seiner Vorzimmerdame hatte der Rektor nicht die geringste Mühe, Amin zu verstehen. Kaum hatten sie den Raum betreten, kam er hinter seinem mächtigen Schreibtisch hervor und begrüßte das Ehepaar per Handschlag. Er überragte sie beide um Kopfes Länge und brachte mit Sicherheit mehr als das Doppelte ihres Gewichts auf die Waage. Sein dreiteiliger grauer Anzug saß dennoch perfekt. Aus seinem runden Gesicht funkelten ihnen zwei kleine intelligente Augen entgegen. Seine Umgangsformen waren tadellos. Auch Amin schien sich zu entspannen, hatte er doch offensichtlich einen Gentleman vor sich.

„Ich verstehe, Herr Hamidzadeh. Davon hatten wir keine Kenntnis. Wie ich eben von meiner Sekretärin erfahren habe, hat sich Azadeh vor einer Woche telefonisch krankgemeldet."

„Erst vor einer Woche?", fragte Mahtab.

Doktor Feist nickte nachdenklich.

„Sie ist schon seit vier Wochen von zu Hause weg, Herr Doktor."

„Ich nehme an, Sie haben die Polizei verständigt."

Amin setzte an, um zu antworten, doch Mahtab kam ihm zuvor.

„Selbstverständlich. Aber dort liegt nichts über Azadeh vor."

Amin warf ihr einen irritierten Blick zu. Sie ließ sich nicht aus dem Konzept bringen.

„Unsere Tochter ist also weiterhin zur Schule

gegangen, und sie hat sich erst vor einer Woche krankgemeldet?"

„So ist es, gnädige Frau."

Wenn sie weiterhin in die Schule gegangen ist, dann ist ihr wohl nichts Schlimmes passiert, dachte Mahtab. Auch, dass sie sich ordnungsgemäß abgemeldet hatte, war eine gute Nachricht, sprach es doch für einigermaßen geregeltes Leben. Andererseits war Azadeh selten krank, selbst von Erkältungen blieb sie meistens verschont. Ach, es war so verwirrend.

„Ihre Tochter ist sicherlich bei einer Freundin untergeschlüpft", sagte der Rektor begütigend.

Oder bei einem Mann, dachte Mahtab. Sie hatte von Studenten gehört, die in wilder Ehe miteinander lebten. In Berlin teilten sich sogar mehrere Männer und Frauen eine Wohnung, wo sie nackt herumliefen und kreuz und quer miteinander schliefen. Die Kolleginnen im Krankenhaus meinten, sogar kleine Kinder würden in dieser Kommune leben. Helga hatte ihr ein Foto aus einer Illustrierten gezeigt, auf dem diese Verrückten ihren nackten Hintern zeigten. Dabei hatte sie blöde gekichert. Als ob so etwas lustig wäre.

Die Schulglocke ertönte, was für den Rektor offenbar das Signal war, dieses Gespräch zu beenden. Er erinnerte daran, dass die Abiturprüfung bevorstehe und Azadeh so bald wie möglich wieder am Unterricht teilnehmen sollte, um nicht zu viel zu versäumen. Sodann erhob er sich, reichte erst ihr und anschließend Amin die Hand. Dabei lobte er Mahtabs ausgezeichnetes Deutsch, was ihr einen scharfen Seitenblick von Amin eintrug.

Kaum hatten sie das Büro des Rektors verlassen, wurden Türen aufgestoßen, und ein Gewirr von Stimmen hob an. Mahtab machte sich darauf gefasst, gleich von einer wilden Schülerhorde zur Seite gedrängt zu werden. Aber statt der Kinder traten ein paar Lehrer auf den Gang und eilten davon, nicht ohne ihnen neugierige Blicke zuzuwerfen. Amin legte ihr den Arm ein wenig zu fest auf die Schulter.

„Komm, lass uns gehen."

Erneut ertönte das Signal und kündigte die nächste Unterrichtsstunde an. Die Türen wurden nach und nach geschlossen, Ruhe kehrte ein und das imposante Gebäude war wieder wie leergefegt.

Amin blieb einsilbig, so sehr sie sich auch bemühte, mit ihm ins Gespräch zu kommen. Mit wem, wenn nicht mit ihm sollte sie über all das, was sie soeben erfahren hatten, sprechen? Etwas bedrückte ihn, und das war nicht nur das Schicksal ihrer Tochter.

„Was hast du?"

„Nichts."

„Bist du böse auf mich?"

Er schaltete in den nächsten Gang und blickte starr auf die Fahrbahn.

„Habe ich etwas falsch gemacht?“

„Frage lieber, wann du etwas richtig machst“, presste er zwischen den Zähnen hervor.

Das hätte er nicht sagen sollen. Ihr Herz wurde schwer. Eben noch hatte ihr der Rektor Mut gemacht, und jetzt ließ Amin seine gallige Laune an ihr aus.

„Halt an. Ich will aussteigen.“

Er fuhr einfach weiter, auf Befehle reagierte er nicht. Sie musste immer freundlich bitten und durfte dann auf sein Entgegenkommen hoffen, sie hatte es satt. Wenn sie nicht gleich ausstieg, müsste sie heulen. Das wollte sie nicht, nicht in seiner Gegenwart.

„Anhalten!“

Er fuhr rechts ran.

„Bleib bitte“, sagte er, ohne sie anzusehen.

„Ich muss mich für die Arbeit fertig machen. Ich rufe dich heute Abend an.“

„Ich fahre dich zu Frau Rose.“

Sie wollte keinen Ärger. Wenn sie Azadeh finden wollten, mussten sie zusammenhalten.

„Danke, das ist nett.“

Jetzt lächelte er sie an.

Noch lange nachdem Amin abgefahren war, stand sie vor Sarahs Haus und wusste nicht weiter. In gut drei Stunden würde ihre Schicht beginnen, zu wenig Zeit, um ihre Tochter zu finden und zu viel, um einfach nur zu warten. Der morgendliche

Verkehrsfluss war zu parkenden Autos geronnen, die den Gehweg zustellten. Mahtab drückte sich an den Zaun des Vorgartens, um eine Mutter mit Kinderwagen durchzulassen. Auf der Fahrbahn hielt ein Müllwagen mit laufendem Motor. Schwarzhaarige Männer sprangen vom Trittbrett und holten mit schnellen Schritten die Mülltonnen, die brav aufgereiht neben dem Gebäude standen. Erneut war Mahtab gezwungen Platz zu machen. Offenbar stand sie allen Leuten im Weg.

Sie musste noch einmal mit Monika sprechen, also zurück zur Elisabethenschule. An der Ecke Fichardstraße/Bornwiesenweg entdeckte sie eine gelbe Telefonzelle und nun war ihr Plan komplett. Wie ferngesteuert rief sie auf Station 3 an und meldete sich krank. Oberschwester Erika gab sich keine Mühe, ihren Ärger zu verbergen. Ihr „Gute Besserung" am Ende des Telefonats klang wie eine Verwünschung. Mahtab war es egal. Sollen sie mich doch rausschmeißen, dachte sie. Sie hatte erst ihren Mann verloren, dann ihre Tochter und wenn es so weiter ging, hätte sie bald auch keine Arbeit mehr.

An der Schule angekommen, positionierte sie sich vor dem Eingangsportal und wartete. Jetzt, da sie wusste, was sie wollte, konnte sie sich gedulden. Es tat sich nicht viel am Schultor, kaum jemand kam oder ging. Erst um Viertel nach zwölf verließ ein Schwung Schülerinnen das Gebäude. Monika war nicht dabei. Um eins läutete die Schulglocke erneut, und diesmal ergoss sich ein Menschenstrom auf die Straße. Monika war nirgends zu entdecken. Nach und nach verzogen sich die Schülermassen, Ruhe kehrte ein und Mahtab stand wieder allein vor dem Schultor.

„Nanu, Frau Hamidzadeh, Sie sind ja immer noch hier?"

Der Rektor trat auf sie zu.

Ja, sie wolle noch einmal mit Monika, einer Klassenkameradin ihrer Tochter, sprechen. Sie sei Azadehs beste Freundin. Vielleicht könne sie ihr weiterhelfen.

„Monika Bierstein?"

„Ja, das ist ihr Nachname, glaube ich. Das Mädchen mit den roten Haaren."

„Ja, sicher. Das ist eine gute Idee", bestätigte Doktor Feist.

„Sie ist aber nicht herausgekommen. Vielleicht hat sie noch Unterricht."

„Nein, heute findet kein Unterricht mehr statt."

Der Rektor sah sie nachdenklich an, als läge ihm eine Frage auf der Zunge.

„Kann ich noch etwas für Sie tun?"

„Nein, danke, Herr Doktor."

„Ja, dann", sagte Feist, dem es offenbar schwerfiel weiterzugehen. „Informieren Sie mich bitte umgehend, sobald Sie etwas erfahren." Er lüftete seinen Hut. „Und grüßen Sie Ihren Mann."

‚Bierstein' stand fünfmal und ‚Birstein' zweimal im Telefonbuch. So, wie der Rektor den Namen ausgesprochen hatte, müsste er mit „ie" geschrieben werden, wie das Bier. Also konzentrierte sie sich darauf.

Sie holte ihr Kleingeld hervor und wählte die erste Nummer. Niemand hob ab. Bei der zweiten Nummer meldete sich ein Mann. Er kannte keine Monika.

Bei der dritten Nummer nahm eine Frau ab, eine Familie Bierstein wohnte dort nicht mehr.

Ein Schlag gegen die Telefonzelle ließ sie zusammenfahren. Ein Langhaariger in einem verschlissenen armeegrünen Parka gestikulierte aufgeregt und rief etwas, was sie nicht verstand. Schließlich tippte er auf seine Armbanduhr, er hatte es also eilig. Sie auch.

Der vierte Bierstein war schlecht gelaunt, sie hatte ihn wohl geweckt. Eine Monika gab es bei ihm ebenfalls nicht.

Von draußen rief der Gammler: „Andere Leute wollen auch telefonieren."

Der Kerl war jung, bemerkte sie nun, er könnte ihr Sohn sein. Warum sich Männer neuerdings die Haare wachsen ließen wie Frauen, war ihr ein Rätsel. Dieser hier schien außerdem nichts von Wasser und Seife zu halten. Mahtab trat aus der Telefonzelle und hielt ihm die Tür auf. Jetzt, da sie ihm gegenüberstand, wirkte er harmlos. Er sagte sogar „Danke".

Gleich nach dem ersten Klingeln summte die Haustür. Beim Aufstieg in den zweiten Stock blickte ihr von oben ein faltiges Gesicht entgegen, offenbar neugierig darauf zu erfahren, wer sich da wohl zu ihr verirrt hatte. Frau Bierstein war sehr alt, mit ihren Glupschaugen und der leicht gebogenen Nase sah sie aus wie eine Eule. Nein, Monika sei nicht zu Hause, erklärte die alte Dame.

„Aber kommen Sie doch herein. Bis sie kommt, mache ich uns eine gute Tasse Kaffee."

Mahtab seufzte erleichtert. Sie hatte sich aufs Geratewohl zur Grillparzerstraße 18 begeben, der Adresse des im Telefonbuch erstgenannten Bierstein, dorthin wo niemand ihren Anruf beantwortet hatte. Da der U-Bahnbau die Eschersheimer Landstraße in eine klaffende Wunde verwandelt hatte, musste sie sich auf Umwegen per Straßenbahn und Bus durchschlagen. Auf dem Weg hatte sie sich vorgestellt, wie Amin darüber den Kopf schütteln würde. Auf diese Weise verausgabst du dich, noch bevor du einen Zipfel von Monika zu greifen bekommst, würde er sagen. Und sie würde antworten, was soll ich denn sonst machen? Du warst ja nicht da.

An der gesuchten Adresse fand sie einen weiß verputzten Altbau. Der Zaun war frisch gestrichen und der Vorgarten gepflegt. Hier wohnten ordentliche Leute. Die Gegend kam ihr bekannt vor.

Die Wohnung war riesig, bestimmt doppelt so

groß wie die ihrer Familie. Die Decken waren hoch und die Fenster groß genug, um sogar an einem trüben Wintertag genug Licht hereinzulassen. Das Haus mochte alt sein, die Einrichtung war modern. Die Möbel waren in braun, olivgrün und orange gehalten. Das Herzstück des Wohnzimmers war unbestritten der Fernsehschrank, auf den alle Sessel ausgerichtet waren. Ihr gefiel das Möbelstück, es schien überaus praktisch, wer wollte, konnte die Schiebetüren zuziehen, der Apparat verschwand und übrig blieb eine Kommode. So viel war klar, dies war nicht die Wohnung der alten Dame. Das bestätigte Frau Bierstein auch sogleich ungefragt. Ihr Sohn sei mit seiner Frau an die Riviera gefahren und sie kümmere sich in der Zeit um Monika. Übergangslos kam sie auf ihre Lebensumstände zu sprechen. Sie wohne schon lange allein. Ihr Mann sei noch im letzten Kriegsjahr gefallen. Den Russlandfeldzug habe er überlebt, der Gefangenschaft sei er entgangen, um am Ende kurz vor Berlin mit einem Loch in der Brust im Dreck liegen zu bleiben. Und dann sei auch ihr sechzehnjähriger Sohn eingezogen worden. Doch der war Gott sei Dank unbeschadet heimgekehrt. „Und jetzt", klagte sie, „sehe und höre ich monatelang nichts von ihm. Nur, wenn er etwas von mir will, meldet er sich."

Das tue ihr leid, versicherte ihr Mahtab. Sie hatte offenbar eine verborgene Quelle angebohrt, und nun sprudelten all die Worte hervor, für die es sonst keine Ohren gab.

Frau Bierstein schien es nicht im Geringsten zu interessieren, was diese Besucherin eigentlich von ihrer Enkelin wollte. Sie fragte nichts und Mahtab kam ohnehin nicht zu Wort, um es ihr zu erklären. Die Frau begann wieder vom Krieg zu erzählen, und Mahtab ließ sie reden. Irgendwann musste Monika ja auftauchen.

Als es an der Haustür klingelte, schreckte sie auf. Die dahin plätschernde Stimme ihrer Gastgeberin hatte sie schläfrig gemacht. „Herrgott noch mal! Ich habe dieser Göre schon tausendmal gesagt, sie soll ihren Schlüssel mitnehmen. Aber egal, was man redet, es geht zu dem einen Ohr rein und zum anderen wieder raus."

Die alte Dame mühte sich aus dem Sessel und versprach ihrem Gast, gleich weiterzuerzählen.

Mahtab sah endlich Land. Sie legte sich die Worte zurecht, die sie an Monika richten würde. Dieses Mal würde sie ein Taxi nehmen, um zu Azadehs Adresse zu gelangen, entschied sie.

Mit einem Lächeln auf den Lippen kam Frau Bierstein zurück ins Wohnzimmer, hinter ihr Amin. Er schien etwas Nettes gesagt zu haben und sie rief: „Wie reizend."

Mahtab sprang auf.

„Was machst du denn hier?"

Sich selbst fragte sie, ob er ihr womöglich heimlich gefolgt war. Nein, entschied sie sogleich. Amin würde niemals mit Straßenbahn und Bus fahren.

„Und du? Warum bist du nicht im Krankenhaus?"

„Ich habe mich krankgemeldet. Woher weißt du, wo Monika wohnt?“

„Vom Schulrektor natürlich.“

„Natürlich.“

Was bin ich für eine Idiotin, dachte sie.

„Sie kennen sich?“, staunte die Alte.

„Das ist meine Frau“, erklärte Amin.

„Was ist hier eigentlich los?“

Für einen Moment verschlug es selbst Frau Bierstein die Sprache. Sie sagte gar nichts mehr und sah sie abwechselnd an.

Amin erklärte ihr die Lage. Die Gastgeberin hörte gespannt zu. Es war wie immer - kaum betrat Amin einen Raum, wurden die Rollen neu verteilt, dachte Mahtab. Er musste immer das Wort führen, er konnte gar nicht anders. Mit donnernder Stimme erzählte er von ihrer verzweifelten Suche nach ihrer Tochter. Dabei legte er einen wilden Ritt hin, bei dem er eine sprachliche Hürde nach der anderen niederriss, sich nicht im Geringsten darum kümmerte und weiter über Stock und Stein der deutschen Grammatik stolperte.

So bekam keiner von ihnen mit, wie Monika die Wohnung betrat.

„Was is’n hier los?“

Amin begrüßte die junge Frau freundlich und entschuldigte sich für den Überfall. Er bat sie Platz zu nehmen, als sei er der Gastgeber. Sodann zündete er sich umständlich eine Zigarette an, nahm einen kräftigen Zug und versank für einen Augenblick in die Betrachtung des Zigarettenrauchs. Monika wurde sichtlich unruhig.

„Well“, sagte Amin schließlich und wechselte ins Englische. Mahtab wusste, jetzt hatte ihr Mann etwas wirklich Wichtiges mitzuteilen und wollte sicher gehen, verstanden zu werden. Sie selbst fühlte sich mit einem Mal in einen fremdsprachigen Film versetzt. Ihre Englischkenntnisse gingen kaum über ‚*How do you do*?‘ und ‚*Bye-bye!*‘ hinaus. Die junge Frau indessen lehnte sich vor und runzelte die Stirn, als strenge es sie maßlos an, dem Vortrag dieses Ausländers zu folgen. Amin legte schließlich eine Pause ein, schaute Monika eindringlich an und erwähnte beiläufig den Namen des Schulrektors.

„Okay, okay. Ich schreibe Ihnen die Adresse auf. Aber Sie haben das nicht von mir, ja? Das müssen Sie mir versprechen.“

Als sie vor dem Haus standen, wollte Mahtab wissen, wie er es geschafft habe, dem Mädchen Azadehs Adresse zu entlocken.

Er habe der jungen Frau den Stellenwert der Familie, die Sorge der Eltern um ihre Kinder und die Bedeutung von Freundschaft erläutert, sagte er. Letzteres habe er weiter ausgeführt. Freunde trügen immer Verantwortung füreinander, Freundschaft sei nicht einfach nur Gefolgschaft und Treue dürfe niemals blind sein. Wenn Azadeh etwas zustoße, dann sei Monika mitverantwortlich, habe er ihr verdeutlicht. Ob sie mit damit leben könne? „Na ja, dann habe ich ihr Grüße von ihrem Schulrektor ausgerichtet. Auch Herr Doktor Feist erwarte von ihr die Bereitschaft zur Mithilfe."

„Das mit dem Rektor hast du doch erfunden", sagte Mahtab und hakte sich bei ihm ein. Gemeinsam gingen sie zum Auto.

23

Azadeh behauptete, es gehe ihr gut. Die Ringe unter den Augen, die strähnigen Haare und die zerknitterten Kleider erzählten jedoch eine andere Geschichte. Die Person, die ihnen soeben die Tür geöffnet hatte, ähnelte nur entfernt der attraktiven jungen Frau, die sie noch vor Kurzem gewesen war. Mahtab drückte sie an sich und hielt sie lange fest.

Das Zimmer, die ganze Wohnung bestand nur aus diesem einen Zimmer, befand sich direkt unter dem Dach. Die wenigen Möbel, ein ordentlich gemachtes Bett, ein mit Papieren überladener Schreibtisch, ein Bücherregal und ein massiver Kleiderschrank pressten sich aneinander, die Dachschräge ließ ihnen keine andere Wahl. Unter der Gaube streckte sich ein halbvertrockneter Gummibaum der Wintersonne entgegen. An der Wand hingen Plakate mit den Konterfeis von Che Guevara und Mao-Tse-Tung. Aus dem Wasserhahn tropfte es in ein angeschlagenes Emaille-Waschbecken. Die sanfte Stimme einer Frau sang von *loneliness* und *love*. Mahtab sah sich um und entdeckte ein Tonbandgerät, das einfach auf dem Fußboden abgestellt war.

„Was ist das hier?", fragte Amin wie ein Reisender, der sich jählings am falschen Ort wiederfindet.

„Wie meinen Sie das?"

„Mit wem haust du hier?" Bei der Begrüßung noch hatte er ihr Gesicht in die Hände genommen, sie auf die Stirn geküsst und leise ein Gebet gemurmelt. Nun wurde sein Ton scharf, was Azadeh vollends erstarren ließ. Ein in die Enge getriebenes Reh stand seinem Jäger gegenüber. Amin war in zwei Schritten am Waschbecken und hob den Becher mit den zwei Zahnbürsten hoch.

„Was bedeutet das?"

Nun erstarrte Mahtab.

„Und das?" Jetzt hielt er einen Rasierpinsel in die Höhe.

Mahtab schlug sich auf den Mund.

Aus Azadehs Gesicht war jegliche Farbe gewichen.

„Ich höre." Amin sprach leise. Immer wenn er zornig war, senkte er die Stimme. Er ließ seine nun eiskalten Augen an ihr auf- und abwandern. Die Kinder kannten diese Art von Verachtung, mit der er sie bestrafte, nur allzu gut. Er hatte nie die Hand gegen sie erhoben, sein vernichtender Blick und ein paar gezischte Worte genügten, um sie auf Kurs zu bringen.

Azadeh weinte stumm.

„Antworte!“, schrie nun Mahtab, schob sich an Amin vorbei und stellte sich dicht vor ihre Tochter. „Was tust du hier?“

„Ich wohne hier mit meinem Freund.“

„Ach ja? Einfach so?“ Sie hatte es geahnt, die ganze Zeit. Die Zeichen waren unübersehbar gewesen. Das Make-up, der Minirock, die Antibabypille.

Sie rückte noch näher an Azadeh heran. Nun berührten sich fast ihre Nasenspitzen.

„Bist du dir selbst so wenig wert? Verschenkst du dich an den Erstbesten, der dir über den Weg läuft? Du ruinierst dein Leben.“

Azadeh hob nur ihre Augenbrauen. Ihr wissender Blick ließ Mahtab erschaudern. Sie wich zurück.

Amin begriff Gott sei Dank nichts. Er legte den Arm um Mahtabs Schulter. „Beruhige Dich, mein Schatz. Wir bringen das schon in Ordnung.“

An seine Tochter gewandt, fragte er: „Wer ist dieser Freund? Wie heißt er und was macht er?“

„Sein Name ist Wolfgang und er studiert Medizin.“

„Wie alt ist er?“

„Zweiundzwanzig.“

Was bildete sich diese Göre ein, sie so anzusehen, ärgerte sich Mahtab. Sie hatte sich nichts vorzuwerfen. Mehr als eine Tasse Kaffee, ein Brötchen und ein paar Worte waren da nicht gewesen, und das war eine Ewigkeit her. Ihre Tochter aber befand sich auf dem direkten Weg in die Gosse.

„Wie konntest du nur?“, brach es erneut aus

Mahtab heraus.

Amin küsste sie auf die Wange. „Lass mich nur machen, mein Schatz."

Zu Azadeh sagte er in ruhigem, aber unmissverständlichem Ton, sie hätten vorerst genug erfahren, sie würden später in Ruhe darüber sprechen. Und natürlich wolle er auch diesen Wolfgang kennenlernen, aber alles zu seiner Zeit. Jetzt solle sie einfach nur ihre Sachen packen.

War das alles?, fragte sich Mahtab. Azadeh log sie an, lief von zu Hause weg, lebte mit einem Kerl zusammen, schlief offensichtlich mit ihm, und Amin wollte nichts weiter tun, außer demnächst mit ihr darüber zu reden? Wie gut, dass die Verwandtschaft von alledem nichts mitbekam, dachte sie. Ihre Eltern hätten keine Sekunde verstreichen lassen, so wie an jenem Tag, als Mahtab von Mutter an den Ohren aus dem Zimmer gezogen und sie von Vater gezüchtigt worden war.

Es hatte harmlos angefangen. Ihre Geschwister waren noch in der Schule gewesen, die Hausangestellte war in der Küche beschäftigt und Mutter hatte sich hingelegt. Als es an der Haustür klopfte, öffnete sie. An der Türschwelle stand Amin Agha, begrüßte sie mit einem Lächeln und trat ein, als würde er erwartet. Sie wagte nicht zu fragen, was er wollte. Das tat man nicht. Also bat sie ihn ins Wohnzimmer, machte Tee und setzte sich etwas verlegen zu ihm. Mutter würde sicherlich gleich aufstehen. Noch nie war sie mit ihm allein gewesen. Mit klopfendem Herzen reichte sie ihm Tee und Gebäck. Er aber fing gleich an zu scherzen und brachte sie zum Lachen. Dann fragte er, wie es ihr in der neuen Schule gefalle. Nachdem Mutter erfahren hatte, dass an staatlichen Schulen auch Mädchen am Sportunterricht teilzunehmen hatten, musste Mahtab die Privatschule von Shokuffeh Chanum besuchen. Dort würde sie vor moralischen Anfechtungen sicher sein.

Shokuffeh Chanum, die Rektorin, sei eine schwarze Tonne, erzählte Mahtab. Obwohl nur junge Mädchen an ihrem Koranunterricht teilnahmen, legte sie den Tschador nie ab. Vielleicht war das auch der Grund, warum sie so schwitzte und sich von Zeit zu Zeit die Stirn mit einem weißen Taschentuch abtupfte. Mahtab fragte sich, ob die Frau krank war. Sicherheitshalber versuchte sie Abstand zu ihr zu halten. Schaute sie in das runde und vor Schweiß glänzende Gesicht, konnte sie in einer Mischung aus Ekel und Faszination den Blick nicht mehr von der enormen Warze direkt neben der Nase wenden. Sobald die Rektorin aber den Mund aufmachte, um zu sprechen, wandte sich Mahtab ab. Zwischen den dicken Lippen dieser Frau spann sich ein Speichelfaden, und sie konnte nicht hinsehen, ohne dass ihr schlecht wurde. Meistens sah Shokuffeh Chanum die Schülerinnen gar nicht an, sondern las laut aus dem Koran vor. Dabei machte sie einen Buckel und wiegte sich vor und zurück, wodurch ihr Vortrag einen eigentümlichen Rhythmus annahm. Bei aller äußeren Hässlichkeit musste Mahtab zugeben, dass die Rektorin eine angenehme Stimme hatte, tief und melodisch. Die Schönheit der arabischen Sprache, der Rhythmus der Deklamation und der wohlige Klang behagten ihr und entführten sie in eine andere Welt. Wenn es dabei geblieben wäre, hätte sie keinen Grund zur Klage gehabt. Aber von Zeit zu Zeit stoppte sie, schaute auf und hob zu einer langatmigen Interpretation der jeweiligen Suren an. Mahtab gewöhnte sich an, auf die rechte Schulter der Frau zu schauen, um sich den Anblick des widerlichen Speichelfadens zu ersparen.

Amin Agha lachte schallend, als sie ihm das alles erzählte. Dann holte er ein Stück weißes Papier aus seiner Jackentasche, zauberte einen Stift hervor und schrieb rasch ein paar Zeilen.

„Hör zu, wie findest du das:
Zwei Nasen hat sie im Gesicht
Sie ist eine Lehrerin von Gewicht
Doch wehe, sie öffnet den Mund
das erträgt kein Hund
An ihren Lippen klebt die Spucke
und bildet eine Brucke
Schaue ich hin, ist es um mich geschehen
Es nutzt kein Klagen und kein Flehen
Wer kann, sucht das Weite
Oder blickt zur Seite."

Mahtab hielt sich vor Lachen den Bauch.

„Geben Sie mir das“, japste sie. „Das muss ich den Mädchen in der Schule zeigen.“

„Nein, das geht nicht.“

„Bitte, warum denn nicht?“

„Unmöglich.“ Er stand auf und hielt den Zettel in die Höhe, woraufhin Mahtab lachend aufsprang und versuchte, ihn Amin Agha zu entreißen. Dabei stolperte sie und fiel in seine Arme. Just in diesem Moment flog die Zimmertür mit einem Knall auf und ihre Mutter stand in voller Größe vor ihr.

„Schluss damit. Sofort.“

Mahtab gefror das Blut in den Adern. Mit zwei Schritten war Mutter bei ihr, griff ihr Ohrläppchen und zog sie aus dem Zimmer, quer über den Hof und die Stufen zur Vorratskammer hinunter. Dort unten versetzte sie ihr einen Stoß und schloss die Tür ab. Da erst, in dem dunklen Kämmerchen, wurde ihr bewusst, was geschehen war, und dass es nicht folgenlos bleiben würde.

Die Zeit verstrich, die feuchte Kälte des Kellerraums drang durch ihr dünnes Kleid, und es war gespenstisch dunkel. Sie hatte Hunger, aber aus Angst vor Schlangen wagte sie nicht, sich zu bewegen. Viel Platz war ohnehin nicht in dem Kämmerchen, und wirklich Essbares gab es dort auch nicht, außer vielleicht eingelegte Gurken, Marmelade oder Würfelzucker. Mit dem Rücken an ein Regal gelehnt verharrte sie und betete, Gott und ihre Eltern mögen ihr vergeben. Die Zeit verging und nichts geschah. Immer wieder erschien das Bild von Amin

Agha vor ihrem inneren Auge, sie erinnerte sich, wie sie gegen ihn gefallen war, ihre Brüste an seinem festen Körper gespürt hatte. Sofort verdrängte sie die unzüchtigen Gedanken und begann von Neuem zu beten.

Nach einer halben Ewigkeit hörte sie, wie jemand die Stufen herunterkam. Die Tür wurde aufgeschlossen und Vater erschien mit einer Petroleumlampe in der einen Hand. In der anderen hatte er einen Ledergürtel. Mahtab biss sich vor Schreck auf die Zunge. Vater setzte in aller Ruhe die Lampe auf dem Boden ab, machte mit dem Kopf eine Drehbewegung, woraufhin sie ihm den Rücken zuwandte. Sie schloss die Augen und bedeckte mit beiden Händen ihr Gesicht.

Der Gürtel sauste pfeifend auf ihren Rücken herab. Die Hiebe folgten in schneller Folge. Bei jedem Schlag wurde ihr Kopf gegen die Einweckgläser im Regal gedrückt. Mahtab biss sich auf den Daumen, gab aber keinen Ton von sich. Der Schmerz nahm sie in Besitz, wurde eins mit ihr. Sie schmeckte das Blut ihres wund gebissenen Daumens. Alles wurde schwarz.

Als sie wieder zu sich kam, herrschte noch immer erbarmungslose Dunkelheit. Ihr Rücken stand in Flammen. Sie war tatsächlich in der Hölle gelandet. Mutter hatte es ihr schon oft angekündigt, wenn sie eine ihrer Anweisungen missachtet hatte. Jetzt war es so weit. Der Boden, auf dem sie lag, war kalt und hart. Aber sie durfte nicht aufstehen, denn bei der kleinsten Bewegung stieß ihr Satan ein glühendes Eisen ins Kreuz. Also blieb sie liegen, ungewiss, was von ihr erwartet wurde. Niemand sprach zu ihr, und sie wagte es nicht, die Stimme zu erheben.

Später, ihr war jegliches Zeitgefühl abhandengekommen, spürte Mahtab eine wohltuende Wärme und schlug die Augen auf. Sie erblickte die vertrauten Blumenmuster des Teppichs und die roten Sitzkissen. Durch die geschlossenen Vorhänge drang das Sonnenlicht. Sie lag auf einer weichen Matratze auf dem Bauch. Mutter rieb ihr den Rücken mit einer nach Kräutern duftenden Salbe ein und summte dabei ein Kinderlied.

Jeder hatte eine eigene Methode, sie zu traktieren. Ihr Bruder bevorzugte die Faust, Mutter kniff ihr in die Innenseite ihrer Oberschenkel, dort, wo die Haut am zartesten war, und Vater nahm den Gürtel. Vielleicht war sie schon die ganze Zeit in der Hölle gewesen, ohne es zu ahnen.

Azadeh stopfte, ohne zu widersprechen, ein paar Sachen in ihre Tasche, viel war es ohnehin nicht. An der Türschwelle meinte sie, etwas vergessen zu haben. Doch anstatt ein Kleidungsstück oder ein Buch zu holen, schrieb sie hastig ein paar Zeilen auf einen Zettel und legte ihn gut sichtbar auf das Bett. Mahtab schnappte sich das Papier und steckte es in ihre Handtasche.

„Mit diesen Spielchen ist jetzt Schluss."

„Na, erlauben Sie mal. Das geht zu weit."

„Du wirst diesen Wolfgang nicht wiedersehen."

„Ich werde mich doch wohl noch verabschieden dürfen."

Azadeh schmiss ihre Tasche auf den Boden und sah sie herausfordernd an. Mahtab spürte, wie sich auch in ihr etwas verschob. Ihre Wut verrauchte und übrig blieb Ratlosigkeit.

„Nein. Keine Mätzchen mehr", antwortete sie lahm.

Im Treppenhaus wurde sie von Amin auch noch belehrt: „Das war nun wirklich nicht nötig."

Das hätte er besser bleiben lassen. Sie verfluchte ihn innerlich. Doch dann sagte er etwas, das ebenso typisch für ihn war.

„Alles wird gut."

Auch nach zwanzig Jahren Ehe verfehlten diese magischen Worte nicht ihre Wirkung. Sie musste zugeben, es hätte schlimmer kommen können. Erstens, sie hatten ihre Tochter gefunden. Vor wenigen Stunden noch hätte sie alles dafür gegeben, nun schien es schon selbstverständlich zu sein. Zweitens, der junge Mann studierte Medizin, kam also offenbar aus gutem Hause. Drittens, Azadeh war, auch wenn es für eine Ausreißerin ungewöhnlich war, weiterhin zur Schule gegangen. An dieser Stelle aber fiel Mahtab ein: Der Schulrektor hatte gesagt, das Mädchen habe sich vor ein paar Tagen krankgemeldet. Warum? Aber das zu klären, hatte Zeit. Und viertens schließlich, womöglich liebte sie den Jungen wirklich. In diesem Punkt war sie sich nicht sicher, ob das ein gutes oder schlechtes Zeichen war.

Im Auto sprach niemand ein Wort. Azadeh saß auf dem Rücksitz, so wie damals als kleines Kind.

„So, da wären wir", sagte Amin wenig später und verlangsamte das Tempo. „Die Jungen hole ich später bei Frau Rose ab."

„Was?"

Mahtab schreckte aus ihren Gedanken auf. Sie fuhren auf ihr Haus zu.

„Aber…"

Er setzte den Blinker, um einzuparken.

„Die Jungen werden sich freuen. Die Familie ist endlich wieder zusammen. Die Renovierungsarbeiten sind abgeschlossen." Er lachte.

„Sind sie das?"

„Es wird Zeit, mit diesem Theater aufzuhören."

„Und Ursula?"

„Sie ist unwichtig", sagte Amin leise, fast flüsternd. „Das ist jetzt nicht der richtige Zeitpunkt, so etwas zu besprechen." Er deutete eine Kopfbewegung nach hinten an.

Ein Wort von ihm würde genügen. Mahtab wäre bereit, ihm zu verzeihen. Ihr blieb ohnehin nichts anderes übrig, als zu ihm zurückzukehren. Sie mussten Azadeh unter Kontrolle behalten. Das konnten sie nur gemeinsam. Entglitt ihnen die Älteste, gäbe es kein Halten mehr, dann würde Abbas bald folgen.

„Den Eindruck hatte ich nicht. Weiß Gott nicht!"

Amin seufzte.
„Bitte, Mahtab. Nimm Vernunft an. Wir haben drei Kinder."
„Wem sagst du das?"
Ein kalter Luftzug streifte ihren Nacken. Sie schlug ihren Mantelkragen hoch.
„Die Jungen brauchen ihren Vater und Azadeh eine starke Hand. Du schaffst das doch gar nicht allein."
Er hatte natürlich recht. Die Last war zu groß für sie. Sie hatte keine Wahl, hatte nie eine gehabt.
„Na gut", murmelte sie und spürte plötzlich die Müdigkeit von Jahren. Langsam schälte sie sich aus dem Beifahrersitz und wandte sich um.
„Amin?"
„Ja?"
„Wo ist Azadeh?"
Die Rückbank war leer, die Autotür angelehnt. Passanten eilten vorbei, es hatte zu regnen begonnen.

24

Ein schriller Ton zerriss die Nacht. Mahtab saß aufrecht in ihrem Bett und verstand nicht. Das Geräusch verstummte einen Wimpernschlag lang, dann setzte es erneut ein. Sie schaltete die Nachttischlampe an und mit der Helligkeit kam die Erkenntnis. Jemand klingelte Sturm. Hastig warf sie sich ihren Bademantel über und eilte zur Wohnungstür, bevor auch noch Sarah und die Jungen geweckt würden. Sie hörte schwere Schritte auf der Treppe, dann stand Amin vor ihr, unrasiert und bleich. Ihr sonst so korrekt gekleideter Mann trug unter seinem Mantel noch den Schlafanzug.

„Azadeh ist im Krankenhaus. Sie ist in Lebensgefahr."

„Um Gottes Willen", stammelte sie, wollte losrennen, doch ihre Beine versagten ihr den Dienst. Amin fing sie auf und stellte sie wieder hin. Ihr war nicht gut, alles drehte sich.

„Halt mich fest."

Sie ließ sich in seine Arme fallen. In der Küche gab er ihr kaltes Wasser zu trinken. Erst da konnte sie wieder denken.

„Was ist geschehen?"

„Das Markuskrankenhaus hat angerufen. Unsere Tochter sei in der Nacht eingeliefert worden. Es sei sehr ernst, wir sollen sofort kommen."

„Mein Krankenhaus?"

„Ja, ein Doktor Liebich. Kennst du ihn?"

Mahtab ließ sich wie in Trance von Amin beim Anziehen helfen, sich den Mantel um die Schulter legen und die Treppe hinunterführen.

Es war noch keine Woche vergangen, seit Azadeh aus dem Auto geschlüpft und verschwunden war. Als sie den leeren Rücksitz bemerkt hatten, nahmen sie an, ihre Tochter sei nur schon in die Wohnung vorausgegangen. Mahtab betrat zum ersten Mal seit Monaten wieder das einst gemeinsame Zuhause und war erstaunt, wie aufgeräumt und sauber es war. Aha, es bestand ja wohl kein Zweifel, wer hier für Ordnung sorgte. Aber das hob sie sich für später auf.

Amin riss alle Zimmertüren auf, aber Azadeh war nirgends. Erneut stiegen sie ins Auto. Im Schritttempo fuhren sie die Straße und sämtliche Nebenstraßen ab, hielten überall angestrengt die Augen auf, sahen an der Straßenbahnhaltestelle nach, nichts.

Schließlich kehrten sie zu Azadehs Bleibe zurück.

Oben im Dachgeschoss angekommen, klopften sie an, riefen ihren Namen, hielten ihre Ohren an die Wohnungstür, trommelten dagegen. Von drinnen drang kein Laut. Sie setzten sich auf die Treppenstufen und warteten, beschämt über ihren Streit, der Azadeh erneut in die Flucht geschlagen hatte. Die Abenddämmerung setzte ein, und bald konnten sie einander nur noch schemenhaft sehen. Das Kommen und Gehen der Hausbewohner nahm allmählich ab, Stille kehrte ein, ab und zu unterbrochen von gedämpften Fernsehgeräuschen.

„Du riechst so gut", sagte Amin in die Dunkelheit hinein.

Mahtab wunderte sich. „Das ist mein übliches Parfüm, das benutze ich seit Jahren."

„Nein, du duftest anders."

„Das bildest du dir nur ein."

Amin schnupperte an ihrem Hals. „Ich liebe dich."

„Und Ursula?"

„Ursula hat gekündigt."

„Aha, so nennst du das."

„Ich habe mich entschieden, auf den Umbau des Ladens zu verzichten. Du hattest recht, es war keine gute Idee."

„Und das Darlehen?"

„Habe ich nie in Anspruch genommen."

„Das hat ihr wohl nicht gefallen?"

„Ach, wer weiß schon, was in den Köpfen von Frauen vor sich geht", murmelte er.

Mahtab versuchte sich vorzustellen, was da geschehen war. Hatten sie sich gestritten? Diese Person hatte ihn also verlassen. Und jetzt besann er sich auf seine Ehefrau. Wie praktisch, zwei Frauen zu haben, fiel eine aus, konnte der Mann auf die andere zurückgreifen.

„Für mich gab es immer nur dich. Komm zurück zu mir."

Er nahm ihre Hand, sie riss sich los.

Nein, das war zu billig. Wenigstens eine Erklärung, eine Entschuldigung, einen Schwur, es nie wieder so weit kommen zu lassen, hatte sie verdient. Das hatte Sarah auch gesagt. Ihre Freundin meinte, Amin müsste erst einmal auf Normalmaß schrumpfen, damit sie sich überhaupt in die Augen sehen könnten. Das sei nämlich bisher nie der Fall gewesen. Die Schuld gab Sarah ihr. Sie habe ihn überhöht. Mahtab widersprach. Er war zehn Jahre älter. Als sie ihn heiratete, war sie siebzehn und er schon ein erfahrener Mann, der schon so manche Herausforderung des Lebens gemeistert hatte. „Aber du holst ihn ein", hatte die Freundin gesagt und ihre Wange getätschelt. „Lass dir nichts mehr gefallen, von niemanden."

Amin lehnte sich gegen das Treppengeländer, holte sein Zigarettenetui hervor und fischte sein Feuerzeug aus der Hosentasche.

„Hier wird nicht geraucht", zischte sie.

Er nickte und steckte wieder alles der Reihe nach ein.

„Du glaubst, einfach so alles rückgängig machen zu können? Als wäre nichts gewesen?“

„Ich war verblendet. Aber ich habe sie nie berührt, das kannst du mir glauben.“

Wie ein Film lief vor ihrem inneren Auge noch einmal alles ab: das Picknick am Badesee, das entsetzliche Abendessen in der Wohnung dieser Ursula, Amins Ankündigung sie am Geschäft zu beteiligen und schließlich wie die fremde Frau frühmorgens aus IHREM Badezimmer kam… Nein, sie konnte ihm nicht glauben. Da war mehr, viel mehr.

„Wolltest du dich von mir scheiden lassen und sie heiraten?“, fragte sie und spürte die Wut in sich aufsteigen.

„Aber nein!“

„Lüg nicht!“, schrie sie ihn an, „sag endlich die Wahrheit. Das wenigstens habe ich doch verdient.“

Unten wurde geräuschvoll eine Tür aufgerissen.

„Ruhe da oben!“

„Sag was“, flüsterte sie nun.

„Nein, ich wollte mich nie von dir scheiden lassen. Wie kommst du darauf?“

„Was wolltest du dann? Zwei Frauen haben?“

„Hör zu. Ich war verwirrt. Aber verlassen wollte ich dich nie.“

„Ach ja? Und rein zufällig bietet dir diese Frau ein zinsloses Darlehen an und du bist bereit, sie zur Teilhaberin zu machen?“

„Das war ihre Idee. Ich hätte nicht darauf eingehen sollen.“

„Die Frau hat dich geangelt, wie einen Fisch."

„Aber nicht so, wie du denkst."

Leider doch, dachte Mahtab.

„Und du hast sie nie berührt?"

„Nie."

„Schwörst du das?"

„Bei Gott!"

Ach, was nutzte so ein Schwur schon.

„Und bei der Nächsten, die dir gefällt, fängt es von vorne an. Ich mache das nicht mehr mit."

„Es wird keine Nächste geben."

„Und die Rothaarige damals?"

„Da war gar nichts. Wir haben uns nur unterhalten."

„Nur unterhalten?"

„Aber ja."

„Schwörst du das auch?"

Amin seufzte. „Ach, Mahtab."

„Fahr mich zurück zu Sarah."

Im Auto wartete sie auf ein erlösendes Wort von ihm, eine Brücke, über die sie gehen und die sie zu ihm zurückführen würde. Doch da kam nichts, er schien in seine eigenen Gedanken vertieft zu sein. In der Straßenbahn hätte sie sich nicht einsamer gefühlt als jetzt neben ihm im Auto. Je näher sie der Finkenhofstraße kamen, desto unruhiger wurde sie. Mit dem Hausschlüssel in der Hand wartete sie darauf, endlich anzukommen. Keine Sekunde länger ertrug sie dieses Schweigen.

Amin fuhr in eine Parklücke, zog die Handbremse, und noch bevor Mahtab aus dem Auto herausspringen konnte, legte er seine Hand auf ihr Bein.

„Warte."

„Ich muss nach oben. Die Jungen fragen sich schon, wo ich bleibe."

„Dein Gehalt ist nicht eingegangen. Es ist seit einer Woche überfällig. Kannst du dir das erklären?"

„Können wir das bitte morgen besprechen?"

Sie hatte jetzt nicht die Kraft, auch noch darüber zu streiten. Sie mussten sich auf die Suche nach ihrer Tochter konzentrieren.

„Das kam noch nie vor. Was ist da los? Frag doch bitte bei der Krankenhausverwaltung nach."

Ach, es war auch egal. Irgendwann musste sie es ihm ja doch sagen, entschied Mahtab.

„Mein Gehalt ist ordnungsgemäß eingegangen…"

„Nein, ist es nicht. Das sag ich doch."

„…auf meinem eigenen Bankkonto."

„Was?"

„Jawohl."

„Ich verstehe nicht."

„Ich habe ein eignes Konto eröffnet."

„Was fällt dir ein? Willst du endgültig das Tischtuch zwischen uns zerschneiden? Hat dir die alte Hexe diesen Floh ins Ohr gesetzt? Bist du wahnsinnig?"

„Nein, eine moderne Frau. Das wolltest du doch immer aus mir machen."

Mahtab nutzte den Moment der Verblüffung und stieg aus. Der Nachmittag hatte eine unerwartete Wendung genommen, ihre Laune hatte sich schlagartig aufgehellt. Das musste sie gleich Sarah erzählen. Bevor sie ins Haus verschwand, drehte sie sich zu ihm um. Amin saß wie versteinert da, den Blick auf die Straße gerichtet.

Am nächsten Tag nahmen sie gemeinsam die Suche wieder auf, als sei nichts geschehen. Amin erwähnte ihr Bankkonto nicht, und auch sie verlor kein Wort darüber. Erneut fuhren sie zu der Dachwohnung. Von den Nachbarn war nichts zu erfahren, die meisten kannten die jungen Leute nicht einmal. In der Schule wurde Azadeh nicht mehr gesehen, der Rektor hatte sie bereits von der Abiturprüfung ausgeschlossen. Auch Monika schien dieses Mal tatsächlich nicht zu wissen, wo sich ihre Freundin aufhielt. Von ihr erfuhren sie wenigstens den Nachnamen des jungen Mannes. Doch auch das half nicht weiter. Wolfgang Maier war ein Allerweltsname, jeder vierte Deutsche schien so zu heißen.

Jetzt bat sie die Nachtschwester Platz zu nehmen, der Arzt käme gleich. Mahtab kannte die Kollegin nicht, sie musste neu sein. Wenig später kam Doktor Liebich herein, ernst und übernächtigt, ganz Arzt. Er gab ihnen die Hand und wandte sich an Amin. Mahtab war froh, dass er sie nicht beachtete.

„Danke, dass Sie so schnell gekommen sind. Ihre Tochter, nun, ich kann es Ihnen leider nicht ersparen, hat eine unsachgemäße Abtreibung vornehmen lassen. Sie hat sehr viel Blut verloren. Ihr Zustand ist ernst."

Mahtab entwich ein Klagelaut und Tränen schossen ihr in die Augen. Amin drückte sie an sich. Dr. Liebich betrachtete die leere Wand.

„Wie ernst?", fragte Mahtab.

„Als Ihre Tochter hier eintraf, hatte sie bereits sehr viel Blut verloren. Etwas später und wir hätten nichts mehr für sie tun können."

Liebich gewährte ihnen einen nur kurzen Blick auf ihre Tochter. Die schwarzen Haare verteilten sich auf dem Kopfkissen, jegliche Farbe war aus ihrem Gesicht gewichen, klein und zerbrechlich lag sie da, die Augen geschlossen. Würde sich die Bettdecke nicht unmerklich heben und senken, hätte Mahtab sie für tot gehalten. Amin beugte sich herab, um sie auf die Stirn zu küssen. Der Arzt fasste ihn behutsam am Arm und schüttelte den Kopf.

Draußen im Gang räusperte er sich.

„Da… ist noch eine Sache. Sie wissen, dass Abtreibung strafbar ist. Wir sind daher leider gezwungen, die Polizei zu verständigen. Wundern Sie sich also bitte nicht, wenn die Beamten mit Ihnen Kontakt aufnehmen."

„Kein Polizei!", entfuhr es Amin, der angesichts dieser Bedrohung alle Diplomatie fahren ließ.

Mahtab warf Liebich einen schnellen Blick zu und zog ihren Mann zur Seite.

„Lass mich das machen, ich kenne mich hier

besser aus. Ich rede mit ihm", flüsterte sie ihm zu.

„Du?"

„Ja, ich."

Mahtab nahm sich vor, keinesfalls nachzugeben. Amin sah sie an. Seinem Blick war nichts zu entnehmen, außer Staunen.

„Lass uns bitte einen Moment allein."

„Ich soll gehen?"

„Ja. Nur kurz."

Amin schüttelte dem Arzt die Hand und dankte ihm. Dann ging er, wie es seine Art war, mit energischen Schritten davon.

Mahtab sah dem Arzt in die Augen und berührte leicht seine Hand. „Bitte, Hans! Keine Polizei."

Liebich nickte langsam.

„Danke, Hans. Wie ist meine Tochter hierhergekommen?"

„Der Rettungsdienst hat sie gebracht. Ein junger Mann war bei ihr."

Mahtab bedankte sich nochmals herzlich, indem sie Hans Liebich leicht berührte und wandte sich zum Gehen, sie wollte diese kompromittierenden Vertraulichkeiten keinesfalls ausweiten.

„Frau Hamidzadeh", rief Liebich ihr hinterher.

„Ja?"

„Ihre Tochter ist eine willensstarke junge Frau, sie wird es schaffen."

Der Arzt warf einen Blick auf seine Armbanduhr, und ehe sie sich versah, verabschiedete er sich und eilte davon.

Mahtab ließ sich auf einen der Plastiksitze in dem langen Krankenhausflur nieder und schloss die Augen. In welcher Hölle war sie gelandet? Wenn Azadeh starb, wollte sie auch nicht mehr leben. Sie würde zum Hauptbahnhof fahren und sich vor einen einfahrenden Zug werfen. Wichtig war, nicht zu zögern, einfach zu springen, sich zu sagen „jetzt" und dann war es auch schon vorbei. Es würde nur sehr kurz sehr wehtun. Weniger als fünf Sekunden, schätzte sie. Ein brutaler Aufprall und dann das erlösende Nichts. Nein, schalt sie sich, was sollten diese Gedanken? Sie musste sich um Abbas und Hamid kümmern. Was sollte aus den Jungen werden ohne Mutter? Es gab kein Entkommen. Als Mutter hatte sie schon einmal versagt, ein zweites Mal würde es nicht geben. Sie würde ihren beiden Söhnen beistehen in dieser schrecklichen Welt.

Ein Luftzug strich gegen ihre Wange, sie hörte ein Schnaufen und roch Amins Aftershave. Sie lehnte, ohne die Augen zu öffnen, ihren Kopf an seine Schulter, er legte seinen Arm um sie.

Azadeh war ihr von allen drei Kindern am nächsten, vielleicht weil sie ein Mädchen war, und ihre Erstgeborene. Sie war ihr in vielem ähnlich und doch so ganz anders. Azadeh mied die große Bühne. Bei Familienfeiern unterhielt sie sich die ganze Zeit über nur mit ein oder zwei Gästen. Wenn niemand dabei war, den sie interessant fand, beobachtete sie lieber die anderen anstatt um jeden Preis Gesellschaft zu suchen. So war sie selbst auch, dachte Mahtab. Azadeh plapperte nicht drauflos wie ihr Bruder Abbas, sondern dachte nach, bevor sie sprach. Was sie sagte, so unsinnig es manchmal auch war, hatte sie sich vorher genau überlegt. Über gute Witze konnte sie Tränen lachen, selbst welche erzählen, das lag ihr nicht. Oh, sie war durchaus gesellig, aber eben auf die stille Art. Leute neigten daher dazu, sie zu unterschätzen. Sie wurden schnell eines Besseren belehrt, denn Konflikten ging Azadeh grundsätzlich nicht aus dem Weg, darin unterschieden sie sich und dafür bewunderte Mahtab ihre Tochter, wenn sie ehrlich war. Azadeh stritt nicht nur für sich, sondern auch für andere, wenn ihr etwas ungerecht vorkam. Sie hatte früh gelernt, Verantwortung zu übernehmen. Das lag wohl daran, dass sie nicht nur in der Familie, sondern auch in der Schulklasse das älteste Kind war.

Als sie 1957 nach Deutschland kamen, war Azadeh elf Jahre alt. In Teheran hatte sie die fünfte Klasse besucht, in Frankfurt wurde sie in die dritte eingestuft, weil sie erst noch Deutsch lernen musste. Sie war das einzige ausländische Kind in der ganzen Schule und genoss ihre Sonderrolle. Ihre Klassenkameradinnen waren zwei Jahre jünger als sie, was in dem Alter fast schon einem Generationsunterschied gleichkam. Egal, über was die Kleinen staunten, lachten oder weinten, Azadeh hatte es schon erlebt. Sie musste gar nicht viel tun, um schon bald in der Klasse den Ton anzugeben. Zu Hause passte sie auf Abbas auf und entlastete Mahtab, die sich so besser um den neugeborenen Hamid kümmern konnte. Später, als Mahtab ihre Krankenschwesterausbildung begann, kümmerte sich die Sechzehnjährige um beide Brüder. Ohne ihre Tochter hätte sie ihre Ausbildung gar nicht machen können, dachte Mahtab. Azadeh hätte bestimmt gerne öfter ihre Freundinnen getroffen, stattdessen musste sie für den neunjährigen Abbas das vorgekochte Mittagessen warm machen, ihm bei den Hausaufgaben helfen und nachmittags Hamid aus dem Kindergarten abholen. Sie tat es ohne Murren. Wenn Mahtab abends erschöpft nach Hause kam, fand sie die Wohnung aufgeräumt vor. Alles war gut. Doch vor ein, zwei Jahren begann sich ihre Tochter zu verändern.

„Wie konnte uns Azadeh so entgleiten?", fragte Mahtab ihren Mann.

„Lass uns nach vorne schauen. Alles wird gut." Amin drückte sie an sich.

„Im Iran wäre das nicht passiert." Mahtab trocknete sich die Tränen.

„Im Iran wäre sie früher oder später im Gefängnis gelandet. Man hätte sie gefoltert und umgebracht, wenn sie sich auf kommunistische Studenten eingelassen hätte."

„Warum hätte sie das tun sollen?"

„Warum hat sie es hier getan?“

Amin streichelte ihre Haare. „Versuch ein wenig zu schlafen.“

Sie traute Amin tatsächlich zu, in einer solchen Lage zu schlafen, auf einem harten Plastikstuhl in dem langen sterilen Krankenhausflur, die Tochter in Lebensgefahr. Nein, sie musste wach bleiben. Solange sie an Azadeh dachte, war sie ihr nah.

„Von unseren drei Kindern hatte sie es am Schwersten, als wir nach Deutschland kamen. In Teheran war sie Jahrgangsbeste in der Schule und hatte jede Menge Freundinnen, sie war ein kleiner Star. Aus all dem haben wir sie herausgerissen und hier ins kalte Wasser geworfen“, griff sie den Gesprächsfaden wieder auf.

„Sie hatte es am Schwersten von den dreien, ist aber als Stärkste hervorgegangen. Sie hat einen starken Willen.“

„Genau das sagte Doktor Liebich auch.“

„Woher will der das wissen?“

Das fragte sich Mahtab auch. Sie hätte Liebich nicht erwähnen sollen. Sie zuckte die Schultern, als hätte sie mit diesem Mann nichts zu tun.

„Was hast du denn vorhin mit ihm gesprochen?“

„Ich habe ihn gebeten, nicht die Polizei zu verständigen.“

Amin richtete sich auf und sah sie an.

„Kennst du ihn genauer?“

„Er ist unser Oberarzt.“ Rasch fügte sie hinzu: „Weißt du noch, wie du gleich in den ersten Tagen nach unserer Ankunft in Frankfurt eine Schule für sie gefunden hast?"

„Wie könnte ich das vergessen." Er lehnte sich wieder zurück und drückte sie an sich.

Am Ende nickte auch Mahtab ein. Das regelmäßige Atmen und leise Schnarchen ihres Mannes schläferten sie ein. Sie lief mit der kleinen Azadeh an der Hand am Main entlang, die Sonne schien und die Blumenbeete waren frisch bepflanzt. Das Mädchen hüpfte auf und ab, es war ganz aufgeregt.

„Wann kommt endlich das Baby?", fragte es und zeigte auf Mahtabs kugelrunden Bauch.

„Schon bald, es dauert nicht mehr lange."

„Wird es ein Junge oder ein Mädchen?"

„Das weiß nur der liebe Gott. Was wünschst du dir denn?"

„Ein Mädchen."

Azadeh drückte das Ohr an ihren Bauch und rief: „Hallo, du da drinnen, hörst du mich?"

Mahtab lachte und strich ihr zärtlich über den Kopf.

Da blieb ihre Tochter mit einem Mal stehen, schaute zu ihr auf und fragte: „Ist das eigentlich Ihr Baby oder meins?"

„Hallo, Herr Hamidzadeh? Frau Hamidzadeh?"

Sie schlug die Augen auf. Vor ihnen stand Doktor Liebich. Sie versuchte festzuhalten, was ihr Azadeh eben noch im Traum gesagt hatte. Es war wichtig.

Amin erhob sich.

„Herr Doktor?“

„Der Zustand Ihrer Tochter hat sich stabilisiert. Wir müssen nun Geduld haben. Sie können unbesorgt nach Hause gehen und sie morgen besuchen.“

Amin reichte ihm die Hand und bedankte sich wortreich. Liebich nickte begütigend und warf Mahtab einen Blick zu, bevor er sich wieder zurückzog.

„Danke“, rief sie ihm hinterher.

Amin nahm ihre Hand, gemeinsam durchschritten sie den langen Krankenhausflur. Azadeh lebte, sie lebte.

Der Mercedes, der in der Nacht noch einsam unter einer der wenigen Laternen gestanden hatte, war nun umstellt von anderen Autos. Amin kurbelte das Fenster herunter und zündete sich eine Zigarette an.

„Gib mir auch eine.“ Mahtab war so aufgeregt, vielleicht half das.

Er schaute sie verwundert an, hielt ihr sein Zigarettenetui hin und gab ihr Feuer.

„Das ist deine erste, nicht wahr?“

„Hhmm.“

Sie nahm einen kräftigen Zug und blies den Rauch genüsslich aus.

„Du siehst aus, als hättest du schon immer geraucht.“

„Das muss in den Genen liegen. Meine Mutter rauchte wie ein Schlot.“

„Stimmt. Oder besser: qualmte wie ein feuerspeiender Drache."

Mahtab lächelte traurig. Der Marathonlauf war noch nicht zu Ende, sie mussten ihre Kräfte gut einteilen. Amin wirkte erschöpft. Unrasiert, mit Ringen unter den Augen – in dieser Nacht war ihr Mann um Jahre gealtert. Sie warf ihre halb aufgerauchte Zigarette aus dem Autofenster und nahm ihn in die Arme. An ihrer Wange spürte sie etwas Feuchtes.

„Alles wird gut", sagte sie. Das waren eigentlich immer seine Worte gewesen.

„Mahtab, so können wir nicht weitermachen. Wir sind es unseren Kindern schuldig."

„Ich weiß." Sie hielt ihn fest. Die Zeit stand still, nichts war mehr wichtig, außer dem Überleben ihrer Tochter. Ich hätte mehr mit Azadeh sprechen sollen, warf sich Mahtab vor, geduldiger sein müssen. Nun lasteten die verpassten Gelegenheiten auf ihrer Seele. Was gäbe sie dafür, die Zeit zurückdrehen.

„Was geschehen ist, tut mir unendlich leid", unterbrach Amin die Stille.

Mahtab horchte auf.

„Die Sache mit Ursula war von Anfang an ein

Missverständnis", fuhr er fort. „Sie ist mir so fremd geblieben wie ein ferner Kontinent."

„Wenn sie die Richtige gewesen wäre, hättest du mich verlassen", stellte sie nüchtern fest.

„Nein. Es gibt keine Richtige außer dir.

Von deinem Kleidersaum zieh ich

Die Hand nicht ab,
magst gegen mich das scharfe
Schwert du ziehn!
Nicht Zuflucht und nicht Obdach
Hab ich außer dir."

Seine Stimme klang fast demütig, als er diesen Vers von Saadi deklamierte.

Das hatte er schön ausgedrückt. Vielleicht wird doch noch alles gut, dachte Mahtab und antwortete mit Saadi:

„*War zwischen uns das Band der*
Lieb und Treu nicht?
Doch du zerrissest es und schienest
Mich zu hassen!
Ganz ließ ich los die Welt und band
Mein Herz an dich.
Ach, wie vermochtest du, so schnell
Mich zu verlassen?
Wenn du Versöhnung willst, so komm,
oh komm zurück!"

„Du hast etwas vergessen", murmelte Amin und vollendete den Vers:

„*Mit größter Liebe noch werd' ich*
Dich jetzt umfassen!"

Mahtab lächelte nachsichtig, als ob sie ihren Saadi nicht kenne. Aber sie konnte nicht so tun, als sei nichts geschehen, noch nicht. Ihre Gedanken wanderten wieder zu Azadeh. Es beruhigte sie, nur einen Herzschlag von ihrer Tochter entfernt zu sein. Sie ist in guten Händen, sagte sie sich. Neben ihnen fuhr ein Auto weg, andere rollten auf den Parkplatz. Unter ihren Rädern knirschte der Kies. Autotüren wurden geöffnet und zugeschlagen, das Geräusch sich entfernender Schritte. Ärzte und Krankenschwestern begaben sich zur Spätschicht. Jetzt erst bemerkte Mahtab, dass es schon Nachmittag war. Es wurde Zeit, nach Hause zu gehen, zu Sarah und den Jungen.

25

Mahtab ließ sich von Amin umarmen, er küsste sie auf den Mund und sagte wie bezaubernd sie sei, dann war er weg. Vom Küchenfenster aus sah sie ihm zu, wie er langsam zu seinem Mercedes ging, er war nachdenklicher geworden. Seit einem Monat wohnte die Familie nun wieder zusammen. Die Abtreibung hatte alles verändert. Was spielte diese Geschichte mit Ursula da noch für eine Rolle? Amin war Mahtab gegenüber aufmerksam, machte ihr Komplimente, schenkte ihr Blumen und half ihr sogar, nach dem Abendessen das Geschirr abzuräumen. Im Bett schmiegte er sich jede Nacht an sie, flüsterte ihr schöne Worte ins Ohr, aber sie murmelte eine Entschuldigung und drehte ihm den Rücken zu. „Ein anderes Mal", sagte sie und wusste, dass es das so bald nicht geben konnte. Er nahm es hin, beschwerte sich nicht, war vielleicht einfach nur froh, dass sie wieder da war.

Und sie? Von dieser Frau ging keine Gefahr mehr aus, das glaubte sie ihrem Mann. Aber Deutschland war voller Ursulas, und wer garantierte ihr, dass Amin vor der nächsten gefeit war?

Noch an dem Tag, an dem sie zu Azadeh ins Krankenhaus geeilt waren, hatte Mahtab die Koffer gepackt. Sarah hatte auch ohne Worte verstanden. „Ich weiß, mein Kind“, hatte die Freundin gesagt, noch bevor Mahtab zu einer Erklärung angesetzt hatte. Zum Abschied gab Sarah den Jungen eine große Tüte Zimtbällchen mit, die sie bei ihr so gerne gegessen hatten, und nahm ihnen das Versprechen ab, sie einmal die Woche zu besuchen. Abbas und Hamid gelobten feierlich, ihre neue Oma niemals zu vergessen und wichen ihr nicht von der Seite, bis Amin eintraf, um sie abzuholen. Zwei Wochen später wurde Azadeh aus dem Krankenhaus entlassen, und die Familie war wieder vereint.

Azadehs Zustand hatte sich nur langsam gebessert. Sie musste sich weiterhin schonen. Die Ereignisse der letzten Wochen hatten tiefe Spuren hinterlassen. Die junge Frau sprach kaum noch. Wie ein waidwundes Tier verkroch sie sich. Mahtab ließ sie nicht allein, versuchte für sie da zu sein, wenigstens jetzt. Sie machte sich unablässig Vorwürfe, hatte die Warnsignale bemerkt und war doch zu sehr mit ihren eigenen Problemen beschäftigt gewesen. Sie hätte ihre Tochter besser beschützen müssen.

Sie sehe überall nur noch Kinder, vertraute sich ihr die junge Frau eines Tages unter Tränen an und drückte sich an ihren Busen, so wie sie es als kleines

Mädchen getan hatte. Als könne sie dadurch allen Schaden von ihr abwenden, hielt Mahtab ihre Tochter fest umschlungen. Der Minirock, das Make-up, die frechen Bemerkungen, all das täuschte darüber hinweg, wie verletzlich sie doch war.

„Es war nur ein kleiner blutiger Klumpen“, murmelte Azadeh, „sah noch gar nicht aus wie ein Mensch.“

Mahtab schauderte. Von jetzt an würde sie die Jahre zählen, die ihr nie geborenes Enkelkind haben würde. Seit jener Nacht, in der sie mit Amin ins Krankenhaus geeilt war, schlief sie schlecht. Nein, sagte sie sich und versuchte den Kopf wieder über Wasser zu bekommen. Sie durfte sich nicht verlieren in diesem Kummer, ihm gehörte bereits die Nacht, den Tag würde sie ihm nicht überlassen.

Mahtab strich ihrer Tochter sanft über den Kopf.

„Wunden brauchen ihre Zeit, um zu heilen, meine Kleine. Je tiefer, desto länger. Das sehe ich im Krankenhaus jeden Tag aufs Neue. Mit unseren Narben müssen wir leben.“

Azadeh schluchzte auf, löste sich behutsam aus der Umklammerung und gab ihr einen Kuss auf die Wange.

26

Die Wochen vergingen und Amin drängte, Azadeh müsse wieder zur Schule gehen, um im kommenden Jahr das Abitur nachzuholen. Er hatte ja recht, dachte Mahtab, aber zuallererst musste Azadeh diesen Wolfgang heiraten. Das Unglück war zwar nicht wiedergutzumachen, aber wenigstens sollte die junge Frau nicht ihre Zukunft verbauen. Mahtab war fest entschlossen und würde in dieser Sache keinen Widerspruch dulden, auch nicht von Amin. Sie musste eine Gelegenheit finden, um in Ruhe mit ihm zu reden, ohne dabei auf die gespitzten Ohren der Kinder achten zu müssen.

Nach dem Schwimmen machte Mahtab sich auf den Weg zu Amins Laden. Ihre Haarspitzen waren noch nass, aber sie würden bald an der Luft trocknen. Sie war zufrieden mit sich. Mittlerweile hatte sie ihre Angst vor dem tiefen Wasser überwunden und kam gut vorwärts, auch wenn die Schwimmlehrerin sie gelegentlich noch korrigierte. Amin hatte sie zunächst irritiert angestarrt, als sie ihm davon erzählte. Doch dann fand er zu seinem Fortschrittsglauben zurück, lobte sie überschwänglich und kündigte an, ebenfalls schwimmen lernen zu wollen. Als sie ihm ihren Badeanzug vorführte, umfasste er ihre Taille und zog sie an sich. Er sei so stolz auf sie, flüsterte er ihr ins Ohr. Sie war sich aber nicht sicher, was ihn mehr begeisterte, der Schwimmkurs oder ihr Badeanzug.

An der Konstabler Wache stieg sie aus der Straßenbahn und genoss es, den Rest des Weges zu Fuß zu gehen. Die Tage wurden heller, die Bäume grüner und die Menschen freundlicher. Es war Frühling. Mahtab lief durch den Bethmannpark und bewunderte die Tulpen und Narzissen, die Krokusse und Stiefmütterchen. Sie nahm sich vor, den Balkon zu bepflanzen. Azadeh könnte ihr dabei helfen, so wie früher.

Das *Kaufhaus Europa* wirkte von außen unverändert. Drinnen aber waren die Waschmaschinen und andere große Haushaltsgeräte verschwunden. Das Sortiment war bescheidener geworden, genauso wie der Ladenbesitzer. Das tat beiden gut, fand Mahtab. Die Ära der Buchhalterin war endgültig zu Ende.

Herr Ziaolhaq strahlte über das ganze Gesicht, als er Mahtab kommen sah.

„Wie schön, dass Sie uns nach so langer Zeit wieder einmal die Ehre erweisen, gnädige Frau", begrüßte er sie.

Und auch Mahtab freute sich, den treuen Mitarbeiter wiederzusehen. Wie es die Höflichkeit gebot, erkundigte sie sich ausführlich nach dem Befinden seiner Eltern, und Herr Ziaolhaq fragte nach Azadeh, Abbas und Hamid. Amin saß in seinem Büro am Schreibtisch und verfolgte konzentriert die Nachrichten des Londoner Exilsenders. Der Empfang auf seinem Kurzwellenempfänger war wie üblich schlecht, und sie wunderte sich, wie er die kratzige, mal lauter und leiser werdende Stimme des Nachrichtensprechers überhaupt verstand. Erst als sie direkt vor ihm stand bemerkte er sie und schaltete das Radio aus.

„Mahtab!"

Dann sah er an ihr herab und bewunderte ihren neuen Übergangsmantel. Er stünde ihr ausgezeichnet, erklärte er fachmännisch. Früher hatte er ihr nie Komplimente für ihre Kleidung gemacht. Im Gegenteil, er hatte allzu deutlich gezeigt, wie altbacken er ihren Stil fand. Mahtab lächelte in sich hinein und zog den Mantel aus. Sie fühlte sich wie eine begehrte Frau. Amin bestellte bei seinem Mitarbeiter Tee und Gebäck.

„Ich bin gekommen, um mit dir über Azadehs Zukunft zu sprechen."

„Ach so", murmelte Amin und ließ sich in den Sessel fallen.

„Es wird allerhöchste Zeit, dass das Mädchen heiratet. Wir müssen ihr Leben in geordnete Bahnen lenken."

Amin zündete sich eine Zigarette an und nahm ein paar tiefe Züge, bevor er antwortete.

„Natürlich soll sie heiraten, aber nicht jetzt und nicht den erstbesten Langhaarigen, der ihr über den Weg gelaufen ist. Das Wichtigste ist jetzt ihr Abitur."

„Gilt dir die Ehre deiner Tochter denn gar nichts?"

„Doch, natürlich."

„Wir können diese Schmach nicht auf sich beruhen lassen."

„Mahtab, bitte, da wächst Gras drüber. Würden wir im Iran leben, würde ich dir recht geben. Aber hier in Deutschland kümmert das später niemanden."

„Mich wird es verfolgen, solange ich lebe."

„Willst du, dass unsere Tochter die Schule abbricht? Wir sind nach Deutschland gekommen, damit aus unseren Kindern etwas Besseres wird. Hast du das vergessen?"

„Nein, natürlich nicht."

„Na also. Mach dir keine Sorgen. Das kommt schon alles ins Lot."

Amin streichelte ihre Wange. Mahtab zog ihren Kopf zurück. So schnell gab sie nicht auf. Es ging ihm nicht nur um das Abitur, da steckte mehr dahinter.

„Du bist doch nur gegen die Heirat, weil du diesen Wolfgang nicht leiden kannst."

Im Grunde gefiel ihr der junge Mann genauso

wenig. Seine Haare waren viel zu lang und seine Kleidung schlampig. Wolfgang hatte vom ersten bis zum letzten Tag an Azadehs Krankenhausbett gesessen. Das ja. Aber immer trug er diesen entsetzlichen armeegrünen Parka und darunter stets den immer gleichen ausgeleierten Pullover. Die Krankenschwestern machten ihre Witze über den Gammler, wie sie ihn nannten. Mahtab hatte versucht, mit ihm ins Gespräch zu kommen. Allzu viel erfuhr sie aber nicht. Der junge Mann war entweder von Natur aus wortkarg oder einfach schüchtern. Sie hätte sich weiß Gott einen anderen Schwiegersohn gewünscht, aber nun hatte ihnen das Schicksal diesen Menschen zugeführt. Es wurde Zeit, seine Eltern kennenzulernen.

„Ich will keinen Kommunisten in unserer Familie haben“, bestätigte Amin.

„Wie kommst du darauf, dass er Kommunist ist?“

„Das sieht man diesen Typen doch an. Wie die rumlaufen. Glaub mir, ich kenne mich aus.“

Ihre Tochter an der Seite eines Kommunisten kam natürlich nicht infrage. Andererseits, er war noch jung. Ihr Cousin war als Student auch mal Kommunist gewesen, jetzt besaß er ein Immobilienimperium in London. Nichts blieb, wie es war.

„Wir zwingen ihn einfach, zum Friseur zu gehen und sich anständig anzuziehen“, schlug sie vor.

„Ach, Mahtab.“

„Und er muss versprechen, kein Kommunist

mehr zu sein."

Amin schmunzelte.

„Und wir sorgen dafür, dass Azadeh nach der Hochzeit weiterhin zur Schule geht und das Abitur macht. Ja?"

„Ich werde darüber nachdenken."

Das war das Höchstmaß an Zustimmung, das Mahtab erwarten durfte. Amin würde ihr niemals sofort beipflichten. Einen letzten Vorbehalt musste er immer noch geltend machen, er, das Oberhaupt der Familie. Aber eigentlich war es ein Ja. Das wusste sie, und das wusste auch er.

Am nächsten Morgen wartete Mahtab, bis Amin und die Jungen aus dem Haus waren, dann nahm sie sich Azadeh vor. Jetzt da sie genesen sei, müssten sie über ihre Zukunft reden, eröffnete sie das Gespräch. Was geschehen sei, könne man nicht rückgängig machen, doch nun gelte es nach vorne zu blicken.

„Ihr heiratet so bald wie möglich. Wir müssen eben ein bisschen improvisieren und feiern zunächst im kleinen Kreis. Das große Familienfest holen wir später nach."

Mahtab machte eine Pause, um ihrer Tochter Gelegenheit zu geben, etwas dazu zu sagen. Azadeh schwieg.

„Bei deinem Vater und mir war es auch so. Unser großes Hochzeitsfest haben wir erst zwei Jahre später gefeiert. Dein Vater musste noch seinen Militärdienst absolvieren und ich die Schule abschließen. Ich war ja erst fünfzehn."

Azadeh wich ihrem Blick aus.

„Erst zwei Jahre, nachdem wir geheiratet hatten, zogen wir zusammen. Bis dahin habe ich noch bei meinen Eltern gelebt."

Die Verwandtschaft hatte sich das Maul darüber zerrissen, was das für eine Ehe sei, wenn die Brautleute nicht zusammenwohnten. Natürlich wagte keiner, es ihr offen ins Gesicht zu sagen. Sie erfuhr es von vermeintlich Wohlmeinenden, die ihr das Gerede beiläufig vor die Füße kippten wie Müll und hinter scheinheiligen Mienen danach gierten zu sehen, wie sie litt. Doch den Gefallen tat sie ihnen nicht.

„Ihr werdet es genauso machen. Du holst dein Abitur nach und Wolfgang beeilt sich mit seinem Examen. Dann zieht ihr zusammen."

Nachdem Mutter sie in den Armen von Amin Agha überrascht und Vater sie dafür gezüchtigt hatte, war der Mantel des Schweigens über die Angelegenheit gebreitet worden. Sie hätte gerne erklärt, wie sich alles zugetragen hatte, Amins lustiges Gedicht, ihr Lachanfall und alles Weitere. Doch weder Mutter noch Vater kamen noch einmal darauf zurück. Sie hatten ihre Tochter schuldig gesprochen und bestraft. Hinterher taten sie so, als sei nichts geschehen. Nur einmal herrschte Mutter sie an. Was sie sich erlaube, jetzt auch noch so dämlich zu grinsen. Erst da wurde ihr klar, dass sie weder Reue noch Wut verspürte, sondern etwas ganz anderes, für das sie keine Worte fand. Amin war schon lange nicht mehr zu Besuch gekommen. Natürlich wagte sie es nicht, ihre Eltern zu fragen, warum.

Als Mutter sie eines Tages losschickte, um in den umliegenden Läden Obst und Gebäck zu kaufen, schöpfte sie Hoffnung. Später wurde sie angewiesen, die Wassermelone aufzuschneiden, sodann die Trauben, Granatäpfel, Feigen und Pfirsiche auf einer großen Schale aufzutürmen, Pistazien und Gebäck bereitzustellen und schließlich Wasser in den Samowar zu füllen. Das war ungewöhnlich viel Aufwand für den Besuch von Amin Agha, aber wer weiß, vielleicht hatten die Eltern ihn zusammen mit anderen Verwandten eingeladen. Mahtab rückte die Pistazien in den Mittelpunkt und das Gebäck etwas nach hinten, denn Amin liebte Salziges, während er sich wenig aus Süßem machte, das hatte er ihr selbst einmal erzählt. Zufrieden betrachtete sie das Arrangement. Das Klopfen an der Haustür ließ sie zusammenfahren. So früh hatte sie nicht mit dem Besuch gerechnet, sie hatte keinen Schleier umgelegt und trug immer noch ihre Schlappen. Ihr Bruder rief über den Hof, er würde schon aufmachen und Mahtab verschwand in das Zimmer, das sie mit ihrer Schwester teilte. Dort blieb sie mitten im Raum stehen und griff sich an ihr Herz.

„Was hast du denn?“, fragte die Jüngere.

Mahtab ignorierte sie, nahm den Handspiegel

und betrachtete sich. Ihre Wangen waren leicht gerötet. Aber das war eher von Vorteil, sagte sie sich. Und die Haare würde Amin ohnehin unter dem Schleier kaum zu sehen bekommen.

„Was ist denn los mit dir?", bohrte ihre Schwester weiter.

„Ach, lass mich in Ruhe."

Sie zog ihre guten Schuhe an, legte den Schleier um und schaute ein letztes Mal in den Spiegel, bevor sie sich nach draußen begab.

Als sie Amin Agha erblickte, wurde ihr heiß. In den letzten Wochen hatte sie unentwegt an ihn gedacht. Er sah noch besser aus, als sie ihn in Erinnerung hatte, stellte sie fest. Neben ihm saß ein älterer Herr mit Glatze und markanten Gesichtszügen. Auch er war westlich gekleidet, trug einen Anzug mit Krawatte.

Vater räusperte sich.

„Darf ich Ihnen meine Tochter Mahtab vorstellen?", sagte er zu dem Glatzkopf.

Der Gast nickte ihr wohlwollend zu. Es sei ihm eine Freude, sagte er. Herr Hamidzadeh habe ihm schon viel von ihr erzählt. Amin Agha spricht mit anderen Leuten über mich, dachte sie und konnte es nicht glauben.

„Und dies ist Herr Badr, ein väterlicher Freund Amin Aghas."

Was war ein väterlicher Freund?, fragte sie sich. Diesen Begriff hatte sie noch nie gehört.

„Guten Tag, mein Herr. Willkommen in unserem Haus“, sagte sie mechanisch.

Mutter fand wohl, der Höflichkeit sei Genüge getan und bat Mahtab, Tee zu servieren. Danach könne sie sich zurückziehen.

Nachdem sie den Tee gebracht hatte, bezog sie draußen im Gang ihren Horchposten. Doch kaum hatte sie sich in Position gebracht, wurde die Wohnzimmertür geschlossen. Dies geschah selten und hatte sicher etwas zu bedeuten. Enttäuscht hockte sie sich an das Wasserbecken und schaute den Goldfischen zu. Sie fragte sich, ob Amin und dieser Herr noch zum Abendessen bleiben würden. Zeit zum Kochen war noch reichlich. Die Hausangestellte werkelte auch bereits in der Küche herum. Beim Essen müsste sie sich einen guten Platz sichern, am besten ihm gegenüber, beschloss sie.

„Mahtab?“

Mutter stand neben ihr und rief sie herein. Sie wollten mit ihr reden.

Kaum saß sie, räusperte sich Vater.

„Mein liebes Kind“, begann er gravitätisch. „Amin Agha hat um deine Hand angehalten.“

Vater legte eine Pause ein und sah ihr in die Augen. Die Information sickerte in Mahtabs Gehirn. Noch bevor sie einen klaren Gedanken fassen konnte, fuhr er fort.

„Möchtest du seine Frau werden? Unseren Segen hättest du. Amin ist für mich wie mein eigener Sohn. Einen besseren Ehemann kann ich mir für dich nicht vorstellen. Aber denk in Ruhe darüber nach, wir wollen nichts überstürzen."

Alle Blicke waren nun auf sie gerichtet. Mahtab wusste nicht, wohin mit sich. So unauffällig wie möglich schob sie einen Arm unter den Tschador und zwickte sich. Die Situation war unverändert, also träumte sie nicht. Sie war doch nur Mahtab, fünfzehn Jahre alt und ging bei Frau Shokuffeh in die Schule. Und sie sollte die Frau dieses Gentleman werden?

Mahtab lächelte. Alles wird gut, sagte sie sich.

„Warum lädst du Wolfgang nicht mal ein? Er ist schließlich so etwas wie dein Verlobter."

Azadeh schaute etwas gequält. Was hatte sie bloß?

„Er soll am Sonntag zum Mittagessen kommen. Hörst du?"

Sie würde *Choreschte Fesendjan* kochen. Sie hatte noch Granatapfelmark übrig und müsste nur noch Hähnchen und Walnüsse besorgen. Reis und Safran hatte sie ohnehin genügend auf Vorrat. Die Deutschen liebten dieses Reisgericht. Dazu würde sie Kräuterpfannkuchen, Frikadellen und ein zweites Reisgericht zubereiten, *Choreschte Ghormesabsi* würde gut dazu passen. Getrockneten Bockshornklee hatte sie auch noch in ausreichender Menge. Spinat und verschiedene Kräuter musste sie noch kaufen.

„Ich kann ihn ja mal fragen."

Vielleicht war das doch etwas übertrieben, dachte Mahtab. Das war schließlich nur ein junger Mann, der zu Besuch kam. *Choreschte Fesendjan* und Kräuterpfannkuchen müssten reichen. Und Salat, und Kompott zum Nachtisch selbstverständlich.

„Gut, dann wäre das ja geklärt."

„Er ist nicht mein Verlobter."

„Ist schon klar. Nach allem, was geschehen ist, wäre das auch eine Untertreibung. Trotzdem wollen dein Vater und ich ihn gerne kennenlernen. Schließlich wäre er der Vater deines Kindes geworden, wenn du nicht…"

Sofort bereute sie, was sie gesagt hatte.

„Ich wollte nicht abtreiben. Sie haben mich dazu gezwungen."

„Ich? Ich soll dich gezwungen haben abzutreiben?" schrie Mahtab.

„Na klar", erwiderte Azadeh kühl. „Sie haben mir die Pille weggenommen, und dann ist es passiert."

„Was?" Diese Unverschämtheit verschlug ihr die Sprache. Die Göre verdrehte die Tatsachen und warf sie ihr an den Kopf.

„Jedenfalls werden wir ganz bestimmt nicht heiraten."

Azadeh warf mit einer Kopfbewegung ihre Haare nach hinten. Je mehr sich Mahtab aufregte, desto ruhiger wurde ihr Ton. „Wieso muss man eigentlich heiraten? Männer und Frauen können doch auch so zusammenleben. Die bürgerliche Ehe zementiert nur die Unterdrückung der Frau. In zwanzig, dreißig Jahren wird kein Mensch mehr heiraten, dann werden alle nur noch in Wohngemeinschaften leben."

„Verschwinde, ich will dich nicht mehr sehen. Du bist eine Schande für die Familie", schrie Mahtab. Sie hätte nie gedacht, so etwas erleben zu müssen.

„Ich habe übrigens alles gesehen an dem Morgen", sagte Azadeh beiläufig.

„Welchen Morgen?"

„Sie wissen schon."

Mahtab biss sich auf die Lippen. Auch das noch.

„Ich habe mit niemandem darüber gesprochen."

Mahtab starrte ihre Tochter an.

„Aber dem Doktor habe ich die Meinung gesagt."

„Wie bitte?"

„Ich bin dann doch noch mal zurückgegangen. Er stand noch am Auto und rauchte."

„Hast du mit ihm gesprochen?"

„Ich habe ihm nur gesagt, er soll meine Mutter in Ruhe lassen, sonst kriegt er es mit mir zu tun."

Azadeh grinste frech, ihre Augen funkelten vor Vergnügen.

„Ach", stöhnte Mahtab plötzlich und krümmte sich. Das Ziehen in ihrem Magen war wieder da.

„Was ist denn, Maman?"

„Lass mich." Sie wehrte die ausgestreckte Hand ihrer Tochter ab. Sie wollte nur noch ihre Ruhe haben. Welch ein Desaster.

27

Mahtab setzte den Blinker, warf einen letzten Blick in den Seitenspiegel, legte den ersten Gang ein und fädelte sich in den frühmorgendlichen Verkehr ein. Sie atmete erleichtert aus. Der Fahrlehrer lobte sie nicht nur, er war begeistert. Sie hatte ihm nicht verraten, dass sie vor einem Jahr bereits zwanzig Fahrstunden absolviert hatte. Und so fuhr sie durch Frankfurt und fühlte sich wie eine moderne Frau.

Nur Sarah war eingeweiht, ihren Kindern hatte sie nichts von ihrem neuen Anlauf erzählt. Sie würden es womöglich Amin verraten, und das wollte sie auf keinen Fall. Irgendwann, wenn sie genug Geld für ein eigenes kleines Auto gespart hatte, sollte er staunen. Er war in letzter Zeit so mager geworden. Sie nahm sich vor, sich mehr um ihn zu kümmern. Die Kinder jedenfalls waren glücklich, wieder bei ihrem Vater zu sein. Abbas wich seinem Vater nicht von der Seite und stellte allen möglichen Unsinn an, um seine Aufmerksamkeit zu erheischen. Hamid bemühte sich ebenso, allerdings auf seine stille Art, indem er den Vater über fremde Länder ausfragte.

Azadeh war wieder zu Wolfgang gezogen. Mahtab waren die Hände gebunden, was sollte sie tun? Sie nahm es zähneknirschend hin. Tatsächlich hatte sich Azadeh für ihre Unverschämtheiten entschuldigt und sie sprachen wieder miteinander. Dahinter steckte Sarah, da war sich Mahtab sicher. Ihre Tochter hatte sich mit der alten Dame angefreundet und besuchte sie oft, setzte sich zu ihr aufs Sofa, trank mit ihr Kaffee und hörte zu, wenn Sarah vom alten Frankfurt, von Istanbul und Kalifornien erzählte. Diese Frau war voller Geschichten, hatte für jede Lebenslage eine Weisheit parat, belehrte die junge Frau nie, stellte aber viele Fragen. Die Antworten gab sich Azadeh selbst.

Amin war davon überzeugt, dass Azadeh und Wolfgang früher oder später heiraten würden. Zu viel Druck schade nur, meinte er. An Wolfgang hatte er nichts mehr auszusetzen, im Gegenteil, er sprach jetzt freundlich über den jungen Mann. Mahtab ahnte, woran es lag. Der Student war bei den Demonstrationen anlässlich des Schah-Besuchs im vorangegangenen Jahr aktiv gewesen und hatte sogar ein Buch über den Diktator gelesen. Damit hatte Amin einen dankbaren Zuhörer gefunden, dem er die neusten Nachrichten des iranischen Exilsenders erzählte. Wie sich herausstellte, war Wolfgang der Sowjetunion gegenüber äußerst kritisch eingestellt, was für Amin Beweis genug war, dass der junge Mann kein Kommunist sein konnte. Auch Mahtab sah ein, dass Azadehs Freund ganz in Ordnung zu sein schien. Hinter der Fassade des radikalen Studenten schimmerte immer mehr seine gute Erziehung durch. Den ausgeleierten Pullover hatte er gegen ein schon in die Jahre gekommenes braunes Tweed-Sakko und einen schwarzen Rollkragenpullover ausgetauscht. Die Kombination trug er nun bei jedem Wetter. Seine Haare waren allerdings immer noch viel zu lang. Das wird auch noch, sagte Amin. Vielleicht hatte er recht.

Mahtab bog auf den Parkplatz des Krankenhauses ein, suchte eine passende Lücke und hielt an.

„Wenn alle Fahrschüler so schnell lernen würden wie Sie, wäre ich bald pleite", meinte der Fahrlehrer lachend.

„Sie übertreiben", kicherte Mahtab verlegen und stieg aus. Es war ein warmer Tag, und sie trug ein neues Sommerkleid, das sie im Kaufhaus Schneider im Schlussverkauf erstanden hatte. Ein leichter Wind ging, und sie strich sich die Haare aus dem Gesicht. Am Haupteingang stand Doktor Liebich und rauchte.

Quellennachweis für das Gedicht von Saadi in Kapitel 24, Seite 306:

Saadi, „Der Rosengarten“ in der Übersetzung von Karl Heinrich Graf – neu bearbeitet, herausgegeben und kommentiert von Dieter Bellmann. Verlag C.H. Beck 1998

Im Sujet Verlag erschienen

Eine Woche, ein Leben
von Nassir Djafari

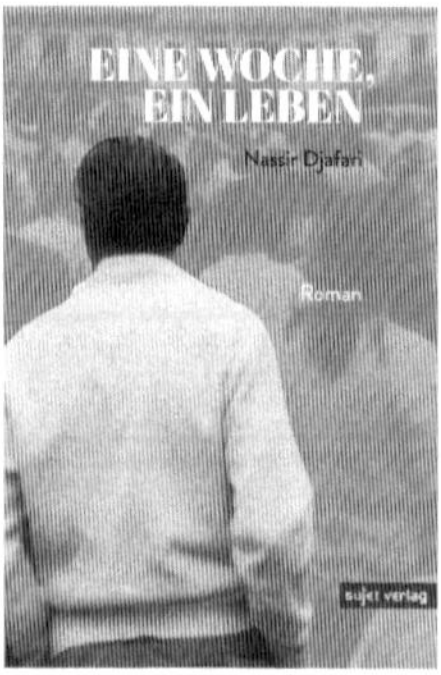

Roman
1. Aufl. 2020; Hardcover
355 Seiten; 24,00 €
ISBN: 978-3-96202-053-8

Kurz nach seinem 18. Geburtstag schließt sich Timm in sein Zimmer ein und verlässt es kaum noch. Hamid bietet alles auf, um seinen Sohn da wieder herauszuholen. Eine gemeinsame Reise nach Peru soll ihre Beziehung zum Besseren wenden. Doch dann geschieht etwas, das ihr Leben grundlegend ändert. Ausgerechnet an Timms 19. Geburtstag verlässt Hamid in der Andenstadt Cusco morgens das Hotel und verschwindet. Timm macht sich in dem fremden Land, dessen Sprache er nicht spricht, auf die Suche nach seinem Vater. Dabei macht er schmerzhafte Erfahrungen und lernt vor allem auch sich selbst besser kennen.

Nassir Djafari, 1952 im Iran geboren, lebt seit seinem fünften Lebensjahr in Deutschland. Er studierte in Frankfurt Volkswirtschaftslehre und war in verschiedenen Funktionen in der deutschen und internationalen Entwicklungszusammenarbeit tätig. Djafari hat zahlreiche Fachartikel und Buchbeiträge über die wirtschaftlichen und politischen Herausforderungen in Entwicklungs- und Schwellenländern verfasst. *Eine Woche, ein Leben* ist sein erster Roman.

An den Regen
von Faribā Vafī

Aus dem Persischen
von Jutta Himmelreich

Kurzgeschichten
1. Aufl. 2021; Hardcover
219 Seiten; 22,50 €
ISBN: 978-3-96202-099-6

In Kurzgeschichten lassen sich, anders als in Romanen, kritische Entwicklungen oder Begebenheiten in der Gesellschaft darstellen, ohne viel erklären zu müssen und dadurch die Aufmerksamkeit der Zensurbehörde zu wecken. Wie auch in ihren Romanen sind die zentralen Themen der Kurzgeschichten Faribā Vafis die intimen Alltagserfahrungen von Frauen, die versuchen, unabhängig von gesellschaftlichen Beschränkungen ihren eigenen Weg zu gehen. Immer wieder behandeln ihre Geschichten Spannungen zwischen Tradition und Progressivität, zwischen Einsamkeit und dem Wunsch nach Unabhängigkeit.

Faribā Vafi wurde 1962 in Tabriz im Nordwestiran geboren. Sie lebt derzeit in Teheran und zählt zu den beliebtesten zeitgenössischen Autorinnen Irans. Iranische Kritiker verorten sie unter den Top 10 der modernen Schriftsteller des Landes. Sie wurde mit dem renommierten Huschang-Golschiri-Preis sowie dem Yalda-Preis ausgezeichnet, außerdem erhielt sie 2017 den LiBeraturpreis für ihr Werk *Tarlan*.

Ungebremst durch Kermanschah
von Maryam Djahani

Aus dem Persischen
von Isabel Stümpel

Roman
1. Aufl. 2021; Hardcover
245 Seiten; ca. 24,80 €
ISBN: 978-3-96202-072-9

Shohre arbeitet in Kermanshah als Taxifahrerin. Während männliche Kollegen und Fahrgäste es zuweilen am nötigen Respekt fehlen lassen, sind Frauen stolz, neben einer Frau am Steuer Platz zu nehmen. Auf ihren Routen hat Shohre immer wieder überraschende Begegnungen und Wortwechsel mit Fahrgästen - sogar mit dem vermeintlichen Mann ihrer Träume. Diese schildert sie auf burschikose, ironische und zugleich sensible Weise. Neben ihrem eigenen klingen diverse andere Frauenschicksale an: So befördert sie eine alte Frau, deren Tochter im Gefängnis sitzt, weil sie sich gegen ihren übergriffigen Chef gewehrt hat; Shohres Nachbarin wurde von ihrem Mann wegen einer jüngeren Frau verlassen. Shohre selbst aber gibt trotz Enttäuschungen nicht auf.

1986 in Kermanshah in eine konservative Familie mit vier älteren Brüdern geboren, musste sich Maryam Djahani ein selbstbestimmtes Leben erst erkämpfen. Noch im Gymnasium begann sie zu schreiben, zunächst Lyrik. Anschließend studierte sie Literaturwissenschaften. Bisher hat sie diesen Roman und einen Band mit Erzählungen veröffentlicht.

Zwischen zwei Türen
von Nasmin Khaksar

Aus dem Persischen
von Thomas Geldner und Gorji Marzban

Kurzgeschichten
1. Auflage 2021; Klappbroschur
Seiten: 212; 15,80€
ISBN: 978-3-96202-087-3

Mit Zwischen zwei Türen präsentiert der Sujet Verlag eine Kurzgeschichtensammlung von dem in der Niederlande im Exil lebenden iranischen Autor Nasmin Khaksar. Die Übersetzer machen es interessierten deutschsprachigen Lesern möglich, in die kunstvollen, tiefgründigen und humoristischen Geschichten einzutauchen. Nasmin Khaksar erzählt in seinen Kurzgeschichten von vielseitigen Schicksalen aus der Fremde. Nachtwandlerisch bewegen sich die Protagonis*innen zwischen den Welten, getrieben vom Wunsch zu verstehen - und verstanden zu werden.

Nasim Khaksar wurde am 1. Januar 1944 in Abadan, Iran geboren. 1968 wurde er wegen politischer Aktivitäten verhaftet und verbrachte acht Jahre im Gefängnis. Bereits 1966 hatte Nasim Khaksar mit dem Schreiben begonnen und veröffentlichte insgesamt 26 Werke in verschiedenen literarischen Gattungen. Nach der Revolution 1979 war der Autor gezwungen den Iran zu verlassen und lebt mittlerweile in den Niederlanden. Seine Werke wurden in zahlreiche Sprachen übersetzt. 1980 erhielt er für sein Buch Wenn die Menschen sich lieben… den Prager Kinder- und Jugendpreis für den besten Jugendroman und 1993 die Auszeichnung durch die Lilian Helmet & Dashiell Hammett Stiftung für freie internationale Autoren.

Denn du wirst dich erinnern

von Mitra Gaast

Roman
1. Aufl. 2017; gebunden mit Schutzumschlag
370 Seiten, 24,80 €
ISBN: 978-3-944201-84-9

Heddy, eine alleinlebende Klavierlehrerin in Berlin, wird von ihrer Freundin Pia ermutigt, nach Jahrzehnten in ihre Heimat Iran zu fliegen. In Teheran folgt sie ihren Erinnerungen an die Sommer ihrer Kindheit und an ihre Jugendliebe – einen Studenten, der das Land verlassen musste, als im November 1979 die amerikanische Botschaft in Teheran besetzt wurde. Das Schicksal wollte nicht, dass Heddys Briefe an ihren Freund ihre Bestimmung erreichten, doch dasselbe Schicksal bringt sie Jahrzehnte später an einen Punkt, von dem aus die Geschichte vielleicht weitergehen könnte …

Mitra Gaast wurde in Teheran geboren und emigrierte mit siebzehn Jahren in die Bundesrepublik. Sie studierte mehrere Jahre Informatik und Mathematik und übte diverse Erwerbstätigkeiten aus.
Sie ist Autorin von Erzählungen und Romanen, veröffentlicht in Anthologien und lebt im Rheinland.

Söhne der Liebe

von Ghazi Rabihavi

Roman
1. Aufl. 2022; Hardcover
ISBN: 978-3-96202-101-6

Gleichgeschlechtliche Liebe im Iran, Aufbegehren gegen überkommene Traditionen und Rollenklischees, Unterdrückung der politischen Opposition, Verfolgung Andersdenkender, die Gefahren der Flucht sowie Ausbeutung und Rechtlosigkeit im erzwungenen Exil, Polizeigewalt, Willkür und Folter – all diese Themen vereint der bewegende Roman Söhne der Liebe von Ghazi Rabihavi. Anhand der Geschichte von Nadji und Djamil zeichnet der Autor ein beklemmendes Bild vom Iran zu Zeiten der islamischen Revolution bis zum Ausbruch des Krieges mit dem Irak. Der seit 1995 im Londoner Exil lebende Rabihavi nimmt die Leserschaft mit auf eine erschütternde wie auch fesselnde Reise in das angespannte und explosive Klima des vorrevolutionären Iran. Gezwungen, die zunehmende Aussichtslosigkeit der sie einengenden Umgebung ihres südiranischen Dorfes zu verlassen, begeben sich die Protagonisten Nadji und Djamil in die nächstgrößere Stadt und schließlich als illegale Einwanderer ins Nachbarland. Auf ihrer Flucht begegnen sie verschiedenen marginalisierten Bevölkerungsgruppen, deren Lebensgrundlagen im Zuge der intensiven gesellschaftlichen Umwälzungen massiv erschüttert werden und die ihren Platz in den neuen sozialen und politischen Verhältnissen erst finden müssen. Söhne der Liebe, ins Deutsche übertragen von Gorji Marzban und Thomas Geldner, beleuchtet einen Wendepunkt in der Geschichte des Iran und greift zugleich universelle Fragen auf, die bis heute nichts an Relevanz eingebüßt haben.

Unendlich ist die Nacht

von Pedro Kadivar

Roman

1. Aufl. 2022; Hardcover
ISBN: 978-3-96202-117-7

Zwei Geflüchtete in Berlin. Der eine kam aus der DDR, der andere aus Iran. Seit fast zwanzig Jahren sind sie ein Paar auf der Suche: Nach sich selbst, nach einander, nach einer gemeinsamen Sprache. Sie beobachten einander, warten aufeinander, suchen nach einer Formel für die Unendlichkeit des Seins, für die Endlichkeit des Lebens, für die Unmöglichkeiten des Zwischenmenschlichen.

In seinem vielschichtigen Roman erkundet Pedro Kadivar („Das kleine Buch der Migrationen"), was das Menschsein ausmacht, was Flucht, Gewalterfahrungen, Liebe, Nähe und die alltäglichen Unsicherheiten prägt. Geschickt verwebt er die großen Fragen unserer Zeit mit den wichtigsten Denkern aus Philosophie und Literatur.

Pedro Kadivar, Schriftsteller und Theaterregisseur, wurde im iranischen Shiraz geboren und ging mit sechzehn nach Paris. 1996 ließ er sich in Berlin nieder, 2002 promovierte er über Proust an der Humboldt-Universität, bevor er sich wieder verstärkt seiner Arbeit am Theater widmete. 2004 reiste er erstmals wieder nach Iran. In der Spielzeit 2011/12 war er Artist in Residence am Théâtre de l'Odéon in Paris. 2015 wurden zwei seiner Stücke auf dem Theaterfestival in Avignon präsentiert. 2017 wurde sein Stück Kunst der Flucht in seiner Inszenierung am Gorki Theater in Berlin uraufgeführt. Für seine Arbeiten erhielt er mehrere Preise. Er lebt in Berlin und Paris.